शून्य समाधि

अद्वैत का विज्ञान

जीवन के विभिन्न पहलुओं पर राजकोट में प्रश्नोत्तर सहित हुई सीरीज के अंतर्गत दी गईं पांच OSHO Talks

ओशो

डायमंड बुक्स

OSHO

शून्य समाधि

अद्वैत का विज्ञाने

ओशो

Shoonya Samadhi

Published by : **Diamond Pocket Books Pvt. Ltd.**
X-30, Okhla Industrial Area, Phase-II,
New Delhi-110020
Phone : 40712200
Website.: www.diamondbook.in
E-mail : sales@dpb.in

The material in this book is a transcript of a series of original OSHO Talks 'Shunya Samadhi' given to a live audience. All of Osho's talks have been published in full as books, and are also available as original audio recordings. Audio recordings and the complete text archive can be found via the online OSHO Library at www.osho.com/library

प्रवेश से पूर्व

जीवन संबंधित है, जीवन अंतर-संबंधित है, इंटर-रिलेटेड है, सब इकट्ठा है। वह जो पत्थर मार्ग पर पड़ा है, वह जो आकाश में पक्षी उड़ रहा है, वह जो दूर का तारा है और मैं हूं और आप हैं, हम सबके भीतर जीवन की कोई अंतर-धारा दौड़ रही है, कोई करंट, कोई विद्युत जीवन की हम सबके भीतर दौड़ रही है। वह हम सबको पार कर रही है और हम सबको जोड़ रही है। हम सब उसके हिस्से हैं। यह बोध, यह स्मरण अद्वैत भाव के लिए अनिवार्य भूमिका है। शास्त्र पढ़ने से कुछ भी नहीं होगा, सीखे हुए सूत्र दोहराने से कुछ भी नहीं होगा। जीवन की यह सच्चाई और जीवन के ये अर्थ खोजने होंगे। जीवन के ये मिरेकल, जीवन के ये चमत्कारों के पर्दे उठाने होंगे, और तब शायद आपको दिखाई पड़ेगा सब जुड़ा है, क्योंकि बिना जुड़े कैसे कुछ हो सकता है?

एक पत्ता आकाश में हिल रहा है वृक्ष का, उसके नीचे सैकड़ों पत्ते उसी वृक्ष पर हिल रहे हैं, लेकिन क्या उस पत्ते को पता होगा कि ये जो दूसरे पत्ते हिल रहे हैं इनसे मैं जुड़ा हूं, इनसे मैं संबंधित हूं? नहीं, उसे कुछ भी पता नहीं चल रहा होगा, वह अपनी मौज में हिल रहा है, दूसरे पत्ते अपनी मौज में हिल रहे हैं। वे बिलकुल अलग हैं। उसका अपना व्यक्तित्व है, उन पत्तों का अपना व्यक्तित्व है। कहां जुड़े होंगे वे? कौन मान सकता है कि वे जुड़े हैं? एक पत्ता उनमें से सूख कर गिर जाएगा, दूसरा पत्ता हरा बना रहेगा, वह कैसे मान सकता है कि मैं उस पत्ते से जुड़ा था जो सूख कर गिर गया, मैं तो हरा हूं? वह कैसे मान सकता है कि यह जो हवा चलती है, तो कभी मैं हिलता हूं, वह नहीं भी हिलता है? अगर हम जुड़े होते, तो हम दोनों साथ-साथ हिलते। अगर हम जुड़े होते, हम साथ-साथ मरते। वह पत्ता बूढ़ा हो गया, मैं अभी जवान हूं। अगर हम जुड़े होते, तो हम दोनों एकसे जवान होते। वह पत्ता कहेगा, हम कैसे जुड़े हैं, कैसे मान सकते हैं? कैसी इल्लॉजिकल, कैसी अतर्क बात आप कहते हैं कि हम जुड़े हैं? पत्ता नहीं मानेगा।

लेकिन हम भलीभांति जानते हैं कि एक पत्ता जवान है, एक बूढ़ा है, एक अभी पीक रहा है, एक अभी सूखने के करीब पहुंच गया है, एक दूर ऊपर की शाखा पर शिखर पर लगा है, एक नीचे छिपा है, लेकिन हम जानते हैं कि वे जुड़े हैं, वे एक ही वृक्ष के पत्ते हैं। उनके पीछे शाखाएं चली गई हैं, उनके पीछे पिंड चली गई हैं, उनके पीछे जमीन में जड़ें चली गई हैं, वे सब जुड़े हैं, वे संयुक्त हैं। लेकिन उन पत्तों को कोई भी पता नहीं है। पत्ते द्वैत में जी रहे हैं। अगर उन्हें पता चल जाए, वे अद्वैत में प्रविष्ट हो जाएंगे।

आदमी भी द्वैत में जी रहा है। मैं कैसे मानूं कि मैं और आप एक हैं? मैं काला हूं, आप गोरे हैं; मैं हिंदू हूं, आप मुसलमान हैं; मैं बच्चा हूं, बूढ़ा हूं, आप जवान हैं, हम कैसे जुड़े हो सकते हैं? हम अलग-अलग हैं। मैं मर जाऊंगा, आप जिंदा रहेंगे, हम कैसे जुड़े हो सकते हैं? वही जो पत्ते का तर्क था, वही तर्क हमारा है। क्योंकि हम अलग-अलग मालूम पड़ते हैं, इसलिए कैसे जुड़े हो सकते हैं?

अलग-अलग होने के लिए न जुड़ा होना जरूरी नहीं है। जुड़े हुए हम अलग-अलग हो सकते हैं। जोड़ हमारे व्यक्तित्व को नष्ट नहीं करता; जोड़ अनेक रूपों में हमारे व्यक्तित्व को पुष्ट करता है। और पत्ते ही जुड़े होते, तो ठीक था, इतने दूर तक हम राजी हो सकते हैं कि एक वृक्ष के पत्ते आपस में जुड़े हैं, ठीक है, एक वृक्ष एक इकाई है, लेकिन दूसरे वृक्ष के पत्ते तो उससे नहीं जुड़े हैं? लेकिन थोड़ा और गहरे जाएं, तो हम पाएंगे, वे भी जुड़े हैं, क्योंकि इस वृक्ष की जड़ें जमीन से जुड़ी हैं, उस वृक्ष की जड़ें भी जमीन से जुड़ी हैं, ये एक जमीन से दोनों जुड़े हैं, ये दोनों अलग कैसे हो सकते हैं? ये भिन्न कैसे हो सकते हैं? इनमें भेद कैसे हो सकता है?

तो हमारे जीवन की खोज, अन्वेषण, क्या हमें पृथकता पर ले जाता है? क्या जीवन के सत्य की झलक हमें पृथकता पर ले जाती है या अभेद पर? सामान्यतः हम पृथकता पर ही गति करते हैं, अभेद पर नहीं। हम पृथकता में ही जीते हैं। और यह हमारी यह पृथकता किस केंद्र पर खड़ी होती है? जिस केंद्र पर पृथकता खड़ी होती है, उस केंद्र का नाम अहंकार है, उस केंद्र का नाम ईगो है।

अभेद भाव में जाना है, तो अहंकार भाव को विसर्जन करना होता है, उसके बिना कोई प्रवेश नहीं कर सकता है। 'मैं हूं' यह हमारी घोषणा इतनी तीव्र है कि हम जो सबसे जुड़े हैं उसका हमें पता नहीं चलता। क्योंकि अगर मुझे पता चल जाए कि मैं सबसे जुड़ा हूं, तो फिर मेरे मैं को खड़े होने की कोई भी जगह नहीं रह जाएगी। फिर मेरे मैं को मिटना पड़ेगा, टूटना पड़ेगा, बिखरना पड़ेगा। इसलिए मैं आंख बंद रखता हूं कि मुझे दिखाई न पड़ जाएं जोड़, ताकि मेरा अहंकार सुरक्षित रहे। और हम सबका अहंकार है।

-ओशो

अनुक्रम

११

विस्मय का भाव

मेरे प्रिय आत्मन्!

सुबह की चर्चा में जीवन के सत्य की ओर मनुष्य का कदम उठ सके, उसके पहले सूत्र की हमने बात की है।

उस संबंध में एक मित्र ने पूछा है कि

मैं विस्मय को, आश्चर्य को क्यों पहली सीढ़ी मानता हूं?

इसलिए पहली सीढ़ी मानता हूं, इसलिए पहला सूत्र मानता हूं, क्योंकि जो विस्मय-विमुग्ध हो जाता है उसकी विस्मय-विमुग्धता, उसके आश्चर्य का भाव सारे जगत को एक रहस्य में, एक मिस्टरी में परिणित कर देता है। भीतर विस्मय है, तो बाहर रहस्य उत्पन्न हो जाता है। भीतर रहस्य न हो, भीतर विस्मय न हो, तो बाहर रहस्य के उत्पन्न होने की कोई संभावना नहीं है। जो भीतर विस्मय है, वही बाहर रहस्य है। और जिसके प्राणों में रहस्य की जितनी प्रतिछवि अंकित होती है वह उतना ही परमात्मा के निकट पहुंच जाता है।

लोग कहते हैं, परमात्मा एक रहस्य है। और मैं आपसे कहना चाहूंगा, जहां रहस्य है वहीं परमात्मा है। रहस्य ही परमात्मा है। वह जो मिस्टीरियस है, वह जो जीवन में अबूझ है, वह जो जीवन में अव्याख्येय है, वह जिसे जीवन में समझाना और समझना असंभव है, जो बुद्धि की समस्त सीमाओं को पार करके जो बुद्धि की समस्त सामर्थ्य

से दूर रह जाता है, अतीत रह जाता है, वह जो ट्रांसेडेंटल है, वह जो भावातीत है, वही प्रभु है।

लेकिन उस प्रभु को जानने के लिए धीरे-धीरे कि हमारे भीतर विस्मय की क्षमता गहरी से गहरी होती चली जाए, हमारे पास ऐसी आंखें हों जो निपट प्रश्नवाचक ढंग से सारे जीवन को देखने के लिए पात्र हो जाएं, जो पूछें और जिनके पास कोई उत्तर न हो , जो पूछें और मौन खड़े रह जाएं। जिनका प्रश्न अंतरिक्ष में गूंजता रह जाए और जिनके पास कोई भी उत्तर न हो, उनके प्राणों का संबंध उससे हो जाता है जो जीवन का सत्य है, जहां जीवन का मंदिर है।

विस्मय कर देता है मनुष्य को विनम्र। विस्मय अकेली ह्यूमिलिटी है। विस्मय में ही विनम्रता उत्पन्न होती है। क्योंकि जब मुझे ज्ञात होता है कि मैं नहीं जानता हूं, तो मेरे अहंकार को खड़े होने की कोई भी जगह नहीं रह जाती। ज्ञान अहंकार को मजबूत कर देता है, विस्मय अहंकार को विदा कर देता है।

बच्चों के पास अहंकार नहीं होता, बूढ़ों के पास इकट्ठा हो जाता है। अज्ञानी के पास अहंकार नहीं होता, ज्ञानी के पास इकट्ठा हो जाता है। अज्ञान का जो बोध है, इस बात की जो स्मृति है कि मैं नहीं जानता हूं, वह मनुष्य के भीतर सख्त गांठ को पिघला देती है जिसे हम अहंकार कहते हैं। और वह गांठ जितनी मजबूत होती चली जाए उतना ही मनुष्य अंधा हो जाता है। क्योंकि उसे फिर प्रत्येक चीज मालूम पड़ती है कि मैं जानता हूं , और उसके जीवन में रहस्य, मिस्टरी जैसी कोई भी चीज नहीं रह जाती है।

यह जो मनुष्य-जाति इतनी अधार्मिक होती चली गई है, वह इसलिए ही कि विस्मय के भाव की हत्या कर दी गई है। पहले धर्मशास्त्रों ने उसकी हत्या की, फिर पीछे विज्ञान ने उसकी हत्या कर दी। पहले धार्मिक लोग इस तरह के दावे करते रहे कि हम सब-कुछ जानते हैं--हम ईश्वर को भी जानते हैं, आत्मा को भी, पुनर्जन्म को भी, परलोक को भी, स्वर्ग को भी, नरक को भी, सब-कुछ जानते हैं। ऐसा कुछ भी नहीं है जो हम नहीं जानते और हमारे शास्त्र में नहीं लिखा हुआ है। जीवन का सब-कुछ जान लिया गया, जीवन व्यर्थ हो गया। अर्थ वहीं है जहां कुछ अज्ञात शेष रहता है। जहां हम ठगे खड़े रह जाते हैं और नहीं कह पाते कि हम जानते हैं। तो धर्मशास्त्रों ने एक भ्रम पैदा कर दिया कि हम सब जानते हैं। फिर पीछे विज्ञान आया उसी धारा में और विज्ञान ने भी दावे शुरू किए कि हम सब जानते हैं। धीरे-धीरे यह दावा इतना गहरा हो गया मनुष्य के मन में कि उसे यह खयाल ही मिट गया कि हमारा जानना ना-कुछ के बराबर है।

एक छोटी सी कहानी से मैं समझाऊं।

एक धर्मगुरु ने एक रात सपना देखा। सपना कि वह स्वर्ग के द्वार पर पहुंच गया है। उसने जाकर स्वर्ग के द्वार पर देखा कि परमात्मा उसे लेने को, स्वागत करने को वहां खड़ा है या नहीं? वे लोग जो थोड़ी सी माला फेर लेते हैं, वे जो लोग पीले वस्त्र पहन लेते हैं, वे लोग जो सुबह मंदिर हो आते हैं, सोचते हैं कि जब स्वर्ग के द्वार पर जाएं तो परमात्मा दरवाजे पर उनका स्वागत करता हुआ मिले। उस धर्मगुरु ने भी सोचा तो कुछ बुरा तो नहीं सोचा, उसकी अपेक्षा बिलकुल न्यायसंगत थी। जीवन भर वह परमात्मा का ही स्मरण करता रहा, उसके ही गीत गाता रहा, उसके ही चरणों में पूजा चढ़ाता रहा, तो इतनी अपेक्षा तो बेचारा कर ही सकता था कि द्वार पर वे मिलेंगे। लेकिन द्वार बंद था। और द्वार पर उसने हाथ पीटने शुरू किए। लेकिन द्वार इतना बड़ा था, इतना बड़ा कि उसके हाथ की चोट ऐसी मालूम पड़ती थी जैसे किसी पहाड़ पर कोई चींटी आवाज करती हो। कोई ध्वनि पैदा नहीं होती थी। वह बहुत घबड़ाया। उसने तो हमेशा यही पढ़ा था धर्मशास्त्रों में: गॉड क्रिएटेड मैन इन हिज़ ओन इमेज! उसने तो यही पढ़ा था कि परमात्मा ने आदमी को अपनी ही शक्ल में बनाया है। आज उसे पता चला कि यह दरवाजा इतना बड़ा है, इसके कोई ओर-छोर दिखाई नहीं पड़ते। मुझे पहली दफा पता चल रहा है कि मैं कहां आ गया हूं! मेरी कहां खोज खत्म होगी यहां? कौन मुझे पहचानेगा?

बहुत चिल्लाने, चीख-पुकार मचाने पर एक खिड़की खुली, एक विराट खिड़की, जैसे एक आकाश ही खुल गया हो, और कोई सिर उससे झांका। कोई सिर, जिसके आयाम की भी कल्पना करनी कठिन है। और उस सिर से हजारों आंख झांकने लगीं, और एक-एक आंख एक-एक सूरज की भांति। वह धर्मगुरु घबड़ाया। और एक छोटी सी ओट में छिप गया और वहां से चिल्लाने लगा कि हे परमात्मा, आप भीतर ही रहिए! आपकी आंखें इतनी तेज हैं कि मैं बहुत डरा जा रहा हूं, मेरे प्राण सूखे जा रहे हैं। आप भीतर से ही दर्शन दीजिए, आप पर्दे के भीतर ही ठीक हैं।

लेकिन वह हजार आंखों वाला आदमी हंसने लगा और उसने कहा: मैं परमात्मा नहीं हूं, यहां का सबसे अदना नौकर, यहां का पहरेदार, यहां का द्वारपाल हूं। मैं परमात्मा नही हूं।

तब तो वह धर्मगुरु बहुत घबड़ाया। हिम्मत जुटा कर थोड़ा बाहर निकला, क्योंकि द्वारपाल से इस भांति घबड़ा जाना उचित नहीं। लेकिन उसकी आंखों के सामने टिकना

बहुत मुश्किल था। और फिर वह द्वारपाल कहने लगा कि तुम कहां छिपे हो, मुझे कुछ दिखाई नहीं पड़ता! हजार आंखें और सूरज की तरह की आंखें। लेकिन उनमें भी आदमी कहीं दिखाई नहीं पड़ रहा है!

वह धर्मगुरु बोला: क्या कहते हो, मैं दिखाई नहीं पड़ता हूं? मैं परमात्मा से मिलने आया हूं। मैं उस खास धर्म का प्रचारक हूं, जो परमात्मा ने ही जिसकी किताब दुनिया में भेजी है।

वह द्वारपाल हंसने लगा और उसने कहा: सभी को यही वहम है कि हरेक की किताब भगवान ने ही भेजी है। वेद भी भगवान ने, बाइबिल भी, कुरान भी, गीता भी, सभी किताबें भगवान ने भेजी हैं। सभी को यही खयाल है। लेकिन मैं तुमसे पूछता हूं, तुम आते कहां से हो?

उस आदमी ने कहा कि मैं, मैं पृथ्वी से आ रहा हूं।

वह द्वारपाल हंसने लगा और उसने कहा: ठीक-ठीक नंबर बताओ, इंडेक्स नंबर तुम्हारी पृथ्वी का क्या है? क्योंकि बहुत पृथ्वियां है, अनंत पृथ्वियां हैं। किसका पता, तुम किस पृथ्वी से आते हो।

यह तो उस धर्मगुरु ने कभी सोचा भी नहीं था कि उसकी पृथ्वी के अलावा भी कोई पृथ्वी है। उसने कहा कि वही पृथ्वी जो सूरज के आस-पास है, सौर-परिवार में है, सूर्य वाली पृथ्वी।

वह द्वारपाल हंसने लगा और उसने कहा: तुम्हारे अज्ञान पर मुझे हंसी आती है। तुम कैसे धर्मगुरु हो? तुम्हें शायद यह पता नहीं कि कितने सूरज हैं! अनंत सूर्य हैं, अनंत सूर्यों की अनंत पृथ्वियां हैं। तुम नंबर बता सको अपने सूरज का, तो कुछ खोज-बीन की जा सकती है कि तुम कहां से आते हो।

उस धर्मगुरु ने कहा कि मैं मनुष्य हूं, यह मनुष्य के साथ कैसा अपमान हो रहा है भगवान के द्वार पर? मैं कोई साधारण कीड़ा-मकोड़ा नहीं हूं, मैं कोई पशु-पक्षी नहीं हूं, मैं मनुष्य-जाति का प्राणी हूं, मैं सर्वश्रेष्ठ प्राणी हूं, भगवान ने अपनी ही शक्ल में मुझे बनाया।

वह द्वारपाल हंसने लगा और उसने कहा: आदमी! यह नाम पहली बार ही इस दरवाजे पर सुना जा रहा है। लेकिन हम पता करने की कोशिश करेंगे। शायद पता लग जाए तुम कहां से आ रहे हो। और वह द्वार बंद हो गया। और समय बीतने लगा और उस द्वार के खुलने की कोई संभावना न दिखाई दी। फिर नींद में घबड़ा कर, ऊब कर

उस धर्मगुरु की नींद खुल गई। वह अपने बिस्तर पर पड़ा था, और उसके चेहरे पर पसीना था, और उसकी आंखें आंसुओं से गीली थीं, और उसका हृदय धक-धक कर रहा था। वह बहुत भयानक दुखस्वप्न में से गुजरा था। उसकी समझ में भी नहीं आया कि यह क्या था। लेकिन यह सचाई है, यह सपना नहीं है।

अनंत है जीवन। विज्ञान ने भी जिन सूर्यों की खोज-बीन की है, उनकी संख्या दो अरब हो गई है। दो अरब सूर्यों का पता तो विज्ञान को है। लेकिन उन दो अरब सूर्यों पर अस्तित्व समाप्त नहीं हो जाता, उसके आगे भी, उसके आगे भी, उसके आगे भी। और कितना फासला है इस अस्तित्व का! सूरज जमीन से कितनी दूर है !

यह जमीन हमें बहुत बड़ी मालूम पड़ती है। हमें तो राजकोट ही बहुत बड़ा मालूम पड़ता है। हमें तो अपना घर ही बहुत बड़ा मालूम पड़ता है। हम तो खुद ही बहुत बड़े मालूम पड़ते हैं। लेकिन यह पृथ्वी कितनी बड़ी है, शायद इस जगत में इससे छोटा और क्या हो सकता है! सूरज इससे साठ हजार गुना बड़ा है। लेकिन सूरज बहुत बड़ा नहीं है, सूरज सारे जगत में अब तक ज्ञात तारों में, ज्ञात सूर्यों में सबसे छोटा सूरज है। सूरज से हमारा फासला बहुत है, लेकिन सूरज कोई बहुत दूरी पर नहीं है। जो सबसे निकट का सूरज है इस सूर्य के बाद, उससे प्रकाश की रोशनी चले तो हम तक आने में चार वर्ष लग जाते हैं। और शायद आपको पता होगा कि प्रकाश की रोशनी किस गति से चलती है, एक सेकेंड में एक लाख छियासी हजार मील! एक सेकेंड में एक लाख छियासी हजार मील प्रकाश की किरण चलती है। सबसे करीब इस सूरज को छोड़ कर जो तारा है हमारे, उससे जमीन तक रोशनी आने में चार वर्ष लग जाते हैं। उससे दूर के जो तारे हैं--किसी से सौ वर्ष, किसी से हजार वर्ष, किसी से लाख वर्ष, किसी से करोड़ वर्ष। पृथ्वी को बने हुए दो अरब वर्ष हुए हैं, ऐसे तारे हैं जिनसे दो अरब वर्ष पहले चली हुई किरण अब तक पृथ्वी पर नहीं पहुंच सकी। और तारे होंगे जिनकी किरणें शायद हम तक कभी भी नहीं पहुंच सकेगी।

यह जो अंतहीन अनंत विस्तार है, इसके बीच जिसको यह खयाल हो जाता हो कि हम जानते हैं, वह पागल हो गया। इस अंतहीन विस्तार के प्रति जो भी जागेगा, उसका विस्मय जाग जाएगा, उसके भीतर आश्चर्य जाग जाएगा। वह चकित, वह अवाक खड़ा रह जाएगा कि यह क्या है? उसे कोई भी उत्तर नहीं सूझेगा। उसे सब उत्तर बचकाने और चाइल्डिश मालूम होंगे--चाहे धर्मगुरुओं के, चाहे वैज्ञानिकों के, उसे उत्तर मात्र बचकाने मालूम होंगे।

इस अंत और आदिहीन विस्तार के लिए क्या उत्तर हो सकता है आदमी के पास? क्या व्याख्या हो सकती है? क्या एक्सप्लेनेशन हो सकता है ? व्याख्या देने की, परिभाषा करने की चेष्टा ही शायद नासमझी है।

वे लोग बहुत भाग्यशाली हैं जो चुपचाप मौन में इस विस्तार को जानने में समर्थ हो जाते हैं। इस चित्त-दशा को मैंने विस्मय कहा है, इस चित्त-दशा को मैंने आश्चर्य कहा, इस आश्चर्य से गुजर कर ही कभी किसी ने कुछ जाना हो तो जाना हो। ज्ञान के बोझ को लेकर तो कोई कभी नहीं जान पाता। ज्ञान का बोझ तो मृत बोझ है।

एक फकीर एक सुबह ही भीख मांगने गया था। और किसी मित्र ने उसे थोड़ा सा मांस भेंट कर दिया। और साथ में एक किताब भी दी, एक पाकशास्त्र भी दिया कि इस किताब में इस मांस को बनाने की विधि लिखी हुई है। वह उस किताब को और मांस को लेकर खुशी-खुशी अपने झोपड़े की तरफ भागा चला जा रहा था कि एक चील झपटी और उसके मांस को हाथ से छीन कर उड़ गई। वह फकीर खड़े होकर हंसने लगा और उसने कहा: मूर्ख चील, मांस को ले जाकर क्या करेगी, बनाने की तरकीब की किताब मेरे पास है। आ गई धोखे में। वह खुशी-खुशी घर पहुंचा और उसने अपनी पत्नी को कहा: सुनती हो, एक चील मूर्ख बन गई अपने हाथ। मांस छीन कर ले गई, और पागल को पता भी नहीं कि बनाने की तरकीब की किताब मैं ले आया। उसकी पत्नी ने अपना सिर ठोक लिया और उसने कहा कि तुम कैसे ज्ञानी हो यह मुझे समझ में आ गया।

जिंदगी छूट जाती है, किताब हाथ में रह जाती है। जिंदगी छूट जाती है, ज्ञान हाथ में रह जाता है। कोरा कागज, कोरे शब्द, और हम बड़े खुश होते हैं कि हम किताब अपनी बचा कर घर ले आए।

जो कौमें हजारों साल तक किताबें बचा लेती हैं, वे बहुत नाच-गान, बहुत शोरगुल करती हैं कि हमारी किताब सबसे ज्यादा पुरानी है। हमने बहुत दिनों से बचाई है। और किताब ही बच जाती है हाथ में और जीवन चूक जाता है। सच तो यह है कि किताब को पकड़ने वाला चित्त जीवन को पकड़ने वाला चित्त नहीं होता है। ये दिशाएं अलग हैं। शब्दों को पकड़ लेने वाला चित्त, सत्य को पकड़ लेने वाला चित्त नहीं होता है। ये आयाम अलग हैं, ये मार्ग अलग हैं। शब्दों को पकड़ लेने वाला करता क्या है? शब्दों को सीखता है, स्मरण करता है, मेमोरी को परिपक्व करता है , स्मृति को भरता है, स्मृति के संग्रह को मजबूत करता है। बहुत सी इनफर्मेशन, बहुत सी सूचनाएं इकट्ठी

करता है। और इन्हीं सूचनाओं के घेरे में जानता है, सोचता है कि मैंने जान लिया। सूचनाओं का जानने से क्या संबंध? क्या नाता? सूचनाएं तो मशीनों में भी संगृहीत की जा सकती हैं, सूचनाएं तो मशीनें भी दे सकती हैं। आदमी अगर सूचनाएं इकट्ठी कर लेता है, तो इससे कुछ ज्ञानी हो जाने का संबंध है? ज्ञान बड़ी और बात है। ज्ञान तो समग्र जीवन का आमूल परिवर्तन है। ज्ञान बौद्धिक सूचनाओं का संग्रह नहीं, समग्र आत्मा का आमूल परिवर्तन है।

ज्ञान एक नये जीवन में गति है। ज्ञान शब्दों का संग्रह नहीं, सत्य का अनुभव है। और उस अनुभव के लिए शास्त्रों और शब्दों को पकड़ लेने वाले लोग हमेशा के लिए दीवाल बना लेते हैं, यह मैंने सुबह आपसे कहा है। इसलिए मैंने कहा, विस्मय की आंखें वापस उपलब्ध कर लें। ज्ञानी का अहंकार छोड़ दें। विस्मय-विमुग्ध बच्चे के भाव को, निर्दोष भाव को ले आएं।

एक दूसरे मित्र ने पूछा है कि

कैसे हम छोड़ दें?

मैंने सुबह भी कहा, शायद वे नहीं सुन पाए। मैंने नहीं कहा कि आप भूल जाएं, मैंने नहीं कहा कि यहां से जाते वक्त आपको अपने घर का पता न रह जाए। मैंने नहीं कहा कि आप अपना नाम भूल जाएं। यह सब मैंने नहीं कहा। मैंने सिर्फ इतना कहा है कि इस बात को आप जान लें कि जो आपने शब्दों से, सूचनाओं से जाना है, वह ज्ञान नहीं है। बस इतना काफी है। इतना जानते ही आपके प्राणों में एक नई बेचैनी की लहर दौड़ जाएगी कि फिर ज्ञान क्या है?

एक आदमी पत्थर को हाथ में रखे हुए है, सम्हाले हुए है और समझ रहा है कि यह पत्थर बहुमूल्य हीरा है। मैं उससे नहीं कहता कि इसे छोड़ दे और फेंक दे। मैं उससे यही अगर कह पाऊं कि यह हीरा नहीं है, पत्थर है, और उसे याद आ जाए कि यह पत्थर है और खयाल आ जाए और समझ आ जाए, तो बात पूरी हो गई। फेंकना और न फेंकने का सवाल नहीं है। पत्थर दिखाई पड़ते ही उसके प्राणों का वह सारा संबंध टूट गया जो हीरे के साथ था, और पत्थर के साथ नहीं हो सकता।

दो संन्यासी एक राह से, एक जंगल से गुजरते थे। एक वृद्ध संन्यासी है, वह अपने कंधे पर झोली लटकाए हुए है, पीछे उसका साथी है। रात पड़ गई, अंधेरा घना होने लगा, और बीहड़ अनजान जंगल। वह बूढ़ा संन्यासी अपने युवा मित्र से पूछने लगा:

जंगल में कोई डर तो नहीं है? कोई भय तो नहीं है? जंगल अंधेरा मालूम पड़ता है, रात खतरनाक मालूम पड़ती है। युवा संन्यासी बहुत हैरान हुआ। क्योंकि संन्यासी को कैसा भय! और जिसे भय हो वह कैसा संन्यासी! और आज तक इस बूढ़े ने कभी भी नहीं पूछा था कि रात अंधेरी है, जंगल है। क्या हो गया है आज? आज कैसे भय ने इसके प्राणों को आतंकित कर रखा है? फिर थोड़ी देर बाद और वह बूढ़ा फिर पूछने लगा, रास्ता खतरनाक तो नहीं है? चोर-बदमाशों का डर तो नहीं है? वह युवक तो बहुत हैरान हुआ! आज हो क्या गया है? संन्यासी के पास खोने को ही कुछ नहीं, तो चोर और डाकू का सवाल क्या!

फिर वे एक कुएं पर रुके पानी पीने को। वह बूढ़ा कुएं पर पानी भरने लगा, उसने अपने कंधे का झोला युवक को दिया और कहा: सम्हाल कर रखना! तभी उस युवक को खयाल आया कि भय का कोई न कोई कारण झोले के भीतर होना चाहिए। उसने, बूढ़ा तो पानी पीने लगा, उस युवक ने हाथ डाला भीतर, देखा, सोने की एक पूरी ईंट। उसने वह ईंट तो उठा कर झोले के बाहर फेंक दी और एक पत्थर का टुकड़ा उठा कर झोले में वापस रख दिया।

बूढ़े ने जल्दी से पानी लिया। चारों तरफ झांक कर देखा, जल्दी से झोले को कंधे पर टांगा, ऊपर से टटोल कर देखा, ईंट है, वह चल पड़ा। थोड़ी देर बाद फिर उसने पूछा कि कोई खतरा तो नहीं है? रास्ता खत्म नहीं होता, गांव दूर मालूम पड़ता है। उस युवक ने कहा: अब आप बेफिकर हो जाएं, अब कोई खतरा नहीं है। खतरे को मैं पीछे फेंक आया हूं।

वह तो घबड़ा गया। उसने झोली में हाथ डाला। ईंट निकाल कर देखी, वह तो पत्थर की ईंट थी। एक क्षण को तो वह चुपचाप खड़ा रह गया उस घनी रात में, फिर उसने वह ईंट फेंक दी। फिर वह वहीं बैठ गया और उसने अपने युवा साथी को कहा: अब हम व्यर्थ ही गांव तक जाने की चिंता न करें, आज रात यहीं सो जाएं, सुबह चले चलेंगे। अब कोई भय न रहा। और उस बूढ़े ने कहा: आश्चर्य, अब कोई भय न रहा! अब तक मैं भयभीत था। अब न रात रही, अब न चोर रहे, न डाकू रहे। अब कोई भय न रहा, कोई खतरा न रहा।

क्या हो गया? बात क्या हो गई? जिसे अब तक वह सोने की ईंट समझे था, वह पत्थर की ईंट थी, बात खत्म हो गई। सोने की ईंट वहां नहीं थी। लेकिन ऊपर से झोले को टटोल रहा था तो ईंट मालूम पड़ती थी कि भीतर है, वजन मालूम पड़ता

था। पत्थर में भी वजन होता है और सोने में भी वजन होता है। हाथ बताते थे कि है ईंट, मौजूद है। वह भयभीत छाती से दबाए उस ईंट को बढ़ा जाता था। लेकिन फिर झोला खोला और देखा।

सीखे हुए ज्ञान में भी वजन होता है पत्थर जैसा, जाने हुए ज्ञान में भी वजन होता है सोने जैसा। हाथ को दोनों वजन एक से मालूम पड़ते हैं। तराजू पहचान नहीं सकता कि कौन पत्थर है और कौन सोना है। पहचानने के लिए खुली आंखें चाहिए। अपनी खोपड़ी के भीतर, अपने झोले के भीतर झांक कर देख लेना चाहिए कि जो हम रखे हैं वह कहीं सीखा हुआ, दूसरों से उधार और बासा ज्ञान तो नहीं है? अन्यथा वह पत्थर है। अगर खुद का जाना हुआ, अगर खुद का जीआा हुआ और खुद की अनुभूति में आई हुई कोई खबर है, कोई किरण है, तो वह बात दूसरी है, वह सोना दूसरा है। इस बात को जो पहचानता है भीतर, उसे कुछ फेंकना नहीं पड़ता। फेंकने का कोई सवाल नहीं है, बात खत्म हो जाती है। कोई संबंध टूट जाता है, कोई नाता बदल जाता है, कोई चीज ट्रांसफार्म हो जाती है। जो मिट्टी निकल आई, जो पत्थर निकल आया, उसके साथ वही संबंध नहीं रह जाता जो सोने के साथ था।

अगर हम अपने शास्त्रों और शब्दों के ज्ञान को ज्ञान समझते हैं, तो एक तरह का संबंध होगा उससे। और हम अगर उसे मात्र जानकारी समझते हैं, तो दूसरे तरह का संबंध होगा उससे। ये दोनों संबंध बुनियादी भिन्न हैं। और अगर जानकारी को हमने ज्ञान समझ रखा है, तो हम मिथ्या संबंध को निर्मित कर लेंगे। वही संबंध भटकाता है और जीवन को नष्ट कर देता है।

इसलिए मैंने कहा कि विस्मय चाहिए। और सीखे हुए ज्ञान से, सीखे हुए ज्ञान के प्रति एक जागृति, एक होश, एक समझ चाहिए। इस समझ को जितना हम विकसित करेंगे उतना ही आप पाएंगे कि एक बोझ हटता चला गया है। आप जानते हैं सब जो कल जानते थे, वह कहीं भूल नहीं गया, वह कहीं खो नहीं गया, लेकिन अब आप एक बात और भी जानते हैं कि वह आपके प्राणों का हिस्सा नहीं है, वह आपकी अपनी आत्मा की ज्योति नहीं है, वह आपकी अपनी संपदा नहीं है। वह है पराई, वह है उधार, वह है ऋण। और ऋण से कभी कोई धनी नहीं होता है। वह बॉरोड है, वह किसी से मांग कर लाई गई है। और मांगी गई चीजों से कोई सम्राट नहीं होता है। चाहे कोई कितना ही मांगता चला जाए और चाहे कोई मांग-मांग कर कितने ही महल खड़े कर ले और कितनी ही संपदा इकट्ठी कर ले, वह छोटे भिखारी से बड़ा भिखारी

हो जाता है, सम्राट नहीं। मांगने से कोई सम्राट कैसे हो सकता है? सम्राट तो केवल वे ही होते हैं जिनका मांगना समाप्त हो जाता है। और जिन्हें कोई ऐसी निधि मिल जाती है कि अब वे दे सकते हैं। और उस निधि से कुछ भी नहीं चुकता। अब वे बांट सकते हैं और वह निधि समाप्त नहीं होती। अब मांगने के दिन दूर चले गए।

एक राजधानी की तो खबर आपने सुनी होगी। हो सकता है कि आप भी उस राजधानी में रहे हों। उस राजधानी में ऐसा हुआ था कि एक फकीर मरने के करीब आ गया था, एक संन्यासी मरने के करीब। और उस संन्यासी को जीवन भर लोग न मालूम क्या-क्या भेंट कर गए थे। उसके पास कुछ स्वर्ण-मुद्राएं इकट्ठी हो गई थीं। उसने सारे गांव में डुंडी पिटवा दी कि गांव का जो सबसे दरिद्र और भिखारी आदमी हो, वह आ जाए, उसे मैं अपनी संपत्ति दे दूंगा। गांव के भिखमंगे वहां इकट्ठे हो गए। गांव में कोई भिखमंगों की कमी है? फिर वह राजधानी थी, राजधानी में तो भिखमंगों का भारी निवास होता है। वे सब वहां इकट्ठे हो गए। राजधानी में बसता ही कौन है और! भिखमंगे, चोर, बेईमान, वे सब वहां निवास करते हैं।

वे सारे भिखमंगे इकट्ठे हो गए और उन्होंने आकर उस फकीर के द्वार पर भीड़ लगा ली और सब दावा करने लगे कि मुझसे बड़ा भिखारी और कोई भी नहीं है, मुझे मिल जाना चाहिए। उस संन्यासी ने कहा कि मैं थोड़ी जांच-परख कर लूं। अभी मुझे वह आदमी दिखाई नहीं पड़ रहा है जो इस नगर का सबसे बड़ा भिखारी है। तुम भी भिखारी हो, मैंने माना, लेकिन तुम सबसे बड़े नहीं हो। मैं उसकी प्रतीक्षा करूंगा। अगर वह नहीं आएगा, तो तुम्हारे बीच जो सबसे बड़ा भिखारी है, उसको दे दूंगा। वे सब एक-दूसरे को भलीभांति पहचानते थे। एक ही धंधे के लोग, उस धंधे के लोगों को भलीभांति पहचानते थे। वे सब भिखमंगे अच्छी तरह जानते थे कि गांव के सभी भिखमंगे इकट्ठे हो गए हैं, अब कोई भिखमंगा पीछे शेष नहीं रहा है, यह किसकी प्रतीक्षा करता है? यह किसकी राह देखता है? लेकिन उसकी आंखें सड़क की तरफ लगी हुई हैं। और फिर वह भिखमंगा आ गया। लेकिन वह भिखमंगा नहीं था। भिखमंगे तो चकित रह गए! वह था गांव का राजा। वह अपने हाथी पर निकला हुआ था। और वह संन्यासी बाहर आया और उसने अपनी झोली, जिसमें स्वर्ण-मुद्राएं इकट्ठी थीं, उस सम्राट के हाथी के ऊपर फेंक दी। वह झोली सम्राट के हाथ में पड़ी, उसने कहा : यह क्या है? भिखमंगे चिल्लाने लगे कि यह क्या धोखा है! तुमने तो कहा था कि सबसे गरीब आदमी को, सबसे भिखमंगे को दे देंगे।

उस संन्यासी ने कहा: जो इस गांव का सबसे गरीब आदमी है उसको ही मैं दे रहा हूं। तुम्हारी मांग तो तृप्त भी हो सकती है, इस आदमी की मांग की तृप्ति का कोई ठिकाना नहीं। तुम्हें तो कुछ मिल जाए तो तुम शांत भी हो जाओगे। इस आदमी को कुछ भी मिल जाए तो यह शांत नहीं हो सकता। यह सबसे बड़ा भिखारी है।

धन के भी भिखारी होते हैं और ज्ञान के भी भिखारी होते हैं। धन के भिखारी उतने खतरनाक भिखारी नहीं हैं, क्योंकि धन बाहर की चीज है। ज्ञान के भिखारी ज्यादा खतरनाक हैं, क्योंकि ज्ञान भीतर की चीज है। भीतर की आत्मिक दुनिया में भी जो भिखमंगे हैं उनके भिखमंगेपन का क्या इलाज होगा? बाहर की दुनिया में जो भिखमंगे हैं, उनसे कोई इतना उपद्रव भी नहीं है। बाहर की दुनिया का कोई मूल्य भी नहीं है। लेकिन भीतर की दुनिया का बहुत मूल्य है। इसलिए मैंने आपसे कहा कि उधार और मांगे गए ज्ञान को ज्ञान मत समझ लेना, अन्यथा वहीं रुक जाएंगे, वहीं ठहर जाएंगे। अगर सम्राट बनना हो ज्ञान की दुनिया में, तो अज्ञान से शुरू करना, विस्मय से शुरू करना, वह पहली सीढ़ी है। अगर मुफ्त में सम्राट बन जाना हो, अपने मन को समझा लेना हो, यह मान लेना हो कि मैं जानता हूं, जल्दी और सस्ते में , तो फिर बहुत आसान यही है कि जो चारों तरफ से सुना है उसी को संपत्ति समझ लेना, उसी को इकट्ठा कर लेना, उसी को तोतों की तरह दोहराते रहना, उसी का मंथन करते रहना और उसी में जीते रहना। आस-पास के लोगों को भी पता नहीं चलेगा कि आप भिखमंगे हो, क्योंकि आपके आस-पास भी भिखमंगे ही इकट्ठे हैं। किसी को खबर भी नहीं होगी कि आप यह क्या कर रहे हो। किसी को पता भी नहीं चलेगा कि यह क्या हो रहा है। बल्कि उलटी हालतें हैं।

मैंने सुना है, एक ऐसा छोटा सा द्वीप था, जिस पर सारे लोग अंधे थे। सारे लोग अंधे उस द्वीप पर हमेशा से थे। क्योंकि जब कभी कोई आंख वाला पैदा हो जाता था, तो उस द्वीप के चिकित्सक उसकी आंखें निकाल कर अलग कर देते थे कि यह आदमी बीमार मालूम होता है। जहां सब अंधे हों वहां आंख वाला होना बहुत खतरा मोल लेना है। क्योंकि अंधों को यह मालूम पड़ता है कि इसके शरीर में कोई खराबी है। पांच अंगुलियों वाले घर में छह अंगुली वाला बच्चा पैदा हो जाता है, हम छठवीं अंगुली का ऑपरेशन करवा देते हैं फौरन। ठीक ही है, पांच अंगुली ठीक है, छह अंगुली गलत है। तो जहां आंख न होती हो वहां आंख वाला आदमी पैदा हो जाए, तो गलत है। वहां के चिकित्सक, वहां के सर्जन उनकी आंखें अलग कर देते थे। इसलिए वहां कभी आंख

वाले के पैदा होने की संभावना बंद हो गई थी। कभी कोई भूल-चूक से पैदा होता, तो उसकी आंख अलग कर दी जाती। और वे अंधे निश्चिंत थे। वे इलाज करते थे। एबनार्मल था जिसकी आंखें थीं, वह असाधारण था, वह रुग्ण था।

हम सब चूंकि उधार ज्ञान पर ही जीते हैं, हमें खयाल भी नहीं आता कि वास्तविक ज्ञान क्या हो सकता है। वास्तविक ज्ञान से बड़ा आनंद नहीं, वास्तविक ज्ञान से बड़ी क्रांति नहीं, वास्तविक ज्ञान से बड़ा सौंदर्य नहीं, वास्तविक ज्ञान से बड़ी संपदा नहीं। लेकिन हमारे पास जो ज्ञान है उससे न तो आनंद उपलब्ध होता है, न शांति उपलब्ध होती है, न जीवन परिवर्तन होता है। कुछ भी नहीं होता और फिर भी हम उसे ज्ञान माने चले जाते हैं। शक भी नहीं पैदा होता, संदेह भी पैदा नहीं होता।

मैं आपसे यही कहता हूं: उस पर संदेह करें, शक करें, खोजें कि यह कैसा ज्ञान है हमारा! यह कैसा ज्ञान का धोखा है! यह कैसा डिसेप्शन है! और कोई और आपको धोखा दे रहा होता, तो बचने की उम्मीद भी थी, यह धोखा आप ही अपने को दे रहे हैं। दूसरे के धोखे से बचना आसान, लेकिन जब कोई खुद अपने को धोखा देता हो, तो बहुत मुश्किल हो जाता है।

इसलिए मैंने पहले सूत्र में यह कहना चाहा कि इस धोखे के प्रति जागरूक होकर देखें, समझें, पहचानें कि यह क्या है? यह जिसे हम समझ रहे हैं कि हम जानते हैं, यह क्या है? पूछें, खोजें, परखें, कसें उसे कि जिंदगी को क्या काम दे रहा है? यह सीखी हुई गीता और सीखे हुए कुरान मेरी जिंदगी को कहां बदल रहे हैं? वे परमात्मा के पास कहां ले जा रहे हैं? उनसे मैं कितना करीब पहुंचा हूं उसके? मैंने कितने कदम पार किए और कितनी सीढ़ियां चढ़ा हूं मैं? सिवाय शब्दों की सीढ़ियों के कुछ और हम चढ़े? ताश के घर बनाते हैं बच्चे, और बच्चे कागज की नावें तैराते हैं। मैं आपसे कहता हूं: कागज की नाव में बैठ कर भी कोई यात्री नदी के पार हो सकता है, लेकिन शब्दों की नाव में बैठ कर कभी कोई यात्री जीवन की नदी के पार नहीं हुआ है। कागज की नाव फिर भी ठोस है, शब्द की नाव उतनी भी ठोस नहीं है। और मैं आपसे कहता हूं कि ताश के पत्तों के घर बना कर कोई जीवन उनमें बिता सकता है और रह सकता है, क्योंकि ताश फिर भी है, लेकिन शब्दों के घर बना कर जो रहते हैं, वे बिलकुल बेघर हैं और भ्रम में पड़े हैं कि हम घरों के भीतर रह रहे हैं।

इसलिए मैंने कहा कि विस्मय की आंख उपलब्ध कर लेनी जरूरी है।

और कुछ प्रश्न मित्रों ने पूछे हैं।

एक मित्र ने पूछा है कि

ओशो, यदि हम यह जान लें, स्वीकार कर लें, पहचान लें कि यह ज्ञान हमारा नहीं है, तो हमारे भीतर क्या हो जाएगा? क्या परिवर्तन हो जाएगा? क्या क्रांति हो जाएगी?

इसे करें और देखें कि क्या हो जाएगा। इसे पूछें मत। क्योंकि जो हो जाएगा, उसे बताने का कोई उपाय नहीं है। और अगर मैं उसे आपको बता भी दूं, तो वह फिर आपके लिए उधार ज्ञान बन जाएगा, और कुछ भी नहीं। और हम उधार ज्ञान की तलाश में एकदम पड़े हुए हैं कि कोई हमें बता दे, कोई हमें बता दे, कोई हमें बता दे, ताकि हमें जानने की पीड़ा से छुटकारा मिल जाए।

मां के पेट से बच्चा पैदा होता है, तो उसे प्रसव की पीड़ा झेलनी पड़ती है। और जब ज्ञान को जन्म मिलता है, तो आदमी को भी प्रसव की पीड़ा झेलनी पड़ती है। और मां अगर प्रसव की पीड़ा से बचना चाहती हो, तो बाजार में गुड्डे बिकते हैं, उनको खरीद ले और उनको बच्चे समझ ले। लेकिन असली बच्चों को जन्म देने का यह रास्ता नहीं है।

क्या होगा, क्या होगा उस शांति में जहां आपको यह खयाल मिट जाएगा कि ज्ञान मेरे पास नहीं है? उस बूढ़े फकीर को क्या हुआ? जब उसे पता चला कि मेरे झोले में सोने की ईंट नहीं, पत्थर की ईंट है। क्या हुआ उस बूढ़े को? कौन सी चीज बदल गई? एक नया रिकग्निशन, एक नई पहचान उसके सामने खड़ी हो गई कि मैं ईंट को ढो रहा था, सोना समझ रहा था, पत्थर को ढो रहा था, उसके बोझ को बहुमूल्य समझ रहा था, इसलिए भयभीत था, इसलिए परेशान था। फिर वह रात वहीं सो गया, निर्भय हो गया। कोई बात उसके भीतर बदल गई। वह किस शांति से सोया आप अंदाज लगा सकते हैं? वह किस अशांति में था चलते वक्त! वह किस शांति में सोया उस रात! उसका कोई हिसाब हो सकता है, कोई गणना, कोई नाप-जोख हो सकती है कि उस आदमी के भीतर उस रात क्या हुआ? एक तूफान था भीतर; फिर तूफान विदा हो गया, और एक गहरी शांति भीतर आ गई।

एक और घटना से समझाने की कोशिश करूं।

एक सम्राट अपने इकलौते लड़के पर नाराज हो गया। कुछ भूल-चूक हो गई, पिता नाराज हो गया, और उसने अपने लड़के को क्रोध में राज्य के बाहर निकालने की आज्ञा दे दी। वह राजकुमार राज्य के बाहर भेज दिया गया --तत्क्षण। उसे घुड़सवार

राज्य की दूर सीमाओं के बाहर छोड़ आए। अब उस राजकुमार ने, वह राजा का लड़का था, एकमात्र लड़का था, सम्राट होना उसका निश्चित था। उसके पास बड़ा राज्य था, बड़ी संपदा थी। न उसने कोई व्यवसाय सीखा था, न कभी कोई श्रम किया था, वह क्या करे? वह दरिद्र से भी दरिद्र होकर राज्य के बाहर खड़ा हो गया, वह क्या करे? उसके पास तो दो रोटी कमाने का भी कोई उपाय नहीं। हां, उसने थोड़ा संगीत जरूर सीखा था। फिर वह गांव में गीत गाकर भीख मांगने लगा।

पांच साल बीत गए। राजा बूढ़ा हो गया। और उसे पश्चात्ताप हुआ, और उसका एक ही लड़का उसने खो दिया। उसकी मौत करीब आने लगी। उसकी संपदा का, साम्राज्य का कौन मालिक हो? उसने अपने वजीरों को बुलाया और कहा कि शीघ्र दौड़ो, और मेरा लड़का पृथ्वी के किसी भी कोने पर हो, उसे वापस ले आओ सम्मान के साथ। उसे कहना कि तेरे पिता ने तुझे क्षमा कर दिया और तुझे राज-सिंहासन के लिए बुलाया जा रहा है, तू वापस चल।

तो वजीर भागे, उन्होंने दूर-दूर के देश छान डाले। फिर एक बूढ़े वजीर को वह युवक मिल गया एक गांव में, एक छोटी सी सराय के बाहर भीख मांगते हुए। वह नाच रहा था, गीत गा रहा था, और हाथ में एक कटोरा लिए हुए भीख मांग रहा था। धूप के तेज दिन थे, आग बरसती थी, उसके पैरों में फफोले पड़े थे, उसका चेहरा काला पड़ गया था, उसका शरीर सूख गया था, उसे पहचानना भी मुश्किल था। वह वे ही कपड़े पहने था जिन्हें पांच वर्ष पहले पहने हुए उसे घर के बाहर निकाल दिया गया था, वे सब फटे चीथड़े हो गए थे।

उस वजीर ने उसे पहचाना, वह उसके पास गया। उसके पैरों में जूते भी न थे। पैर जल रहे थे और फफोले पड़े हुए थे और वह लोगों से मांग रहा था कि कुछ पैसे दे दें, ताकि मैं सस्ते से जूते खरीद लूं, मैं बिना जूतों के मरे जा रहा हूं। रेगिस्तान की तेज धूप है, जलती हुई नीचे जमीन है , मुझे कुछ पैसे मिल जाएं, ताकि मैं जूते खरीद लूं। वह उसी के लिए पैसे इकट्ठे कर रहा था। उसने कुछ पैसे अपने हाथ की कटोरी में इकट्ठे भी कर रखे थे। उसकी आंखों से आंसू बह रहे हैं और वह सराय के बाहर भीख मांग रहा है। रथ रुका, वजीर नीचे उतरा और उसने जाकर उस राजकुमार के पैर छुए और कहा: तुम्हारे पिता ने तुम्हें क्षमा कर दिया है, तुम वापस लौट चलो।

एक क्षण और जैसे कोई बिजली कौंध गई, वह आदमी उसी क्षण दूसरा आदमी हो गया। उसके हाथ का कटोरा फिंका और सड़क पर पैसे बिखर गए। उसकी आंखों

की तेज और रोशनी बदल गई। और उसने वजीर को कहा कि ठीक, जाओ और अच्छे वस्त्र खरीद कर लाओ। कीमती से कीमती जूते खरीद कर लाओ।

सराय के लोग तो भीड़ लगा कर इकट्ठे हो गए, उन्होंने पूछा: क्या हुआ? जो भीख मांग रहा था। लेकिन उस आदमी को पहचानना भी मुश्किल था, वह आदमी दूसरा हो गया। कपड़े तो अब भी उसके भिखारी के थे, लेकिन उसकी आंखों में वह भाव आ गया था जो सम्राटों का होता है। वह उन लोगों की तरफ अब देख भी नहीं रहा था जिनके सामने उसने हाथ फैला रखे थे। लोगों ने पूछा: क्या हो गया? यह आदमी तो एकदम बदल गया। यह आदमी तो दूसरा आदमी हो गया।

वह वजीर भी चकित खड़ा रह गया था। उस वजीर ने भी पूछा कि क्या हो गया? उस युवक ने कहा: इस बात का खयाल भी आ गया कि मैं वापस बुला लिया गया हूं और राज-सिंहासन का मालिक हो गया हूं, तो सारी बात बदल गई। मैं आदमी दूसरा हो गया। मेरे भीतर जो पांच साल से भिखमंगा था, वह कहां तिरोहित हो गया है, मैं खोज कर भी नहीं पा रहा हूं उसको। यह सारी कांशसनेस, सारी चेतना दूसरी हो गई है।

एक छोटा सा स्मरण, पांच साल से उसे खयाल था कि मैं एक भिखमंगा हूं, तो वह दीन-हीन था, उसकी आंखें दीन-हीन थीं, उसके चेहरे का भाव निस्तेज था। और एक क्षण में उसे खयाल आ गया, एक रिकग्निशन, उसे पहचान आ गई, उसे रिमेंबर हुआ, उसे बोध हुआ कि मैं तो सम्राट हूं, और सब बात बदल गई। वह दीनता-हीनता आंख से विलीन हो गई। वे आंखें जो निस्तेज थीं, तेज से भर गईं; वे प्राण जो मंदिम पड़ चुके थे, वे गतिमान हो गए; वे श्वासें जो मृत सी थीं, उन्होंने फिर जीवन की हवा ले ली। क्या हो गया उस युवक को?

वह जिस दिन आपको पता चलेगा कि जो ज्ञान मैंने आज तक ज्ञान समझा है, वह दो कौड़ी का है, वह कोई ज्ञान नहीं है। एक क्रांति आपके भीतर खड़ी हो जाएगी। झूठे सिक्के व्यर्थ हो जाएंगे, सोने की ईंट मिट्टी की ईंट हो जाएगी। जिसे कल तक समझा था महत्वपूर्ण, वह एकदम विलीन हो जाएगा, वह खो जाएगा, उस पर से मुट्ठी खुल जाएगी। और यह जो रिलैक्सेशन है, यह जो मुट्ठी का खुल जाना है उस झूठी ईंट से, उस मिथ्या गेम से; यह जो आंखों का हट जाना है उस जगह से --जब आंखें मिथ्या से हटती हैं तो आंखें वहां पहुंच जाती हैं जो सम्यक है, जो ठीक है। गलत से आंख का हटना ठीक पर पहुंच जाना है। टु नो दि फॉल्स एज़ फॉल्स। जो झूठ है, जो गलत है, उसे गलत की तरह जान लेना उस पर पहुंच जाना है जो सही है, जो सत्य है।

सत्य को जानने की तरफ पहला कदम है कि मैं उसे पहचान लूं जो सत्य नहीं है, जो भ्रांत है, जो असत्य है, जो मिथ्या है, जो केवल आभास है, जो केवल वंचना है, उसे मैं जान लूं। इस जानने से यह क्रांति का पहला कदम घटित होगा । आंखें हटेंगी उस जगह से और उस जगह पहुंच जाएंगी जहां ठीक है। जब झूठे ज्ञान से आंखें हटती हैं तो सच्चे ज्ञान की खोज में उठ जाती हैं। और वह सच्चा ज्ञान कहीं हिमालय की कंदराओं में नहीं है, कहीं सहारा के रेगिस्तानों में नहीं है , कहीं सात समुंदर पार करके उसे खोजने नहीं जाना है , वह ज्ञान प्रत्येक के भीतर है जिसकी मैं बात कर रहा हूं। वह प्रत्येक का अपना निज–स्वरूप है, वह प्रत्येक का अपना स्वभाव है। एक बार मिथ्या से हमारी आंख हट जाए, तो हम उसको खोज ले पा सकते हैं जो हम हैं, जो सदा से हमारा है।

लेकिन गलत चीज पर मुट्ठी बंधी हो, तो ठीक चीज की तलाश में हाथ खोज ही नहीं कर पाते हैं। इसलिए गलत को गलत जान लेना पहली बात है। व्यर्थ को व्यर्थ जान लेना पहली बात है। असार को असार जान लेना पहली बात है , ताकि सार्थक की तरफ हम आंख तो उठा सकें।

और जब तक हम व्यर्थ को सार्थक समझते हैं, जब तक हम ना–कुछ को सब–कुछ समझते हैं, तब तक सत्य की तरफ आंख कैसे उठ सकती है? सब्स्टीट्यूट जब तक हमारे हाथ में हैं तब तक बड़ी गड़बड़ है, तब तक खयाल में भी नहीं आ सकता। जब तक कोई चीज पूर्ति कर रही है, मिथ्या चीज पूर्ति कर रही है, तब तक खयाल भी नहीं आ सकता है कि कैसे हम उसको खोजें जो ठीक है और सही है।

इसलिए मैंने पहली बात आपसे कही और फिर से कुछ बातें वापस आपको खयाल में लाने की कोशिश की कि क्यों इतना जोर दे रहा हूं? क्यों शब्द और सिद्धांत और शास्त्रों को इतना व्यर्थ कह रहा हूं? क्यों चाहता हूं कि आपके भीतर न जानने की स्मृति आ जाए, जाना हुआ व्यर्थ हो जाए , आप इसके ऊपर उठ जाएं? और आप खुले मन से, एक ओपन माइंड से जगत को फिर से देख सकें, नया। सीखा हुआ नहीं, याद किया हुआ नहीं , बिलकुल नई आंखों से जगत को देख सकें। स्मरण रखिए कि जिन आंखों से अभी आप देख रहे हैं उन आंखों से परमात्मा अगर देखा जा सकता होता तो देख लिया गया होता। कब तक उन्हीं पुरानी आंखों से देखने की कोशिश जारी रखिएगा? अगर उनसे कहीं कुछ मिलने वाला होता तो मिल गया होता। कब तक प्रतीक्षा करिएगा? लेकिन स्पष्ट है कि उनसे उसकी झलक नहीं मिली जो है। तो कहीं ऐसा तो नहीं कि हमारे देखने की आंख ही गलत है?

एक मस्जिद में एक सुबह ही सुबह कुछ लोग नमाज पढ़ कर बाहर निकले थे और एक व्यक्ति मस्जिद में प्रविष्ट हुआ। उसने जूते आहिस्ते से उतारे और द्वार के किनारे रख कर वह मस्जिद के भीतर चला गया। वे जो लोग द्वार पर खड़े थे, उन्होंने सोचा, वे जूते कीमती थे, बहुत चमकदार थे, बहुत बहुमूल्य थे। लेकिन वह आदमी इतने आहिस्ते से उन्हें द्वार पर रख गया था कि वे सब चकित हो गए और आपस में पूछने लगे कि इस आदमी ने जूते बाहर क्यों छोड़ दिए हैं? कोई इन्हें चुरा ले जाए तो? और वह आदमी ऐसे भीतर चला गया है जैसे उसे कोई प्रयोजन ही नहीं है, जैसे इन जूतों से उसका कोई संबंध नहीं है। फिर उन्होंने सोचा, हम रुक जाएं और जब वह लौटे तो उससे पूछें। वे रुके थे, तभी एक दूसरा आदमी भी प्रविष्ट हुआ, उसने अपने फटे-पुराने जूते उतारे, दोनों को एक साथ हाथ में लिया और मस्जिद के भीतर चला गया। उन लोगों में से कोई बोला: एक आदमी यह भी है कि अपने फटे-पुराने जूतों को भी मस्जिद के भीतर ले जा रहा है। जो जूते को भी बाहर नहीं छोड़ सकता, वह मंदिर में कैसी प्रार्थना करेगा? फिर उन्होंने सोचा, किसी ने कहा कि वह भी जब बाहर आ जाए तो उससे भी हम पूछें कि उसके फटे-पुराने जूतों को भीतर ले जाने की वजह क्या है? क्या उसे कोई भय है कि कोई इन्हें चुरा न ले?

फिर पहला आदमी नमाज पढ़ कर बाहर आया, वह अपने जूते पहन रहा था, तो उन लोगों ने पूछा कि क्या हम पूछ सकते हैं कि आप अपने कीमती जूते इतने चुपचाप बाहर छोड़ गए, इसका राज क्या है? आप भीतर क्यों नहीं ले गए? लोग आमतौर से फटे-पुराने जूते भी भीतर ले जाते हैं। अभी आपके पीछे ही दूसरा आदमी जूते भीतर लेकर नमाज पढ़ने गया। उस आदमी ने कहा: मेरे दोस्तो, मैं जूते इसलिए बाहर छोड़ गया कि अगर कोई उन्हें चुराना चाहे तो मैं उसके बीच बाधा न बन सकूं, एक। दूसरे, इसलिए जूते बाहर छोड़ गया कि अगर किसी को जूते चुराने की कामना पैदा हो, टेम्पटेशन पैदा हो, उत्तेजना पैदा हो और कहीं वह उस उत्तेजना पर विजय पा ले और जूते चुराने से बच जाए, तो उसे एक पुण्य का अवसर देने का सौभाग्य मुझे भी मिलता है। इसलिए मैं जूते बाहर छोड़ गया।

उसने जूते पहने और वह अपने रास्ते पर हो गया। और वे सब चकित और आश्चर्य से खड़े रह गए। और उन्होंने कहा: कितना अदभुत आदमी है। कोई चोरी में बाधा न बन जाऊं, मैं इसलिए जूते बाहर छोड़ गया। और इसलिए जूते बाहर छोड़ गया कि हो सकता है कोई चोरी करने से बच सके, तो उसके पुण्य का भी सौभाग्य

मुझे मिलता है। फिर उन्होंने कहा: और वह दूसरा आदमी? वह कैसा निकृष्ट आदमी है। फिर वह दूसरा आदमी भी अपने जूते बगल में दबाए हुए बाहर निकला, तो उन्होंने उसे रोका और कहा: दोस्त, क्या आप बता सकेंगे कि इन फटे-पुराने जूतों को भी आप बाहर क्यों नहीं छोड़ गए? जब कि लोग बहुमूल्य जूते भी बाहर छोड़ जाते हैं। उस आदमी ने कहा: तुम पूछते हो, तो मैं बताता हूं। इसलिए जूते बाहर नहीं छोड़ गया कि कहीं किसी का मन उन पर चोरी करने का न हो जाए, अन्यथा उसके पाप में मैं भी भागीदार हो गया। उसे मैंने मौका दिया चोरी करने का, तो मैं चोरी में भागीदार हो गया। और अगर उसने चोरी न भी की, सिर्फ उसे टेम्पटेशन हुआ, सिर्फ उसे उत्तेजना हुई, कामना हुई कि चोरी कर लूं, तो भी चित्त तो चोर हो ही गया। तो मैं ऐसा मौका नहीं देना चाहता कि किसी का चित्त चोर हो। इसलिए मैं जूते भीतर ले गया।

वे लोग उसकी बात सुन कर भी हैरान रह गए और कहने लगे कि कैसा साधु-पुरुष है। कैसा भला आदमी है। वह आदमी अपने जूते पहन कर रास्ते पर हो लिया। और तभी उन लोगों के बीच में एक बूढ़ा खड़ा था, वह बूढ़ा हंसने लगा। तो उन लोगों ने पूछा कि तुम क्यों हंसते हो? उसने कहा: मैं इसलिए हंसता हूं कि दोनों आदमियों ने जो बातें कहीं, उनका सत्य से कोई भी संबंध नहीं है, उनका सच्चाई से कोई भी संबंध नहीं है। तथ्य कुछ और ही है। उन लोगों ने पूछा: तथ्य क्या है? उस आदमी ने कहा: तुम देख भी नहीं पाए कि एक तीसरा आदमी भी भीतर प्रविष्ट हुआ। लेकिन उसके पास न तो बाहर रखने को जूते थे, न भीतर ले जाने को जूते थे। वह आदमी तुम्हें दिखाई ही नहीं पड़ा। क्योंकि न उसके पास जूते बाहर रखने को थे, न भीतर। वह चुपचाप भीतर प्रविष्ट हो गया। उसका तुम्हें पता भी नहीं चला। इन दो आदमियों का तुम्हें पता चला और इन दोनों आदमियों ने अपने कृत्य की बड़ी ज्ञानपूर्ण व्याख्या की। सच्चाई कुछ और है।

जो आदमी कीमती जूते बाहर छोड़ गया है, उस आदमी को मैं भलीभांति जानता हूं। उस बूढ़े ने कहा: वह केवल जूते इसलिए बाहर छोड़ गया, ताकि तुम उसके जूते ठीक से देख लो कि कितने चमकदार और कीमती हैं। अन्यथा मस्जिद में उन जूतों को लेकर आने की कोई जरूरत भी न थी। छोड़ने का राज यह नहीं था जो उसने बताया, वह तो सिर्फ तरकीब थी, जस्टीफिकेशन था, वह किसी चीज को न्यायसंगत ठहराने की आदमी की होशियारी थी, वह आदमी की कनिंगनेस है। मैं उस आदमी को भलीभांति जानता हूं, एक्झिबीशन का उसे शौक है, चीजों को प्रदर्शन करने की उसे

आदत है। हर चीज दिखा देना चाहता है, सब लोग देख लें। उसके घर में एक बार उसकी बीवी मर गई थी, तो वह घर के भीतर नहीं रोता था, चौरस्ते पर खड़े होकर रोता था, ताकि सबको पता चल जाए कि उसकी बीवी मर गई है और वह रो रहा है। उस आदमी को मैं भलीभांति जानता हूं, वह क्यों जूते बाहर रख गया था।

नहीं; लेकिन उसने बड़ी ज्ञानपूर्ण बात कही और बड़े गहरे अज्ञान को छिपा लिया। और तुम भी धोखे में आ गए हो। और जो आदमी जूते भीतर ले गया था, उस आदमी को मैं भलीभांति जानता हूं। वह नमाज कम पढ़ता है, जूतों का ध्यान ज्यादा रखता है। फटे-पुराने जूते भी छोड़ने की उसकी हिम्मत नहीं है। लेकिन अपनी इस कमजोरी को उसने बड़ी ज्ञानपूर्ण बातों में छिपा लिया। उसने बड़ी अच्छी बात कही है कि मैं इसलिए जूते भीतर ले गया था।

लेकिन जो आदमी न जूते बाहर छोड़ गया, न भीतर, वह तुम्हें दिखाई ही नहीं पड़ा। वह तुम्हारे खयाल में भी नहीं आया। तुम उससे पूछने भी नहीं गए। तुमने उससे पूछा भी नहीं कि तेरे पास जूते भी नहीं हैं। उस आदमी के पास जूते थे, लेकिन वह जूते एक उस आदमी को दे आया जो गरीब था और बूढ़ा था और सड़क पर नंगे पैर चल रहा था। वह अपने जूते किसी बूढ़े आदमी को दे आया है, जो नंगे पैर था और धूप में चल रहा था। लेकिन उसकी तरफ किसी का ध्यान भी नहीं गया।

ध्यान उनकी तरफ जाता है जो ध्यान आकर्षित करते हैं। ध्यान उनकी तरफ नहीं जाता जो चुपचाप जीवन के रास्ते से गुजर जाते हैं। और फिर जो हम सीख लेते हैं ज्ञान, हम अपने सारे जीवन को उस ज्ञान से ढांकने और छिपाने का उपाय करते हैं। ज्ञान के हम वस्त्र बना लेते हैं और अपने सारे जीवन की वृत्तियों को, सारी अंधेरी वृत्तियों को ज्ञान की आड़ में छिपा लेते हैं। यह ज्ञान, सीखा हुआ ज्ञान कहीं ले जाता तो नहीं, लेकिन जीवन की व्यर्थता को, जीवन के अंधेरे को, जीवन के घावों को छिपाने का जरूर काम करता है।

इसलिए दुनिया में जितना यह तथाकथित ज्ञान बढ़ता जाता है, आदमी अपने हर पाप के लिए जस्टीफिकेशन खोजता चला जाता है। वह जो भी बुरा करता है, उसके भी कारण बताता है। जो भी बुरा करता है, उसके लिए भी शास्त्रों का उद्धरण देता है। उसे शास्त्र खयाल ही तब आते हैं जब उसे कोई बात छिपानी होती है, तब उसका ज्ञान बीच में काम करता है और रुकावट बनता है।

जीवन को बदलने के काम में नहीं आता यह ज्ञान, नहीं आ सकता है। केवल जीवन न बदल पाए, इसके लिए जरूर काम में आता है। अगर वह चोरी करता है

आदमी, तो वह मार्क्स की कैपिटल में से ही उद्धरण देगा कि धन तो सभी चोरी है, जिसके पास भी धन है वह चोर है। इसलिए अगर मैं चोरी करता हूं, तो क्या बात है। और फिर जिन लोगों ने चोरी कर-कर के धन इकट्ठा कर रखा है, और अगर उनसे चोरी भी की जाए, तो यह पुण्य का कार्य; मैं उनका धन वापस लौटा रहा हूं उनके पास जिनका वह है।

दुनिया भर के डाकू इसमें अपना जस्टीफिकेशन खोज सकते हैं। खोजते हैं। लेकिन इस डकैती को वे सिद्धांतों के नाम देते हैं। अगर एक आदमी धन इकट्ठा कर ले पाप से, बेईमानी से, सब तरह की चोरी से, तो वह यह नहीं कहता कि मैंने चोरी और बेईमानी से धन इकट्ठा किया है, वह कहता है कि धन तो पुण्य का अर्जन है , पिछले जन्मों में जो अच्छे कर्म करता है उसको धन मिलता है। शास्त्रों में लिखा हुआ है। शास्त्र उसकी गवाही बन जाते हैं। शास्त्र उसकी गवाही बन जाते हैं। और शास्त्रों में, दुनिया के शास्त्रों में शायद कोई भी एक ऐसी बात नहीं है जिसके लिए गवाही न खोजी जा सके। एक पाप ऐसा नहीं है जिसके लिए गवाही न खोजी जा सके। जीवन बहुत विराट है। एक आदमी जुआ खेलता है, तो युधिष्ठिर की गवाही देता है कि युधिष्ठिर जुआ खेलते थे। और मैं क्या जुआ खेलता हूं, बड़े जुआरी लोग थे, अपनी पत्नी को भी जुए पर लगा देते थे!

सारा यह तथाकथित ज्ञान जो हम इकट्ठा कर लेते हैं, हमारे भीतर जो हमें नहीं बदलना है उसके लिए सहारा बनता है और कुछ भी नहीं। इस झूठे ज्ञान से कभी किसी को बदलते हुए तो नहीं देखा गया , लेकिन नहीं बदलते हुए जरूर देखा गया है। सारी पृथ्वी इसका सबूत है और गवाही है। जो हमें करना होता है हम करते हैं और ज्ञान की गवाही, विटनेस इकट्ठी कर लेते हैं।

अज्ञानी के पास कम से कम गवाही तो नहीं होती, अज्ञानी कम से कम इतना तो कहता है कि मैं अपराधी हूं, मुझसे भूल हो गई। और जो आदमी यह कहता है कि मुझसे भूल हो गई, उसकी भूल के बदलने का उपाय हो सकता है। लेकिन जो आदमी कहता है, भूल का सवाल कहां, सारे शास्त्र तो मेरे पक्ष में खड़े हैं।

हर युद्ध को धर्मयुद्ध कहा जाता है, हर युद्ध के पीछे शास्त्रों की गवाही खोजी जाती है , हर बुराई के पीछे शास्त्र इकट्ठे किए जाते हैं। हर बुराई के पीछे ज्ञान की इतने जोर से चीख-पुकार मचाई जाती है कि बुराई तो मिट ही जाती है, ज्ञान ही दिखाई पड़ता रह जाता है। दुनिया में कुछ ऐसा नहीं है जिसके लिए ज्ञान का सहारा नहीं मिल जाता

हो। और इस भांति सीखे हुए ज्ञान ने आदमियत को रूपांतरित तो नहीं किया, लेकिन रोका जरूर है।

मैं आपसे कहता हूं: ज्ञान का सहारा छोड़ दें, खो दें ज्ञान का सहारा। और जैसे आप हैं सीधे और साफ, अनजस्टीफाइड, कोई न्यायसंगतियां हम नहीं खोज रहे हैं अपने लिए--बुरे हैं तो बुरे, भले हैं तो भले। उस सीधी सच्चाई को, सारे ज्ञान को एक तरफ रख कर सोचें। नहीं तो एक गुंडा हत्या करता है किसी की, हत्या करने का मजा लेता है, लेकिन वह कहता है, मैं हिंदू हूं और यह मुसलमान है, और मुसलमान को समाप्त करना धर्म है। और एक दूसरा गुंडा एक औरत को घसीटता है और व्यभिचार करता है, वह मुसलमान है और औरत हिंदू है, वह कहता है, यह हिंदू औरत है, और इसलिए मैं इसे उठा कर ले जा रहा हूं, यह धर्म का कार्य हो रहा है। मस्जिदें जलाई जाती हैं और मंदिर तोड़े जाते हैं। मूर्तियां तोड़ी जाती हैं और किताबों में आग लगाई जाती है। और आदमी की हत्या की जाती है अच्छे-अच्छे सिद्धांतों के नाम पर और अच्छे-अच्छे ज्ञान के नाम पर। हैरानी है इस ज्ञान को। लानत भी है इस ज्ञान के लिए। दुर्भाग्य है यह हमारा कि इस ज्ञान की आड़ को हम लिए ही चले जाते हैं। दुनिया भर के पाप किए जाते हैं ज्ञान और किताबों की आड़ में, और वे पाप चलते रहेंगे जब तक, जब तक कि हम किताबों के उस झूठे मोह को न छोड़ दें और जीवन को सीधा देखने के लिए तैयार न हो जाएं। सीधा केवल वही देख सकता है जो ज्ञान को विदा दे देता है और विस्मय की आंखें, आश्चर्य की आंखों को उपलब्ध कर लेता है।

इसलिए मैंने सुबह ये बात कहीं और ये कुछ सूत्र मैंने पुनः स्पष्ट किए। मैं आशा करता हूं कि वे आपको साफ हुए होंगे। और उन पर सोचिए और विचार करिए और पूछिए और खोजिए ताकि एक दिन यह बात बहुत ही स्पष्ट आपके सामने खड़ी हो जाए। अगर यह बात स्पष्ट हो जाए, तो आपके जीवन में क्रांति की शुरुआत हो जाती है।

यह पहले सूत्र की दोनों चर्चाएं पूरी हुईं। कल सुबह हम दूसरे सूत्र पर विचार करेंगे।

मेरी बातों को इतनी शांति से सुना, उसके लिए बहुत-बहुत धन्यवाद। अंत में सबके भीतर बैठे हुए परमात्मा को प्रणाम करता हूं। मेरे प्रणाम स्वीकार करें।

२

जीवन में आनंद की खोज

मेरे प्रिय आत्मन्!

कल सुबह और सांझ की चर्चा में प्रभु के द्वार की पहली सीढ़ी पर हमने बात की। उस पहली सीढ़ी को मैंने विस्मय का भाव कहा। ज्ञान की जड़ता नहीं, विस्मय की तरलता चाहिए। ज्ञान का बोझ नहीं, विस्मय की निर्बोझ चित्त-दशा चाहिए। ज्ञान का अहंकार नहीं, विस्मय की निर्दोष सरलता चाहिए। इस संबंध में कल मैंने आपसे बात की है। आज दूसरे सूत्र पर मुझे आपसे बात करनी है।

एक छोटी सी कहानी से मैं उसे शुरू करना चाहूंगा।

एक बहुत बड़ी महानगरी में एक नया मंदिर निर्मित हो रहा था। सैकड़ों कारीगर वहां पत्थर खोदने, मूर्तियां बनाने, दीवालें उठाने में लगे हुए थे। एक अजनबी यात्री उस मंदिर के करीब से गुजरा। उस यात्री ने एक पत्थर तोड़ते हुए कारीगर मजदूर से पूछा: मेरे मित्र क्या कर रहे हो?

उस मजदूर ने क्रोध से भरी हुई आंखें ऊपर उठाईं, जैसे उसकी आंखों से आग की चिनगारियां निकलती हों, ऐसे अत्यंत रोष से उसने कहा कि क्या अंधे हो, आंखें नहीं हैं, दिखाई नहीं पड़ता है कि मैं क्या कर रहा हूं? मैं पत्थर तोड़ रहा हूं। और वह वापस अपने पत्थर तोड़ने में लग गया। जैसे वह पत्थर कम तोड़ रहा हो और क्रोध ही ज्यादा निकाल रहा हो।

वह यात्री आगे बढ़ गया। उसने दूसरे एक पत्थर तोड़ते हुए कारीगर से पूछा: मेरे मित्र, क्या कर रहे हो?

उसने अत्यंत उदास आंखों से उस यात्री की तरफ देखा, जैसे उन आंखों में कोई भाव ही न हो, वे आंखें ऐसी निस्तेज, ऐसी उदास, ऐसी उदासीन कि जैसे वे आंखें किसी जीवित व्यक्ति की आंखें न होकर किसी मृत व्यक्ति की आंखें हों। और उस आदमी ने अत्यंत धीमे और रोते से स्वर में कहा: अपने बच्चों के लिए रोटी-रोजी कमा रहा हूं। और वापस उतनी ही सुस्ती से वह पत्थर तोड़ने में लग गया।

वह यात्री आगे बढ़ा और उसने मंदिर की सीढ़ियों पर पत्थर तोड़ते एक तीसरे कारीगर से पूछा कि मेरे मित्र, क्या कर रहे हो?

वह कारीगर पत्थर भी तोड़ रहा था और गीत भी गुनगुना रहा था। और उसकी आंखों में किसी खुशी की चमक थी और उसके प्राणों में किसी आनंद का भाव था। उसने आंखें ऊपर उठाईं और उस आदमी को ऐसे देखा जैसे कोई अपने प्रेमी को देखता है, और फिर उसने कहा कि मेरे मित्र, मैं भगवान का मंदिर बना रहा हूं। और वह वापस गीत गाने लगा और पत्थर तोड़ने लगा।

वह यात्री तो चकित रह गया! वे तीनों लोग ही पत्थर तोड़ रहे थे। वे तीनों एक ही काम कर रहे थे। लेकिन एक क्रोध से भरा था, और उसे वह काम सिर्फ पत्थर तोड़ना दिखाई पड़ रहा था। दूसरा आदमी उदास था, उसके पास कोई जीवंत भाव न था--न क्रोध का, न दुख का, न आनंद का; वह जैसे राह के किनारे चुपचाप पड़ा रह गया था, जैसे उसने जीवन की सारी आशा छोड़ दी हो, उसने धीरे से रोते हुए कहा था: बच्चों के लिए रोटी-रोजी कमा रहा हूं। वह भी पत्थर तोड़ रहा था। और तीसरे आदमी ने तो ऐसे कहा जैसे वह कोई अपने प्रियतम की प्रतिमा बना रहा हो। उसने कहा: मैं भगवान का मंदिर बना रहा हूं। उसकी आंखों में खुशी थी, उसके प्राणों में गीत था, उसके आस-पास की हवा में कुछ और ही झलक थी, कोई और ही नृत्य था, कोई और ही ध्वनि थी, कोई और ही प्रार्थना थी। उसके आस-पास जैसे पूजा की धूप, सुगंध फैल रही हो, वैसी दशा थी। और वे तीनों लोग पत्थर ही तोड़ रहे थे। लेकिन उन तीनों के जीवन को देखने की दृष्टि भिन्न थी।

जीवन वैसा ही हो जाता है जैसी उसे देखने की हमारे पास दृष्टि होती है। जो लोग सत्य के मंदिर में प्रवेश करना चाहते हैं, उनके पास आनंद की दृष्टि चाहिए।

विस्मय का भाव, पहला सूत्र है।

दूसरा सूत्र है: आनंद की दृष्टि।

दुख की दृष्टि से कोई जीवन के मंदिर में प्रवेश नहीं पा सकता है। दुख की दृष्टि अपने हाथों से अपनी आंखें फोड़ लेना है। दुख की दृष्टि अपने हाथों से अपने पंख काट

लेना है। दुख की दृष्टि अपने हाथों से अपने पैर तोड़ लेना है। फिर कोई यात्रा नहीं हो सकती है। न आंखें पास रह जाती हैं, न पंख, न पैर। फिर आदमी वहीं पड़ा रह जाता है दुख के डबरे में, दुख के गड्ढे में, दुख की अंधेरी रात में, दुख के कारागृह में ही बंद रह जाता है और उसके पार नहीं उठ पाता।

पृथ्वी पर दुख के अतिरिक्त और कोई मजबूत कारागृह नहीं है। और सब जंजीरें छोटी हैं, और तोड़ी जा सकती हैं। और सब दीवालें कमजोर हैं, और गिराई जा सकती हैं। और सब परतंत्रताएं, आसान है उनसे मुक्त हो जाना। लेकिन दुख की बेड़ी, और दुख की दीवाल, और दुख की परतंत्रता बहुत गहरी है। और आश्चर्यों का आश्चर्य यह है कि आदमी खुद ही उस दीवाल को उठाता है। चुन-चुन कर एक-एक ईंट जमाता है। उस दुख की कड़ियों को खुद निर्मित करता है और उन्हें मजबूत करता है, अपने खून से उन्हें सींचता है। और फिर उस दुख के कारागृह में बंद होकर समाप्त हो जाता है।

जो दुख के कारागृह में बंद हैं, उनकी आंखें अगर आलोक के सूरज को न देख पाती हों, तो कोई आश्चर्य नहीं है।

इसलिए दूसरे सूत्र में मैं आपको यह कहना चाहूंगा: यह दुख की दृष्टि क्या है और हमने कैसे पैदा कर ली? क्या यह आनंद की दृष्टि में परिवर्तित नहीं हो सकती है? और हैरानी होगी यह बात जान कर कि जीवन के प्रति इस दुख की दृष्टि को पैदा करने में तथाकथित धार्मिक परंपराओं का सबसे ज्यादा बुनियादी हाथ है। आज कोई तीन हजार वर्षों से सारी दुनिया में जीवन को निंदित किया जा रहा है, जीवन को बुरा कहा जा रहा है, जीवन को पाप कहा जा रहा है, जीवन को छोड़ने योग्य बताया जा रहा है। जीवन असार है, जीवन दुख है, जीवन पीड़ा है, जीवन चिंता है। और धार्मिक आदमी का एक ही काम है कि किसी भांति जीवन के आवागमन से मुक्त हो जाए। यह दृष्टि इतनी विषाक्त, इतनी पायज़नस है, इसने सारे जीवन के रस को छीन लिया आदमी से। अगर जीवन दुख है, जीवन पीड़ा है, जीवन चिंता है, पाप है, और केवल वे ही पैदा होते हैं जो पापी हैं। पाप के द्वारा जीवन पाने का अर्जन होता है यदि, और पुण्यात्मा जीवन से दूर हट जाते हैं, जीवन में उनका आवागमन नहीं होता, तो जीवन में जो आते हैं वे किसी अंधकारपूर्ण मार्ग पर यात्रा करते हैं। ऐसी जो यह धारा है हजारों वर्षों से आदमी को समझाए जाने की, उस धारा ने हमारे प्राणों के सारे रस को सोख लिया है, उसने हमारी आंखों के सारे आनंद-भाव को छीन लिया, उसने हमारी जीवन-वीणा के सारे संगीत को तोड़ डाला है, उसने सब तार तोड़ दिए हैं।

तो पहली बात तो यह समझ लेनी जरूरी है कि धार्मिक आदमी वह नहीं है, जो जीवन को दुख कहता है; धार्मिक आदमी वह है, जो जीवन को प्रभु की परम कृपा और आनंद का वरदान समझता है। धार्मिक आदमी वह नहीं है, जो जीवन को छोड़ कर भाग जाता है; धार्मिक आदमी वह है, जो जीवन को उसकी परिपूर्णता में जीता है।

धर्म भागने वालों, पलायनवादियों, एस्केपिस्ट का मार्ग नही है। धर्म तो जीवंत प्रतिभाओं का, आनंद से आपूरित चेतनाओं का, उनका जिन्होंने जीवन के रस को उसकी परिपूर्णता में पी लेने का संकल्प किया है, उनका मार्ग है। लेकिन अब तक धर्म की स्थिति उलटी ही रही है।

और अगर हम जीवन को दुख मान कर शुरुआत करेंगे, जीवन को बुरा मान कर हम यात्रा प्रारंभ करेंगे, जीवन को कांटे समझ कर, कंटकाकीर्ण समझ कर यदि हमारा उपक्रम शुरू होगा, हमारा अभियान शुरू होगा, तो इसमें कोई आश्चर्य नहीं कि अंत में जीवन में सिर्फ कांटे ही उपलब्ध हों, अंधेरा ही उपलब्ध हो, दुख और पीड़ा ही उपलब्ध हो। हम जिस बात के बीज बोते हैं उसके ही फल हमें उपलब्ध भी हो जाते हैं। जीवन वैसा ही हो जाता है जैसा हम उसे देखने की तैयारी करते हैं। जीवन हमारे देखने की तैयारी में ही ढल जाता है। वही ठीक ही है, वही द्वार है, हमारी तैयारी, जिससे हम जीवन को देखते हैं।

और जीवन को अनंत रूपों में देखा जा सकता है। आप जिस भांति देख रहे होंगे, वह जीवन नहीं है, वह आपके देखने की दृष्टि ही है।

एक छोटे से गांव की मुझे स्मृति आती है। उस गांव में सुबह ही सुबह अभी धूप निकली थी, सूरज निकला था, सर्दी के दिन थे, और एक बैलगाड़ी आकर रुकी, और गांव के दरवाजे पर बैठे बूढ़े से उस सवार ने पूछा बैलगाड़ी के: इस गांव के लोग कैसे हैं? मैं इस गांव में निवास करना चाहता हूं।

उस बूढ़े ने उस आदमी को नीचे से ऊपर तक देखा और उस बूढ़े ने पूछा: इसके पहले कि मैं कुछ कहूं कि इस गांव के लोग कैसे हैं, मैं जानना चाहूंगा कि उस गांव के लोग कैसे थे जिसे तुम छोड़ कर आ रहे हो? क्योंकि उस गांव के बाबत बिना जाने हुए मैं कुछ भी इस गांव के संबंध में कहने में असमर्थ हूं।

वह आदमी तो बहुत हैरान हो गया। उसने कहा: उस गांव के लोगों को जानने से इस गांव के संबंध में बताने का क्या संबंध है? और उस गांव के लोगों की याद भी मत दिलाओ। उन दुष्टों की वजह से ही मुझे वह गांव छोड़ना पड़ा है। उस गांव जैसे बुरे

लोग जमीन पर कहीं भी नहीं हैं। और कभी भगवान ने मुझे ताकत दी, तो उस गांव की ईंट-ईंट बजा दूंगा, एक-एक आदमी को उसका फल चखा दूंगा कि मुझे गांव के बाहर हटाने का क्या परिणाम हो सकता था।

उस बूढ़े ने कहा: दोस्त, तुम गाड़ी में वापस सवार हो जाओ, मैं सत्तर साल से इस गांव में रहता हूं, मेरे अनुभव से कहता हूं कि इस गांव के लोगों को तुम उस गांव के लोगों से भी बुरा पाओगे। इस गांव से बुरे लोग जमीन पर कहीं है ही नहीं। तुम कोई और दूसरा गांव खोज लो।

और जब वह बैलगाड़ी आगे बढ़ गई, तब उस बूढ़े ने कहा: और खयाल रखना, इस बूढ़े की बात का खयाल रखना कि अब किसी और गांव में मत पूछना कि इस गांव के लोग कैसे हैं, अन्यथा तुमको जमीन पर कहीं ठहरने की जगह भी नहीं मिलेगी। चुपचाप किसी भी गांव में ठहर जाना।

पता नहीं वह आदमी समझा कि नहीं समझा। लेकिन वह गाड़ी जा भी न पाई थी कि एक घुड़सवार आकर रुक गया और उस घुड़सवार ने भी यही पूछा कि मैं इस गांव का निवासी बनना चाहता हूं। क्या बूढ़े बाबा यह बता सकोगे कि यहां के लोग कैसे हैं?

उस बूढ़े ने कहा: बड़े आश्चर्य की बात है। अभी एक आदमी यही पूछ कर गया ! लेकिन मुझे तुमसे फिर पूछना पड़ेगा, उस गांव के लोग कैसे थे जहां से तुम आते हो?

वह आदमी हंसने लगा। और उसने कहा: आप ठीक ही पूछते हैं, क्योंकि जिस गांव को छोड़ कर मैं आता हूं अगर उस संबंध में न बता सकूं तो आप भी अपने गांव के संबंध में कैसे बता सकेंगे। उस गांव के लोग इतने प्यारे थे कि उन्हें छोड़ कर आया हूं, लेकिन मेरे प्राण वहीं पीछे रह गए हैं। और जीवन भर एक ही सपना रहेगा मेरे मन में और एक ही कामना रहेगी कि जब भी मौका मिल जाए मैं वापस उस गांव में पहुंच जाऊं। वे लोग बहुत प्यारे थे, वह पृथ्वी पर स्वर्ग जैसा गांव है। लेकिन दुर्भाग्य ने, किन्हीं मुसीबतों ने मुझे दूसरी जगह शरण लेने के लिए मजबूर कर दिया। इसलिए उस गांव को छोड़ कर आना पड़ा।।

उस बूढ़े ने कहा: बेटे, घोड़े से नीचे उतर जाओ। मैं सत्तर साल से इस गांव में हूं, मैं तुम्हें विश्वास दिलाता हूं, इस गांव के लोगों को तुम उस गांव के लोगों से भी अच्छा पाओगे। इस गांव जैसे भले लोग पृथ्वी पर कहीं भी नहीं हैं।

क्या हुआ? उस बूढ़े की समझ कैसी थी?

हम सबको दिखाई पड़ सकती है उसकी आंख, उसकी समझ। लेकिन क्या हमारी समझ वैसी है? क्या कभी हमने सोचा, गांव वैसा ही दिखाई पड़ता है जैसे हम हैं ? क्या कभी हमने सोचा, पड़ोसी वैसे ही मालूम पड़ते हैं जैसे हम हैं ? क्या हमने कभी सोचा कि दिन और रात वे ही हो जाते हैं जैसे हम हैं ? क्या हमने कभी सोचा कि जीवन की यात्रा उसी पथ से गुजरती है जो हमारी दृष्टि का पथ है ? हर आदमी अपने साथ अपनी दुनिया लिए हुए जीता है। और फिर हम पूछते हैं, ईश्वर कहां है? और फिर हम पूछते हैं, आत्मा कहां है? और फिर हम पूछते हैं, आनंद कहां है? फिर हम पूछते हैं, अर्थ कहां है, जीवन का प्रयोजन कहां है?

मत पूछिए यह, पूछिए यह कि कहीं आपकी दृष्टि तो ऐसी नहीं कि आनंद को देख ही न पाए, सत्य को देख ही न पाए, परमात्मा को देख ही न पाए, आलोक और अमृत के दर्शन ही न कर सके ? कहीं आप आंख बंद किए हुए तो नहीं खड़े हैं? कहीं आपकी आंख तो विकृत नहीं है? लेकिन हममें से यह कोई भी नहीं पूछता। हम हमेशा पूछते हैं कि बाहर गलत है। हम कभी यह नहीं पूछते कि कहीं बाहर भीतर का ही प्रक्षेपण तो नहीं है, उसी का प्रोजेक्शन तो नहीं? जो भीतर है कहीं वही तो बाहर नहीं दिखाई पड़ता? और मैं आपसे निवेदन करता हूं, कोई भी आदमी उस बात को देखने में असमर्थ है जो उसके भीतर न हो। जो उसके भीतर है केवल उसके ही दर्शन बाहर हो सकते हैं।

इसलिए बाहर मत खोजिए। बाहर हमेशा उसके ही दर्शन होते हैं जो भीतर है, जो पीछे है। सिनेमा में हम देखते हैं पर्दे पर चित्र चलते हैं, लेकिन वे चित्र कहीं पीछे से प्रोजक्ट होते हैं, वहां हम आंख भी उठा कर नहीं देखते। प्रोजेक्टर पीछे लगा होता है, हमारी पीठ के पीछे, दीवाल के पीछे छिपा होता है, चित्रों के प्राण वहां होते हैं, वे चित्र पर्दे पर दिखाई पड़ते हैं सामने, लेकिन आते पीछे से हैं।

जीवन पूरी ही एक पर्दे पर दिखाई पड़ने वाली लीला है। प्रोजेक्टर हमेशा हमारे भीतर और पीछे है, दीवाल की आड़ में है, वह हमें दिखाई नहीं पड़ता। और अगर हम, तस्वीरें जो बन रही हैं पर्दे पर, उनको बदलना चाहें और कोशिश करें कि पर्दा दूसरा दिखाई पड़े, पर्दे पर दूसरे चित्र दिखाई पड़ें, तो हमें क्या करना पड़ेगा? क्या हम पर्दे को बदलें, क्या हम तस्वीरों को बदलें, या प्रोजेक्टर को बदलें, या पीछे प्रोजेक्टर पर चलती हुई फिल्म को बदलें? हम क्या करें? क्या हम पागलों की तरह पर्दे को बदलने में लग जाएं, तो कुछ बदलाहट हो सकेगी ? लेकिन सारी दुनिया पर आदमी

पर्दे को बदलने में ही लगा रहता है , प्रोजेक्टर का किसी को खयाल ही नही आता। हम पर्दे को फाड़ सकते हैं, हम पर्दे को रंग सकते हैं, लेकिन तस्वीरें नहीं बदलेंगी, तस्वीरें वही बनती रहेंगी जो भीतर से प्रोजेक्टर फेंक रहा है।

एक दुखी आदमी झोपड़े में से महल में चला जाए, उसने पर्दा बदल लिया। पर्दे पर झोपड़े की जगह महल बना लिया, लेकिन अगर वह झोपड़े में दुखी था, तो ध्यान रखिए, वह महल में भी दुखी रहेगा। वह दुख का प्रोजेक्टर तो अपना काम करता रहेगा। उस दुख से झोपड़े का कोई भी संबंध न था। झोपड़ा एक पर्दा था, महल दूसरा पर्दा है। लेकिन वह जो दुख की तस्वीर थी भीतर, वह झोपड़े पर बनती थी, फिर वह महल पर बनने लगेगी। और ठीक से समझ लेना, झोपड़े पर हो सकता था तस्वीर ठीक से दिखाई न पड़ती हो, ऊबड़-खाबड़ दीवालें थीं , महल की साफ चिकनी दीवालों पर तस्वीर और अच्छी बनती है , और स्पष्ट दिखाई पड़ती है।

इससे कोई फर्क नहीं पड़ता कि हम बाहर क्या बदल लेते हैं। बाहर की कोई भी बदलाहट बुनियादी नहीं है। जीवन के अनुभव में उससे कोई भी भेद नहीं पड़ता है। जीवन का अनुभव हमेशा वही है, जो हमारे देखने का कोण है , जहां से हम देखते हैं। वहां नहीं, जहां हम देखते हैं। ऑब्जेक्टिव नहीं, सब्जेक्टिव। जीवन की सारी लीला बाहर नहीं, भीतर अंतस में फलित होती है और घटित होती है। और अगर अंतस में हमारे देखने का बिंदु, हमारा कोण दुख का है, तो फिर कोई फर्क नहीं पड़ सकता है। लेकिन आदमी बड़े धोखे में आ जाता है।

मैंने सुना है, एक आदमी, एक गरीब आदमी एक बहुत कीमती गाय खरीद लाया। वह गाय एक बड़े राजमहल से खरीदी गई थी। उस गाय को अच्छे से अच्छा घास, अच्छे से अच्छे भोजन के चरने की आदत थी। फिर उस गाय को अपने घर में ले आया। लेकिन उस गरीब किसान के पास सूखे भूसे के अतिरिक्त गाय को देने को कुछ भी न था। उसने सूखा भूसा उसके सामने रखा, लेकिन गाय ने तो सिर फिरा लिया, उसने उस भूसे की तरफ देखने की भी तैयारी न दिखाई। वह गरीब किसान बहुत मुश्किल में पड़ गया। उसने अपने सब गहने बेच कर वह गाय खरीदी थी। बड़े दिन की कामना थी उसके मन में कि एक बढ़िया से बढ़िया, सुंदर से सुंदर जाति की गाय उसके घर में हो। लेकिन वह यह भूल ही गया था कि उसे मैं खिलाऊंगा क्या? उसने घास, उसके सामने रखने को उसके पास नहीं थी हरी घास, सूखा भूसा था। लेकिन गाय ने इनकार कर दिया। वह बहुत दुखी और परेशान हुआ। उसने गाय को सब भांति समझाने

की कोशिश की, लेकिन गाय की कुछ समझ में नहीं आया। गाय उदास खड़ी रही।

फिर वह गांव में एक साधु के पास गया, जो उस गांव का बूढ़ा समझदार था। उसने उस साधु के पैर छुए और कहा: मैं क्या करूं? घास मेरे पास नहीं, सूखा भूसा है। और गाय उस भूसे को खाने से इनकार करती है। मैंने लाख समझाने की कोशिश की, लेकिन वह सुनती ही नहीं है। मैंने बहुत कहा कि तुम गऊमाता हो, सुन लो। देखो, हम तुम्हारे लिए कितना बड़ा आंदोलन चलाते हैं, दिल्ली में अपनी जान खपाते हैं, और तुम बेटों की इतनी बात भी नहीं सुनतीं। लेकिन वह मानती नहीं, वह सुनती नहीं। आज मुझे पहली दफा पता चला कि आदमी गऊ को माता मानता हो, लेकिन गऊ उसको बेटा होने की बिलकुल फिकर नही करती। वह मानती नहीं है, मैं क्या करूं?

उस संन्यासी ने कहा: तुम एक काम करो, तुम हरे रंग का एक चश्मा खरीद लाओ और गाय को पहना दो।

वह आदमी एक हरे रंग का चश्मा खरीद लाया और उसने गाय को पहना दिया, वह गाय घास चरने लगी। उसे सूखा भूसा हरा दिखाई पड़ने लगा।

वह आदमी बहुत खुश हुआ और संन्यासी को धन्यवाद देने गया और कहा कि आप अदभुत हैं , आपने ऐसी तरकीब बताई कि मुझे तो आश्चर्य कि आप इतना जानते हैं गायों के संबंध में कि आपने यह बता दिया कि उसको हरा चश्मा लगा दो!

उस संन्यासी ने कहा: गायों के संबंध में मैं कुछ भी नहीं जानता, मैं तो आदमियों का जानकार हूं, आदमी चश्मे बदल लेते हैं और समझते हैं सब बदल गया।

धोखा...! पर्दे बदल लेते हैं, ऊपर से तस्वीरें बदल लेते हैं, ऊपर से रंग बदल लेते हैं और भीतर वही के वही बने रहते हैं। और फिर भूसे को घास के धोखे में खा जाते हैं। आदमी खा जाते हैं, वह तो गाय है! तो गाय तो बेचारी धोखे में आ ही जाएगी।

यह जो हमारे सारे जीवन की दुख की कथा है, इसमें हम ऊपर से कितनी ही बदलाहट करें, वह बदलाहट डिसेप्शन और धोखे से ज्यादा सिद्ध नहीं होती। मौलिक परिवर्तन उस अंतस-चित्त में चाहिए, ऊपर नहीं। न चश्मे बदलने का सवाल है, न कपड़े बदलने का, न मकान बदलने का, न चीजें बदलने का। बहुत बुनियाद में गहरा सवाल उस अंतरात्मा को बदलने का है जहां से हम खड़े होते हैं, जो हमारी भूमि है, जहां से हम खड़े होकर जीवन को देखते हैं, जहां से हमारे प्राण सारे जगत की तरफ आंखें उठाते हैं, उस जगह, उस जगह बदलाहट करने का। और वहां हम दुख से भरे हुए हैं। वहां हमारी मौलिक दृष्टि दुख की है। यह दुख कैसे समझ में आ गया आदमी

को? किन्होंने समझाया यह दुख? कैसे हमारे प्राणों में जीवन के रस की धार सूख गई और हम दुख से भरे रह गए? और स्मरण रहे, यह कठिन नहीं है, जीवन के हर सुख की निंदा की जा सकती है, जीवन के हर रस का खंडन किया जा सकता है, जीवन के हर आनंद को व्यर्थ बताया जा सकता है। उसके सीक्रेट हैं, उसकी तरकीबें हैं, उसके राज हैं।

मैं एक जलप्रपात देखने गया था। एक बहुत खूबसूरत रात में पूर्णिमा का चांद और उस निर्जन वीरान में, उन पहाड़ियों में अपने एक मित्र के साथ मैं गया। वे मित्र मुझे वहां ले गए थे। फिर दूर से ही घनघोर गर्जन सुनाई पड़ने लगा उस प्रपात का, हवाएं ठंडी हो गईं और उसका आमंत्रण, उसकी पुकार आने लगी। फिर हमने कार रास्ते पर छोड़ी और हम दोनों चलने लगे, तो मैंने अपने मित्र को कहा कि आप अपने ड्राइवर को भी बुला लें, वह भी चले। लेकिन मित्र कुछ हंसने लगे, तो मैंने खुद ड्राइवर को बुलाया और मैंने कहा: दोस्त, तुम भी आ जाओ। उसने कहा: मैं वहां क्या खाक करूंगा? वहां क्या रखा हुआ है? कुछ पत्थर पड़े हैं और पानी गिर रहा है! वहां है क्या? वहां है क्या, उस आदमी ने कहा, और मुझे हमेशा हैरानी होती है कि लोग पागलों की भांति वहां क्या देखने आते हैं! कुछ पत्थर पड़े हैं, कुछ पानी गिरता है! देखने जैसी वहां बात क्या है?

मैंने उस ड्राइवर को कहा कि मेरे दोस्त, तुम व्यर्थ ही ड्राइवरी कर रहे हो, तुम तो कोई धर्मगुरु हो सकते हो। तुम छोड़ो यह काम। तुम्हें तो जीवन की निंदा करने का सूत्र उपलब्ध हो गया, तुम्हें तो सीक्रेट पता चल गया, तुम्हें तो राज मिल गया, तुम तो जीवन की किसी भी चीज का खंडन कर सकते हो। तुम व्यर्थ ही इस काम में लगे हो, तुम तो बड़ा काम ले सकते हो हाथ में।

मेरे मित्र रास्ते में पूछने लगे कि आपने यह क्यों कहा उससे? मैंने कहा: बस यही सूत्र है जिससे आदमी के जीवन का सारा दुख, सारा दुख पैदा किया गया है। मनुष्य-जाति के प्राणों में जितना अंधकार भर दिया है--इसी सूत्र ने।

हर चीज को विश्लिष्ट किया जा सकता है, एनालिसिस की जा सकती है और बताया जा सकता है उसमें क्या है। एक सुंदर शरीर है, सुंदर आंख है, एक खूबसूरत फूल है या एक जलप्रपात है, हम विश्लेषण करें और हम कह सकते हैं उसमें क्या है। एक आदमी के शरीर का विश्लेषण करवा लीजिए जाकर किसी शरीर-शास्त्री से, वह कहेगा, उसमें इतना अल्युमिनियम है, इतना लोहा है, इतना तांबा है। कुल जमा मिला

कर वैज्ञानिक कहते हैं कि एक आदमी के शरीर में चार रुपये बारह आने से ज्यादा की चीजें नहीं होतीं। तो वह वैज्ञानिक कहेगा, उसमें सौंदर्य-वौंदर्य क्या है, इतना लोहा है, इतना तांबा है, इतना कैल्शियम है, इतना फलां है, ढिकां है, यह चार रुपये बारह आने की चीजें हैं। तुम पागल हुए जा रहे हो, कहते हो कि वह शरीर सुंदर है। कुछ भी नहीं है उसमें। ये इतनी सी चीजें हैं। बाजार में जाकर खरीद लो बजाय आदमी को प्रेम करने के। एक पोटली में ये चीजें रख लो, उसको प्रेम करो । आदमी में और है क्या ? आदमी में कुछ भी नहीं है। जलप्रपात में कुछ भी नहीं है, पत्थर और पानी है! आदमी में क्या है? और इस विश्लेषण करने वाले से आप जीत नहीं सकते, क्योंकि वह प्रयोगशाला में सिद्ध कर देगा कि वह ठीक कह रहा है।

एक कवि एक फूल के गीत गा रहा है और नाच रहा है और खुश हो रहा है और कह रहा है कि उसे फूल में भगवान दिखाई पड़ गए। दुर्भाग्य से अगर वहां कोई केमिस्ट चला आए, कोई रसायन-शास्त्री चला आए, कोई वनस्पति-शास्त्री चला आए, वह फौरन कवि की गर्दन पकड़ लेगा और कहेगा, पागल हो गए हो, कुछ भी नहीं है इसमें, कहां है सौंदर्य? चलो मेरी प्रयोगशाला में, मैं वहां लेबोरेटरी में सब जांच-परख करके बताता हूं, सौंदर्य आज तक प्रयोगशाला में पाया नहीं गया। कुछ रासायनिक द्रव्य हैं, कुछ वनस्पति है, कुछ खनिज हैं। फूल में और कुछ भी नहीं है। पागल हुए जा रहे हो, दिमाग खराब है तुम्हारा।

और कवि को हार जाना पड़ेगा। कवि रोज हारता गया उनके सामने जिनके पास जीवन के आनंद की दृष्टि नहीं है, केवल विश्लेषण का सूत्र है। दुनिया में कविता हारती गई और विज्ञान जीतता गया। दुनिया में वे लोग हारते गए जिनमें जीवन को आनंद से देखने की क्षमता थी और वे लोग जीतते गए जिनके जीवन में कोई आनंद की क्षमता नहीं थी। और धीरे-धीरे मनुष्य के प्राण जड़ पत्थर की भांति होते चले गए।

मार्क ट्वेन का नाम आपने सुना होगा, वह एक हंसोड़ अदुभत आदमी था। उसके एक मित्र ने, जो एक चर्च में उपदेशक था, मार्क ट्वेन को कहा कि कभी मेरा व्याख्यान सुनने भी आइए। मार्क ट्वेन उसका व्याख्यान सुनने गया। उसके व्याख्यानों की बड़ी चर्चा थी, उसके बोलने में कोई जादू था, उसके प्राणों में कोई बात थी कि वह शब्दों में उंड़ेल देता था। उसका बोलना एक गीत था, एक काव्य था, उसके बोलने में एक संगीत था, कोई सच्चाई थी जो प्रतिध्वनित होती थी। मार्क ट्वेन एक घंटे तक वहां बैठा रहा। मंत्रमुग्ध लोग उसे सुन रहे थे। फिर एक घंटे के बाद जब वह मित्र बाहर

निकला और मार्क ट्वेन से उसने पूछा कि आपको कैसा लगा मैंने जो बोला? मार्क ट्वेन ने कहा: क्या खाक पूछते हो कैसा लगा? तुम्हें जान कर दुख होगा, तुमने जो भी बोला है उसमें शब्दों के अतिरिक्त कुछ भी नहीं था। और दूसरी बात, शब्द भी सब बासे और उधार थे। मेरे पास एक किताब है, जो मैंने भाग्य से कल रात ही पढ़ी, उसमें तुम्हारा बोला हुआ एक-एक शब्द लिखा हुआ है।

वह तो हैरान हो गया। उसने कहा: क्या कहते हो? आश्चर्य! मैंने बिना कहीं पढ़े यह बोला है, मैंने बिना तैयार किए यह बोला है। और यह तो असंभव है कि एक-एक शब्द किसी किताब में इसमें का लिखा हो जो मैंने बोला है!

मार्क ट्वेन ने कहा: शर्त बदते हो? सौ-सौ रुपये की शर्त हो गई। और मार्क ट्वेन ने कहा: कल सुबह मैं वह किताब भेज दूंगा, जिसमें तुमने जो बोला है एक-एक शब्द लिखा हुआ है। बेइमानी, लोगों को धोखा दे रहे हो। वह आदमी तो चकित रह गया! यह को-इंसीडेंस भी असंभव है। यह संयोग भी असंभव है। और कभी ऐसा हो भी सकता है कि किसी वाक्य का कोई वाक्य कहीं मिल जाए, लेकिन एक घंटा बोला गया एक-एक शब्द मिल जाए! लेकिन मार्क ट्वेन जीत गया। उस पुरोहित को सौ रुपये मार्क ट्वेन को देने पड़े। उसने दूसरे दिन सुबह एक डिक्शनरी भेज दी, शब्दकोश भेज दिया और कहा कि इसमें एक-एक शब्द लिखा हुआ है तुमने जो बोला है। वह मार्क ट्वेन जीत गया। जो शर्त उसने बदी थी, वह ठीक थी। डिक्शनरी में तो एक-एक शब्द लिखा हुआ है बोला हुआ।

यह सीक्रेट है। चीजों में जो भी रहस्य है, चीजों में जो भी सौंदर्य है, चीजों में जो भी जीवन है, उसे क्षण भर में एवोपरेट किया जा सकता है, उसको वाष्पीभूत किया जा सकता है । फिर कुछ नहीं रह जाएगा पीछे वहां।

विश्लेषण की कीमिया, एनालिसिस की केमिस्ट्री जिसको समझ में आ गई, वह आदमी के जीवन के दुख का मूल कारण पता लगा ले सकता है कि आदमी इतना दुखी क्यों हो गया। किसी चीज में कुछ भी नहीं है--प्रेम में कुछ भी नहीं है, परिवार में कुछ भी नहीं है, जगत में कुछ भी नहीं है, हर चीज में कुछ भी नहीं है , यह कहा जा सकता है। और तीन हजार वर्षों से इस महामंत्र को गुंजाया जा रहा है आदमी की छाती पर कि कहीं भी कुछ नहीं है--सब व्यर्थ है, सब असार है, सब छोड़ो और भागो।

जीवन में कुछ भी नहीं है, मृत्यु के पार सब-कुछ है। इस दृष्टि ने सारे जीवन को मृत्यु जैसा बना दिया है। प्रभु के विरोध में अगर और कोई सबसे बड़ा षडयंत्र चला हो,

तो इससे बड़ा नहीं हो सकता। परमात्मा के शत्रुओं ने अगर और कोई बड़ा आयोजन किया हो, तो इससे बड़ा नहीं हो सकता।

एक अमरीकी करोड़पति ने एक बहुत बड़े चित्रकार पिकासो से अपना एक चित्र बनवाया। करोड़पति था, उसने सोचा कि पैसे तय करने की क्या जरूरत है, ज्यादा से ज्यादा दो-चार हजार रुपये मांगेगा। फिर छह महीने बाद उसने खबर पहुंचवाई कि बहुत देर लग गई, अब तक चित्र नहीं बन पाया? पिकासो ने कहा: थोड़ा ठहरिए, भगवान को भी आदमी को बनाने में कम से कम नौ महीने लग जाते हैं। मैं कोई भगवान नहीं हूं। कोशिश कर रहा हूं। साल भर बाद खबर मिली कि चित्र बन गया है, आप आकर ले जाएं। वह करोड़पति चित्र को लेने गया। चित्र सुंदर बना था। उसने पूछा कि इसके क्या दाम होंगे? पिकासो ने कहा: पांच हजार डालर। कोई पच्चीस हजार रुपये। उस करोड़पति ने कहा: क्या मजाक कर रहे हैं? इस छोटे से कैनवस के टुकड़े पर थोड़े से रंग पोत दिए हैं और कहने लगे कि पच्चीस हजार रुपये! क्या है इसमें? थोड़ा सा कैनवस का टुकड़ा है और थोड़े से रंग हैं। दस-पांच रुपये की चीज लगी है और आप कहते हैं कि पच्चीस हजार रुपये! क्या मजाक करते हैं? उसे पता नहीं था कि पिकासो क्या कहेगा?

पिकासो ने वह चित्र अपने सहयोगी को कहा कि भीतर ले जाओ, इस आदमी की क्षमता चित्र को देखने की ही नहीं है। और भीतर से इससे भी बड़ा कैनवस का टुकड़ा ले आओ और रंगों की भरी पूरी ट्यूब ले आओ और इसको दे दो, और इसको जो पैसा देना हो दे जाए।

एक कैनवस का टुकड़ा और रंगों की भरी हुई ट्यूब लाकर उसके सहयोगी ने सामने रख दी। उस करोड़पति को पिकासो ने कहा: अब जो भी आपकी मर्जी हो, दाम दो-चार रुपये, दस रुपये; और अगर कोई भी मर्जी न हो, तो मुफ्त में ले जाइए, हम इतने गरीब नहीं हैं।

लेकिन वह करोड़पति कहने लगा: मैं इस ट्यूब को और रंगों को और कैनवस को ले जाकर क्या करूंगा? मुझे चित्र चाहिए।

तो पिकासो ने कहा: फिर स्मरण रखिए, चित्र कैनवस और रंग का जोड़ ही नहीं है, चित्र कैनवस और रंग के जोड़ से कुछ ज्यादा है। और वह जो कुछ ज्यादा है, उसकी कीमत है, उसका मूल्य है। चित्र रंग और कैनवस के जोड़ से कुछ ज्यादा है, वह जो समथिंग है, वह जो कुछ ज्यादा है, वह चित्र है।

लेकिन वैज्ञानिक को पूछिए, तो वह कहेगा, चित्र रंग और कैनवस का जोड़ है। इससे ज्यादा और क्या है? प्रयोगशाला में इससे ज्यादा कुछ पाया भी नहीं जा सकता। इसीलिए प्रयोगशाला शरीर के ऊपर नहीं उठ पाती है। इसलिए विश्लेषण करने वाला शरीर के पार नहीं जा पाता।

और तथाकथित धार्मिक भी शरीरवादी रहे हैं और वैज्ञानिक भी शरीरवादी हैं। अन्यथा जीवन में इतना आनंद है--अकूत। अन्यथा जीवन में इतना सौंदर्य है--अपरंपार। अन्यथा जीवन में इतना अर्थ है, इतना मीनिंग है--अव्याख्य। लेकिन वह उनको नहीं दिखाई पड़ सकता जो विश्लेषण करके चीजों को तोड़ लेंगे। फिर वहां कुछ भी नहीं रह जाता है। आदमी को तोड़ लें, तो हड्डी-मांस-मज्जा रह जाती है। चित्र को तोड़ लें, तो रंग और कैनवस रह जाता है। फूल को तोड़ लें, तो रासायनिक और खनिज द्रव्य रह जाते हैं। और कविता को तोड़ लें, तो केवल शब्द और व्याकरण रह जाती है। और तब कोई भी कह सकता है कि क्या रखा है इसमें? कोई भी कह सकता है कि क्या है इसमें? और इस विश्लेषण की प्रक्रिया से मनुष्य के जीवन के सारे रस को छीन लिया गया। मनुष्य दुखी हो गया, मनुष्य बिलकुल दुखी हो गया। और जब एक बार यह दुख की दृष्टि पकड़ जाए, तो फिर क्या दिखाई पड़ना शुरू होता है मालूम है आपको?

ऐसे दुख भरे आदमी को एक बगिया में खड़ा कर दिया जाए और उससे पूछा जाए: यह जो गुलाब का फूल लगा है, यह दिखाई पड़ता है? वह कहेगा, खाक गुलाब का फ ूल लगा हुआ है, हजारों कांटे लगे हैं, तब कहीं मुश्किल से जरा सा फूल खिला हुआ है। यह कोई दुनिया है ? कांटे ही कांटे हैं यहां । फूल सिर्फ धोखा है , कांटे असलियत हैं। फूल सिर्फ प्रलोभन है। फूल के कारण आदमी कांटों पर चलने को मजबूर हो जाता है। फूल की आशा में आदमी कांटों को झेल लेता है। जिंदगी कांटें हैं। फूल धोखा है, फूल प्रलोभन है। फूल ऐसे ही है जैसे मछली को फांसने के लिए आटे की गोली लगा देते हैं कांटे पर, ऐसा आदमी को फांसने के लिए कांटों के पास एक फूल लगा दिया है। फूल धोखा है, फूल प्रलोभन है, फूल सपना है, फूल असत्य है। असली तो कांटे हैं, कांटों से सावधान! वह जो जिसकी दुख की दृष्टि है, ऐसा कहेगा। लेकिन जिसके पास आनंद की दृष्टि है, वह नाचने लगेगा फूल को देख कर और वह कहेगा, आश्चर्य कि इतने कांटों में भी फूल खिल सकता है! अदभुत है यह जगत! विस्मयपूर्ण है यह जगत! इतने कांटों में भी एक फूल खिल सकता है! कांटों के बीच भी फूल का जन्म हो

सकता है! मिरेकल, चमत्कार है यह! और जो आदमी इस मिरेकल को, इस चमत्कार को देखने में समर्थ हो जाएगा, बहुत दूर नहीं है उसकी मंजिल जिस दिन उसे फूलों के पीछे छिपे कांटे भी फूल दिखाई पड़ने न लग जाएं। और जो आदमी कांटों को देखता है और फूल को नहीं, बहुत जल्दी उसे फूल भी कांटा मालूम होने लगेगा।

एक दुख की दृष्टि वाले आदमी से पूछें कि जीवन कैसा है? तो वह कहेगा, क्या रखा है इस जीवन में? दो अंधेरी रातें आती हैं तब कहीं एक छोटा सा दिन आता है। दिन जल्दी गुजर जाता है, रात बहुत मुश्किल से गुजरती है। लेकिन आनंद की दृष्टि से पूछें, वह कहेगी, अदभुत है यह जगत, अदभुत है यह जगत, दो उजाले से भरे हुए दिन के बीच में थोड़ी सी अंधेरी रात आती है।

देखने की सारी बात है, हम कैसे देखते हैं। जिंदगी में रातें भी हैं, दिन भी हैं; फ ूल भी हैं, कांटे भी हैं। हम कैसे देखते हैं। और स्मरण रखें, जो फूलों को देखता है, धीरे-धीरे उसके लिए कांटे फूल हो जाते हैं। जो दिन को देखता है, दिवस को देखता है, सूर्योदय को देखता है, धीरे-धीरे उसे अंधेरी रातें भी प्रकाशोज्ज्वल हो जाती हैं। जो सूर्य को देखता है, धीरे-धीरे उसे अमावस भी सूरज की रात हो जाती है। उसके अंधेरे मिट जाते हैं, उसे वह अंधेरा भी रोशनी ले लेता है। यह देखने की बात है कि हम कैसे देखते हैं। जरा सा फर्क और पृथ्वी और स्वर्ग अलग हो जाते हैं। जरा सा फर्क, पृथ्वी नरक बन जाती है। जरा सा फर्क, पृथ्वी स्वर्ग बन जाती है। जरा सा फर्क, शायद देखने के जरा से कोण का अंतर और सब-कुछ और हो जाता है।

दो यहूदी संन्यासी अपने गुरु के आश्रम में भर्ती हुए थे। दोनों युवा। वे वहां प्रभु की शिक्षा लेने गए थे। वे वहां उस द्वार के संबंध में समझने गए थे जो परमात्मा तक ले जा सके। लेकिन उन दोनों को धूम्रपान की आदत थी, दोनों को सिगरेट पीने की आदत थी। गुरु के आश्रम में कैसे सिगरेट पी सकेंगे, वे बहुत चिंतित थे। फिर आश्रम में जाकर उन्हें पता चला कि एक घंटे के लिए आश्रम के बाहर बगीचे में घूमने की आज्ञा मिलती है। लेकिन वह आज्ञा भी घूमने के लिए नहीं मिलती, वह समय भी ईश्वर-चिंतन के लिए मिलता है। तो उन्होंने सोचा कि बगीचे में कौन देखेगा, उसी ईश्वर-चिंतन के क्षण में हम सिगरेट भी पी लिया करेंगे। लेकिन फिर उन्हें खयाल आया कि असत्य का व्यवहार आते से ही शुरू कर देना ठीक नहीं है, हम जाकर गुरु से पूछ लें, आज्ञा ले लें, तो अच्छा होगा।

उनमें से एक युवा गुरु के पास गया। और जब वह वहां से आज्ञा लेकर लौटा, तो बहुत क्रोध से लौटा। गुरु ने उसे इनकार कर दिया था। एकदम बोले थे गुरु कि

नहीं, सिगरेट नहीं पी सकते हो। वह जब लौट कर आया, तो उसने देखा कि बगीचे में उसका साथी तो गुरु से पूछ कर पहले ही आ गया है और बैठा हुआ सिगरेट पी रहा है। वह तो बहुत घबड़ा गया। और उसने कहा: यह क्या धोखा है? क्या तुम गुरु की आज्ञा नहीं मान रहे हो? उस युवक ने कहा: नहीं, उन्होंने मुझे आज्ञा दी। उन्होंने कहा: तुम पी सकते हो।

तब तो उस युवक का मन और क्रोध और प्रतिशोध से भर गया। और उसने कहा: यह क्या अन्याय है? यह क्या भेदभाव है? मुझे उन्होंने एकदम इनकार किया कि नहीं, नहीं पी सकते हो और तुम्हें कैसे आज्ञा दी? उस सिगरेट पीते हुए युवक ने पूछा: तुमने उनसे क्या पूछा था?

उस युवक ने कहा: पूछने की क्या बात थी, मैंने पूछा था कि क्या मैं ईश्वर-चिंतन करते समय सिगरेट पी सकता हूं? उन्होंने कहा: नहीं, बिलकुल नहीं। तुमने क्या पूछा था?

वह युवक हंसने लगा। उसने कहा: मैंने पूछा था: क्या मैं सिगरेट पीते समय ईश्वर-चिंतन कर सकता हूं? उन्होंने कहा: हां, बिलकुल कर सकते हो।

एक इंच का फर्क और स्वर्ग और नरक अलग हो जाते हैं। एक इंच का फासला और हां और न उपलब्ध हो सकते हैं। एक इंच का फासला और वही जीवन स्वीकृति बन सकता है और वही जीवन अस्वीकृति। एक इंच का फासला, वही जीवन आनंद की धारा बन सकता है और वही जीवन दुख का गड्ढा। दृष्टि का थोड़ा सा फर्क।

विश्लेषण की दृष्टि मनुष्य को दुख देती है। संश्लेषण की दृष्टि, सिंथेटिक विज़न, एटामिक दृष्टि, अणु-अणु में तोड़ लेने की बात मनुष्य के जीवन का सारा सार, सारी हरियाली छीन लेती है; सारा रस, सारा काव्य विलीन हो जाता है। एटामिक एटिट्यूड, आणविक दृष्टि, तोड़ने की दृष्टि, खंडन करने की दृष्टि, विश्लेषण करने की दृष्टि, सब रस छीन लेती है, सब गीत छीन लेती है।

टोटल व्यू, समग्र दृष्टि, इकट्ठा कर लेने की दृष्टि, सिंथेसिस की दृष्टि, चीजों को जोड़ कर देखने की दृष्टि, मनुष्य के जीवन में वह जो रंग और कैनवस से ज्यादा है, उसका अवतरण बनती है। वह जो शब्दों के जोड़ से ज्यादा है, उस गीत का जन्म बनती है। वह जो ध्वनियों के मेल से ज्यादा है, उस संगीत की खबर बनती है। और परमात्मा, परमात्मा का अनुभव केवल उन्हें हो सकता है जिनके पास जोड़ने की दृष्टि है। जो सारे जीवन को जोड़ कर देखने में समर्थ हो जाते हैं, तब उस जोड़ में ही, समग्र

जीवन के उस इकट्ठे होने में ही, उसके दर्शन हो जाते हैं जो जोड़ से ऊपर और ज्यादा है।

विज्ञान परमात्मा तक कभी नहीं पहुंच सकेगा। तर्कशास्त्री भी परमात्मा तक कभी नही पहुंच सकेगा। मैजिशियन, साइंटिस्ट कभी भी परमात्मा तक नही पहुंच सकेंगे। उनकी मौलिक दृष्टि ही तोड़ने की, आणविक खंडन करने की, विश्लेषण करने की है। परमात्मा तक तो केवल वे ही पहुंचते हैं जो जीवन के परिपूर्ण काव्य को उसकी समग्रता में, उसकी परिपूर्णता में, उसके इकट्ठे होने में देखने में समर्थ हो जाते हैं।

आनंद की दृष्टि का अर्थ है: जीवन को जोड़ कर देखने की क्षमता। और जीवन में उस बिंदु को खोजने की क्षमता जहां से आनंद की स्फुरणा हो सकती है। अगर गुलाब के पौधे के पास खड़े हों, तो गुलाब के फूल को देखने की क्षमता, इतने गुलाब के फूल को देखने की क्षमता कि गुलाब के फूल की पंखुड़ियां इतनी बड़ी हो जाएं, इतना प्राणों को घेर लें कि कांटों का कोई पता न रह जाए। धीरे-धीरे गुलाब ही गुलाब रह जाए और कांटे क्षीण होते जाएं और विलीन होते चले जाएं। कांटे न हो जाएं और गुलाब हां हो जाए।

एक इंच का फासला और हां और न अलग हो सकते हैं। जीवन में प्रतिपल, प्रतिक्षण, उठते-बैठते, सोते-जागते, खाते-पीते--दुकान पर, घर में, बाजार में, मंदिर में, भीड़ में, एकांत में उसकी तलाश और खोज जो सबका जोड़ है, उसकी झलक जो प्रकाश है, उसका स्मरण जो आनंद है। और जहां भी भीतर दुख मिले वहां इस बात की तलाश कि कहीं यह दुख की दृष्टि मेरे विश्लेषण से तो पैदा नहीं हो रही है? और विश्लेषण की दृष्टि को विदा। एक व्यक्ति अगर विश्लेषण की वृत्ति को विदा कर दे जीवन को देखने में, तो परमात्मा इतना निकट है जितना और कुछ भी निकट नहीं है। इस दीवाल के अतिरिक्त मनुष्य के बीच और समग्र चेतना के बीच और कोई दीवाल नहीं है।

इसलिए दूसरा सूत्र आपसे कहना चाहता हूं: प्रतिपल पत्थर तोड़ते हुए परमात्मा के मंदिर बनाने का सूत्र: आप वह मजदूर भी हो सकते हैं जो पत्थर तोड़ रहा है, वह मजदूर भी जो रोटी-रोजी कमा रहा है, वह मजदूर भी जो गीत गा रहा है और जान रहा है कि परमात्मा का मंदिर बना रहा है।

जीवन एक पूजा हो सकती है अगर वह आनंद के भाव से भर जाए। जीवन एक प्रार्थना हो जाता है। जीवन का प्रतिपल एक पवित्रता को उपलब्ध हो जाता है अगर वह आनंद की वेदी पर समर्पित हो जाए। खोजें आनंद को, देखें आनंद को। और ऐसा कोई भी आदमी नहीं हो सकता और ऐसी कोई भी स्थिति नहीं हो सकती, ऐसा कोई

संयोग नहीं हो सकता, ऐसी कोई परिस्थिति नहीं हो सकती, ऐसा कोई भाग्य नहीं हो सकता, ऐसी कोई नियति नहीं हो सकती जहां कि आनंद को न खोजा जा सके , जहां कि आनंद की खोज असंभव हो। ऐसी कोई सिचुएशन नहीं है, ऐसी कोई संभावना ही नहीं है जहां कि आनंद को न देखा जा सके। आनंद को देखा जा सकता है। और एक बार आनंद दिखाई पड़ने लगे, तो फिर आनंद बड़ा होता चला जाता है।

पहले दर्शन पर जो गंगोत्री में उतरी हुई आनंद की छोटी सी धारा होती है, पहले दर्शन पर, चारों तरफ अंधकार होता है, आनंद की थोड़ी सी किरण होती है। लेकिन एक किरण भी हजारों मील घने अंधकार से ज्यादा शक्तिशाली है। गंगा की धीमी सी धारा भी हिमालय के सख्त और मजबूत पत्थरों से ज्यादा मजबूत है। फिर पत्थरों को तोड़ कर वह धारा बहने लगती है। अंधेरे को फोड़ कर वह किरण आगे बढ़ने लगती है। और एक बार उसका सूत्र हाथ में आ जाए: आनंद की छोटी सी किरण का, छोटी सी धारा का, तो बहुत शीघ्र वह बड़ी होती जाती है। वह मैदानों की गंगा हो जाती है। और बहते-बहते वह आनंद के सागर को उपलब्ध हो जाती है।

लेकिन हमारे पास वह पहली किरण नहीं , हमारे पास वह पहला कदम नहीं, हमारे पास वह पहली गंगोत्री का पहला अवतरण नहीं । और इसलिए हम जीवन भर भटकते हैं और सागर तक नहीं पहुंच पाते हैं।

इसलिए दूसरा सूत्र: जीवन में आनंद को खोजने का प्रयोग करें। मत जाएं मंदिर; मंदिर जाने से कभी कोई धार्मिक नहीं हुआ। मत जाएं मस्जिद; मस्जिद जाने वालों ने क्या-क्या नहीं किया है; जिसको हम अधर्म सहज ही कह सकते हैं, धर्म नहीं। गिरजाघरों में, शिवालयों में इकट्ठे होने वाले लोगों ने पृथ्वी को कौन सी पवित्रता दे दी? मत जाएं वहां। लेकिन जहां भी जाएं वहां आनंद को खोजते हुए जाएं, तो आप पाएंगे: जहां आपको आनंद मिल जाएगा वहीं मंदिर है, वहीं मस्जिद है, वहीं शिवालय है। जहां जाएं वहां आनंद की तलाश में जाएं। जहां जाएं वहां आंखें खोजती रहें, हाथ टटोलते रहें, प्राण धक्-धक् सुनते रहें कि आनंद की कोई खबर, आनंद के कोई पद-चिह्न तो सुनाई नहीं पड़ रहे हैं? और अगर आप सजग हो जाएंगे, सजग हो जाएंगे, तो वे प्रतिपल सुनाई पड़ते हैं। और अगर आप बेहोश सोए रहे, तो वे कभी भी सुनाई नहीं पड़ सकते हैं।

एक छोटी सी घटना और आज की सुबह की चर्चा मैं पूरी करूंगा।

एक आदमी ने जीवन भर मंदिरों में प्रार्थना की, जीवन भर धर्म की कथाएं सुनीं,

दान किया, पुण्य किया , यज्ञ-हवन किए, करवाए। सारी पृथ्वी उसे पूजती थी कि वह बहुत धार्मिक व्यक्ति है, बहुत पूज्य व्यक्ति है। लेकिन किसी को यह पता भी नहीं था कि यह सब उपक्रम पूजा पाने के लिए ही किया गया है। फिर उस आदमी की मृत्यु हुई, तो वह सीधा ही भागा हुआ स्वर्ग के द्वार पर पहुंचा। क्योंकि वह तो अधिकारी था--उसने इतना पुण्य किया था और फलां-फलां जगतगुरुओं से वह अपने लिए सर्टिफिकेट लिखवा लाया था कि मुझे प्रवेश-द्वार पर कोई रुकावट न होनी चाहिए। क्योंकि मैंने इतने यज्ञ किए हैं, इतने हवन किए हैं। मैंने इतना घी जलवा दिया है, इतने गेहूं जलवा दिए हैं। मैंने इतने मंत्र पढ़वाए, इतने पंडितों को भोजन करवाया। वह सब अपने खातेबही लेकर स्वर्ग के द्वार पर उपस्थित हो गया। लेकिन द्वार बंद था। उसने बहुत द्वार पीटा, तब भीतर से आवाज आई कि कौन यहां उपद्रव मचा रहा है? यह द्वार सौ वर्ष में केवल एक बार खुलता है। प्रतीक्षा करो। क्योंकि सौ वर्ष में भी मुश्किल से इसके खुलने का मौका आता है। सौ वर्ष में मुश्किल से कोई एक आदमी इस योग्य हो पाता है कि उसके लिए द्वार खुले। तो सौ वर्ष में एक बार खुलता है। तुम बाहर बैठ कर प्रतीक्षा करो। और हमेशा सजग रहना, आंखें खुली रखना, होश से बैठे रहना, क्योंकि एक क्षण में खुलता है और बंद हो जाता है; चूक गए तो फिर सौ साल के लिए चूक गए।

वह आदमी तो बहुत हैरान हुआ। लेकिन उसने सोचा, मैं इतना पुण्यात्मा, इतने यज्ञ-हवन करवाने वाला, इतनी रामायण पढ़वाने वाला, इतने अखंड पाठ करवाने वाला। हालांकि उसे पता नहीं कि उसके अखंड पाठ के कारण कितने विद्यार्थी परीक्षाओं में फेल हो गए हैं। उसको पता नहीं कि उसके अखंड पाठ के कारण कितने मरीज मर गए हैं। उसे यह पता नहीं है। उसने अखंड पाठ करवाए हैं, रात भर लाउड स्पीकर लगवा कर राम-राम जपवाई है, तो क्या इतना नहीं कर सकूंगा मैं कि होश से बैठा रहूं? लेकिन उसे बड़ी तकलीफ होने लगी। दो-चार-दस क्षण ही गुजरे, और वहां कोई सोशल वर्क भी नहीं था, कोई सामाजिक सेवा का काम भी नहीं था कि भूदान करवा दे, कि जाकर स्कूल खुलवा दे, कि अनाथालय चलवा दे , कि यज्ञ करवा दे, कि रामायण पढ़े कि क्या करे, वहां कुछ आकुपेशन नहीं था। बड़ी मुश्किल, बेचैन हो गया। वहां कोई काम नहीं सूझता। वहां कोई सामाजिक सेवा का मौका नहीं, वहां कोई आदमी नहीं जिसकी सेवा करे। कुछ मौका नहीं। सिवाय नींद के कोई रास्ता नहीं। झपकी आने लगी। झपकी उसको आई ही थी कि जोर की आवाज हुई, जैसे

कोई बादल गरजे हों। आंख उसने खोली, द्वार खुल चुका था और बंद हो रहा था। वह तो बड़ा घबड़ाया। उसने फिर द्वार पीटे कि यह क्या करते हो? तुम तो कहते थे कि सौ साल में खुलेगा, यह तो अभी खुल गया। उस द्वारपाल ने कहा: मैंने यह नहीं कहा था, मैंने कहा था, सौ साल में एक बार खुलता है। कभी भी खुल सकता है, तुम होश से बैठे रहना।

वह आदमी तो रोने-चिल्लाने लगा। उसने कहा: होश रखना तो कठिन है। वह द्वारपाल भीतर से हंसने लगा। उसने कहा: पागल, जिसे होश रहता है उसे तो जीवन में मरने के पहले ही स्वर्ग का द्वार खुल जाता है। वह द्वार तो प्रतिपल खुलता है जिसके पास होश है, जो सावधान है, जो अलर्ट है। उसे यहां तक आने की जरूरत नहीं पड़ती। उसके लिए तो एक फूल में भी स्वर्ग का द्वार खुल जाता है। उसे तो एक चांद की रोशनी में भी स्वर्ग का द्वार खुल जाता है। उसे तो किन्हीं दो प्यारी आंखों में भी स्वर्ग का द्वार खुल जाता है। उसे तो राह के किनारे एक घास का फूल खिलता है उसमें भी स्वर्ग का द्वार खुल जाता है। एक पक्षी गीत गाता है उसमें भी, हवाओं की एक लहर आती है उसमें भी, और पानी पर एक लहर दौड़ती है उसमें भी, उसके लिए तो सब तरफ स्वर्ग के द्वार प्रतिपल खुलते रहते हैं। लेकिन सावधान और सजग और जागरूक होने की जरूरत है।

मुझे पता नहीं, कहते हैं वह आदमी अभी भी वहीं बैठा है। वह द्वार कई दफा खुल चुका और बंद हो चुका। लेकिन जब खुलता है तब उसकी झपकी लगी होती है। झपकी उसकी खुलने और बंद होने की आवाज से खुलती है। फिर वह रोता है, फिर चिल्लाता है, लेकिन फिर आंख बंद करके बैठ जाता है।

परमात्मा न करे वह आदमी आप ही हों। यह मत सोचना आप कि मैं किसी और के बाबत कहानियां कह रहा हूं। यह कहानी आपके बाबत भी हो सकती है। इसलिए सजगता से जीवन में आनंद की खोज, अलर्ट, होशपूर्वक, तो वह द्वार प्रतिपल खुलता है, रोज खुलता है। कौन कहता है सौ वर्ष में खुलता है? हर क्षण खुलता है। लेकिन जिनकी आंखें बंद हैं उनके लिए सौ वर्ष में भी नहीं खुलता है। आनंद के द्वार की खोज जीवन में प्रतिपल हो, तो यह साधक के लिए दूसरा सूत्र है।

मेरी बातों को इतने प्रेम और शांति से सुना, उससे बहुत-बहुत अनुगृहीत हूं। और अंत में आपके भीतर बैठे परमात्मा को प्रणाम करता हूं। मेरे प्रणाम स्वीकार करें।

३

जीवन में तीव्रता

मेरे प्रिय आत्मन्!

जीवन-साधना के दूसरे सूत्र 'आनंद-भाव' पर आज सुबह हमने बात की। उस संबंध में बहुत से प्रश्न पूछे गए हैं। उन पर अभी हम विचार करेंगे।

एक मित्र ने पूछा है कि

मैंने आनंद-भाव के लिए समझाते समय यह कहा कि आज तक की परंपरा की दृष्टि दुख की रही है। क्या सारी परंपरा ही गलत है? उन्होंने ऐसा पूछा है।

परंपरा गलत है या सही, यह बहुत जरूरी सवाल नहीं है, जरूरी सवाल यह है कि परंपरा को पकड़ने वाले लोग गलत होते हैं या सही? परंपरा को पकड़ लेने की, क्लिगिंग की जो आदत है, वह गलत है। उससे व्यक्ति निज के अनुभव और सत्य को कभी भी उपलब्ध नहीं हो पाता है। मुझसे पहले, आपसे पहले, हजारों वर्षों में हजारों लोगों ने प्रेम किया है। लेकिन जब मैं या आप प्रेम करने की यात्रा पर गतिमान होते हैं, तो प्रेमियों की परंपरा से हम क्या सीखते हैं? कुछ भी नहीं सीखते हैं। उन प्रेमियों के शब्दों को सीखते हैं? उन प्रेमियों के गीतों को सीखते हैं? उन प्रेमियों से हम क्या सीखते हैं? कुछ भी नहीं। हमारे प्रेम का अपना ही आविर्भाव होता है।

प्रेम हर बार नया है, वह कभी भी पुराना नहीं पड़ता। उसकी कोई परंपरा नहीं होती, उसकी कोई ट्रेडीशन नहीं होती। प्रत्येक बार जब कोई प्रेम करता है, तो उतना ही नया प्रेम है वह, जितना मनुष्य-जाति में कभी भी किसी ने किया होगा। उस प्रेम का न कोई पीछा है, न कोई आगा है। वह प्रेम अपने में पूरा और परिपूर्ण है। प्रेम की कोई परंपरा नहीं होती। आनंद की भी कोई परंपरा नहीं होती। परमात्मा की भी कोई परंपरा नहीं होती। परंपराएं होती हैं मिट्टी और पत्थरों की। जीवन की, जीवंतता की कोई परंपरा नहीं होती।

एक मकान अगर हम बनाना चाहें; तो जैसे अमरीका में आकाश को छूते हुए एक-एक सौ मंजिल के मकान हैं, वैसे मकान हम बना सकते हैं। एक मंजिल के ऊपर दूसरी मंजिल, दूसरी मंजिल के ऊपर तीसरी, तीसरी के ऊपर चौथी। एक ईंट के ऊपर दूसरी, दूसरी के ऊपर हजारों ईंटें रख सकते हैं हम। मकान ऊपर की तरफ उठ सकते हैं, लेकिन आदमी एक-दूसरे के ऊपर खड़े नहीं होते हैं। हर आदमी जमीन पर खड़ा होता है और पृथक खड़ा होता है। न तो बेटा बाप के ऊपर खड़ा होता है, न शिष्य गुरु के ऊपर खड़ा होता है, कोई किसी के सिर पर खड़ा नहीं होता। आदमियों की कोई शृंखला नहीं होती, नीचे से खड़ी होती हो और ऊपर चली जाती हो। प्रत्येक आदमी भूमि पर, अपने पैरों पर और अपनी भूमि पर खड़ा होता है।

हजारों साल में ऐसा नहीं होता कि आदमी एक-दूसरे के ऊपर खड़े होते हों, कोई आदमी किसी के ऊपर खड़ा नहीं होता। आपको अपने पिता की संपत्ति मिल सकती है, क्योंकि संपत्ति जड़ है। आपको अपने पिता का मकान मिल सकता है, क्योंकि मकान पदार्थ है। लेकिन आपको अपने पिता का कोई भी अनुभव नहीं मिल सकता। जो भी जीवन का अनुभव है, उस अनुभव को आपको स्वयं ही पाना होगा। अनुभव की खोज खुद ही करनी पड़ती है। अनुभव बासे और उधार नहीं मिलते। कोई किसी को अनुभव नहीं दे सकता है। लेकिन अनुभव की जगह शब्द जरूर मिल सकते हैं और शब्दों की परंपराएं हो जाती हैं। और इसलिए शब्दों की परंपराएं अनुभव को रोकने का कारण हो जाती हैं। और फिर एक बार जब सेंटिटी मिल जाती है, पवित्रता मिल जाती है, और किसी चलती हुई बात के लिए प्रामाणिकता, ऑथेरिटी मिल जाती है, तो फिर हम पूछना ही बंद कर देते हैं कि यह सब कैसे हुआ और क्या हुआ, और चुपचाप उसको स्वीकार करते चले जाते हैं।

एक राजधानी में, गजनी में, महमूद एक सुबह रास्ते से अपने घोड़े पर निकलता था। सुबह ही थी, अभी सूरज निकल रहा था और सड़कें चलनी शुरू हो रही थीं। रास्ते पर उसने एक गरीब और बूढ़े मजदूर को देखा, वह मजदूर एक बहुत बड़े पत्थर को अपने सिर पर उठा कर ढो रहा था, सुबह की ठंडी हवाओं में भी उसके माथे पर पसीना था और उसकी छाती फूल रही थी। वह बूढ़ा और कमजोर आदमी था, उसके कपड़े फटे थे और भारी पत्थर उठाए हुए था। उसके पास रुका महमूद और उसने कहा: मजदूर! पत्थर को नीचे गिरा दे। ड्रॉप दैट स्टोन, पोर्टर!

राजा की आज्ञा थी, उस मजदूर को उस पत्थर को बीच सड़क पर गिरा देना पड़ा। महमूद पत्थर को गिरवा कर अपने घर चला गया। गांव भर में खबर फैल गई कि बादशाह ने पत्थर गिरवाया है, जरूर उसमें कोई मतलब होना चाहिए। बीच रास्ते पर वह पत्थर पड़ा है, लोगों को निकलने में तकलीफ हो गई, वाहन निकलने में तकलीफ हो गई। लेकिन जब राजा ने पत्थर गिराया है, तो जरूर कोई बात होगी। इस पत्थर को हटाया नहीं जा सकता।

महमूद उसके बाद बीस साल जिंदा रहा। वह बीस साल राजपथ पर पत्थर पड़ा रहा। उसको कोई उठा नहीं सका। अधिकारियों ने रोक लगा दी कि जब सम्राट ने पत्थर गिराया है, तो कोई मतलब होगा। बीस साल की परंपरा बन गई फिर। फिर महमूद मर गया। मर जाने के बाद भी वह पत्थर वहीं रहा, उसको नहीं हटाया जा सका। क्योंकि उसके बाद वाले लोगों ने भी आदर दिया, सम्मान दिया महमूद की बात को।

पता नहीं वह पत्थर अब भी हटाया है या वहीं है। जहां तक तो वह पत्थर वहीं होगा; क्योंकि आदमियों में इतनी अक्ल नहीं होती कि वे परंपराओं पर विचार कर लें। और अगर एक रास्ते पर ऐसा पत्थर होता, तो हम माफ भी कर सकते थे; आदमी के हर रास्ते पर ऐसे अनेक पत्थर हैं, जिनको पार करना मुश्किल है। लेकिन परंपराओं ने रखे हैं, इसलिए कोई हटाने का विचार नहीं कर सकता।

परंपराएं आदमी के लिए आंखें नहीं बन सकती हैं। आंखें खुली हुई होनी चाहिए। और रास्ते पर पत्थर चाहे कितनी ही आदृत परंपराओं से रखे गए हों, अगर वे जीवन की धारा में बाधा बनते हों, तो उन्हें हटा देने की हिम्मत खोने की कोई भी जरूरत नहीं है। और आदमियों ने जिन पत्थरों को रखे हैं, अगर उन्हें आदमी नहीं हटाएंगे तो और कौन हटा सकता है? उन्हें हटाने का सामर्थ्य और समझ होनी चाहिए। लेकिन यह

समझ नहीं होती। और परंपराओं में घुस कर भी हम कभी पूछते नहीं कि चीजें कैसे घट गई हैं? चुपचाप अंधे आदमियों की तरह स्वीकार कर लेते हैं।

एक और घटना मैंने सुनी है।

एक गांव था, उस गांव में दो समानांतर सड़कें थीं, सारा गांव दो सड़कों पर ही बसा हुआ था। एक दिन दोपहर में एक सूफी फकीर एक सड़क से दूसरी सड़क पर प्रविष्ट हुआ, उसकी आंखों से आंसू टपक रहे थे। किसी ने उससे पूछा कि क्या हो गया है, आप क्यों रो रहे हैं? लेकिन उसकी आंखों से इतने आंसू टपक रहे थे, और वह कुछ भी नहीं बोला। जिसने पूछा था उसके पड़ोस में खड़े आदमी ने कहा: मालूम होता है सामने की सड़क पर कोई मर गया है। फिर सारी, उस दूसरी सड़क पर खबर पहुंच गई कि सामने की सड़क पर कोई मर गया है। और हर आदमी के हाथ से जब खबर गई, तो उसमें कुछ और जुड़ता गया, और जुड़ता गया। सांझ होते-होते यह खबर हो गई कि सामने की सड़क पर प्लेग की महामारी फैली हुई है। और जहां प्लेग की महामारी फैली हुई है उस सड़क पर जाना ठीक नहीं है। इसलिए पूछने वहां कोई भी नहीं गया। लेकिन अनेक इस सड़क के रिश्तेदार उस सड़क पर रहते थे। उनके दुख में लोग रोने लगे और अनेक लोग चिंतित हो गए कि पता नहीं हमारा संबंधी भी कोई न मर गया हो? दूसरी सड़क के लोगों ने देखा कि उस सड़क के लोग सब उदास हैं, रो रहे हैं। पूछताछ की, पता चला कि उस सड़क पर कोई मर गया है। कोई प्लेग की महामारी फैली है, ऐसी खबर आ रही है। फिर उस सड़क के लोगों ने भी इधर आकर पूछना उचित नहीं समझा। उनके भी मित्र यहां रहते थे, पता नहीं कौन मर गया हो? रातों-रात दोनों सड़कों ने अपने-अपने घर खाली कर दिए। गांव छोड़ कर नदी के पार जाकर वे रहने लगे, क्योंकि महामारी भयंकर फैल गई थी। और उस गांव में वे कभी नहीं लौटे।

वह गांव अब भी उजड़ा पड़ा हुआ है। उसकी जगह नदी के पार दो छोटे-छोटे गांव बसे हैं। और उन गांव के लोगों से पूछो, तो वे कहते हैं, कभी एक बार एक बहुत अनजानी बीमारी फैली थी और उस समय हमारे पूर्वज अपनी सड़कों को छोड़ कर यहां आ गए थे, तब से यहीं बस गए हैं। और मजा यह है कि उस फकीर से किसी ने भी नहीं पूछा कि बात क्या थी? बात कुल इतनी थी कि वह फकीर प्याज छील रहा था और प्याज छीलने की वजह से उसकी आंख में आंसू आ गए थे।

लेकिन ट्रेडीशन, लेकिन परंपरा! परंपरा बड़ी मजबूत चीज है। उस पर शक मत उठाना, उस पर विचार भी मत करना, उस पर सोचना भी मत। कौमें मर जाती हैं,

समाज मुर्दा हो जाते हैं। जो लौट कर सोचने की सामर्थ्य खो देते हैं, वे जीवन भी खो देते हैं।

इसलिए मैं आपसे निवेदन करता हूं: यह सवाल नहीं है कि हजारों साल तक कौन सी चीज मानी गई है। सवाल यह है कि उस चीज को जीवन की कसौटी पर अगर हम आज कसते हैं, तो वह कहां खड़ी होती है? अगर वह असफल होती है, तो चाहे लाखों वर्षों से उसको पूजा मिली हो, उसे कचराघरों में फेंक देना जरूरी है। और चाहे आज की भी कोई चीज, नई समय की, जीवन की कसौटी पर ठीक उतरती हो, तो जीवन को उस रास्ते को चुनने के लिए तत्पर होना चाहिए।

इस आधार पर मैं आपसे कहता हूं: जीवन को असार, जीवन को दुखपूर्ण, जीवन की निंदा करने वाली धारणाएं गलत और घातक और पायज़नस, जहरीली साबित हुई हैं। उन्होंने मनुष्य के जीवन के सारे आनंद की क्षमता छीन ली, सारे रस के स्रोत सुखा दिए, उसके प्राणों के सारे गीत तोड़ डाले।

यह क्यों किया गया, यह आपको पता है? यह कैसे हो गया, कभी आपने पूछा है? यह किन लोगों ने यह सारी बात की होगी? यह साजिश कैसे चली? किस फकीर ने प्याज छीली थी, किस फकीर की आंख में आंसू आ गए थे, यह हुआ कैसे?

यह हुआ इसलिए कि जिन लोगों ने ईश्वर का धंधा किया, जिन लोगों ने ईश्वर का व्यवसाय किया, जिन्होंने मंदिरों और मस्जिदों में पुजारी की जगह सम्हाली, जिन्होंने समाज में पुरोहित और ब्राह्मण और उपदेशक की व्यवस्था की, उन सारे लोगों को एक बात बहुत साफ दिखाई पड़ गई और वह यह कि अगर परमात्मा का आदर बढ़ाना है, अगर परमात्मा की इज्जत बढ़ानी है, अगर परमात्मा को बड़ा बताना है, तो उनको एक ही बात सूझी सीधी सी कि संसार को बुरा बताओ और संसार को छोटा बताओ, संसार को हेय और तुच्छ सिद्ध करो, तो हम परमात्मा को बड़ा और महान सिद्ध कर सकते हैं। उनको यह गणित का सीधा सा नियम खयाल में आया कि संसार को कहो बुरा, संसार को दो गाली, संसार की करो निंदा, संसार को बताओ नरक, तभी लोग परमात्मा की तरफ आंखें उठा सकते हैं। तो घबड़ाओ लोगों को, भयभीत करो, उन्हें चिंतातुर कर दो, उनके पैर जीवन से डगमगा दो, तो ही शायद वे परलोक के बाबत विचार कर सकते हैं।

लेकिन उनमें से यह किसी को भी खयाल नहीं आया कि जीवन जो कि इतना साक्षात और सत्य है, जीवन जो इतना रियल और यथार्थ है, अगर तुम इसको ही

असार सिद्ध कर दोगे, तो तुम भूल रहे हो। जब इतना यथार्थ जीवन असार हो जाएगा, तो जो परमात्मा बिलकुल नहीं दिखाई पड़ता, वह सार्थक नहीं हो सकता, वह और भी असार प्रतीत होगा। जब ठोस जिंदगी व्यर्थ सिद्ध कर दी जाएगी, तो परमात्मा जो अदृश्य है और जिस पर हमारी मुट्ठी नहीं बंधती, उस पर तो हम और भी संदिग्ध हो जाएंगे। कि जब इतनी असली जिंदगी झूठी है, तो यह सपनों की और आकाश की बातें कैसे सच हो सकती है?

परिणाम यह हुआ, परिणाम यह नहीं हुआ कि जगत की निंदा लोगों को ईश्वर की तरफ ले गई हो, परिणाम यह हुआ कि जगत की निंदा ने लोगों के जगत के आनंद को तो नष्ट किया ही, लोगों ने परमात्मा की तरफ उठने का खयाल भी समाप्त कर दिया।

इससे कोई लोक-चेतना धार्मिक नहीं हुई, अधार्मिक हुई। और एक उपद्रव हुआ कि जब सारा जीवन दुखपूर्ण हो, तो परमात्मा के प्रति मन में धन्यवाद कैसे पैदा हो सकता है? जब सारा जीवन एक कष्ट की कथा हो, तो परमात्मा के प्रति प्रार्थना कैसे पैदा हो सकती है? ग्रेटिट्यूड कैसे पैदा हो सकता है? कैसे अनुग्रह का भाव पैदा हो सकता है? कैसे हम परमात्मा को धन्यवाद दें? हम कैसे कहें कि तुम, तुमने हम पर कृपा की है, किस मुंह से कहें? और कहेंगे तो वह मुंह झूठा होगा, वे शब्द झूठे होंगे, वे केवल सीखे हुए तोतों की प्रार्थनाएं होंगी, हमारे प्राणों से उठी हुई नहीं।

जीवन अगर आनंद हो, तो ही परमात्मा के प्रति धन्यवाद पैदा हो सकता है। जीवन अगर एक अहोभाग्य हो, तो ही हमारे हाथ उठ सकते हैं उस प्रभु के लिए जो अज्ञात है और हम कह सकते हैं कि जिसने इतना दिया, जिसने इतने अमृत की वर्षा की, जिसने इतने प्रेम के फूल दिए हैं, जिसने इतने जीवन के आनंद बरसाए--अपात्र को, जिसकी कोई क्षमता न थी उसको इतना दिया, उसके प्रति हमारे प्राण अगर आतुरता से, आग्रह से, प्रार्थना से और अनुग्रह से भर जाएं, तो कोई आश्चर्य नहीं है।

परमात्मा की ओर आदमी केवल अनुग्रह के भाव से जाता है, ग्रेटिट्यूड, और कोई सूत्र नहीं है। और अनुग्रह, ग्रेटिट्यूड केवल उसी हृदय में पैदा होता है जो हृदय आनंद का अनुभव करता है। जो हृदय दुख का अनुभव करता है, उसके मन में अनुग्रह नहीं; शिकायत पैदा होती है। जो हृदय पीड़ा अनुभव करता है, उसके मन में क्रोध पैदा होता है, उसके मन में परमात्मा के प्रति विद्रोह पैदा होता है।

यह जो सारी दुनिया में विद्रोही लोग पैदा हुए ईश्वर का विरोध करने वाले, ये किन्होंने पैदा किए हैं? ये जीवन को दुख समझाने वाले लोगों, शिक्षकों के रिएक्शन से।

ये उनकी प्रतिक्रियाएं हैं। जब सारा जीवन दुख हो जाएगा, तो कुछ लोग कहेंगे कि हम विद्रोह करते हैं ऐसे ईश्वर के खिलाफ, जो ईश्वर दुख ही दुख देता है, पीड़ा ही पीड़ा देता है। जिसने असार जगत बनाया, यह माया की दुनिया बनाई, जिसने आदमी को फंसाया है जाल में और मकड़ी के जाल की तरह उसको गूंथता चला जाता है, उसके प्रति कैसे अनुग्रह मानें? कैसे धन्यवाद दें? नहीं, यह नहीं संभव है। और तब क्रोध पैदा होता है। तब विरोध पैदा होता है। तब ईश्वर से भी विद्रोह पैदा होता है।

यह सदी हमारी ईश्वर के प्रति विद्रोह की सदी है। पिछले पांच हजार वर्षों में जो शिक्षा दी गई उसका अंतिम चरम प्रतिकार इस सदी में उत्पन्न हो रहा है। बच्चे इनकार कर रहे हैं, बच्चे विरोध कर रहे हैं। उनसे आज कहो: ईश्वर की प्रार्थना, तो उनके चेहरों पर हंसी दौड़ जाती है। और इस हंसी के लिए ये बच्चे जिम्मेवार जरा भी नहीं हैं, इस हंसी के लिए वे ही लोग जिम्मेवार हैं जिन्होंने जीवन को एक विषाद का रूप दे दिया है।

इसलिए मैंने कहा कि धार्मिक चेतना का दूसरा सूत्र है: आनंद का भाव। और आनंद का भाव कैसे विकसित हो?

कुछ मित्रों ने इस संबंध में भी प्रश्न पूछे हैं कि

ओशो, आनंद का भाव कैसे विकसित हो? आनंद की थिरक, वह आनंद की थ्रिल, वह आनंद का उत्तेजन, वह आनंद का नृत्य कैसे अनुभव हो? कैसे जीवन उससे भर जाए?

दो बातें इस संबंध में समझनी जरूरी हैं। एक, आनंद को केवल वे ही लोग अनुभव कर पाते हैं जो अत्यंत तीव्रता से जीने की सामर्थ्य को पैदा करते हैं। इंटेंस लिविंग, त्वरित और त्वरा से भरा हुआ जीवन।

हम सब बहुत कुनकुने-कुनकुने जीते हैं, ल्यूकवार्म। कुनकुना पानी होता है, ऐसा हमारा जीवन है। तीव्र नहीं, इंटेंसिटी नहीं, हमारे किसी कृत्य में कोई तीव्रता नहीं है। और जीवन का अनुभव, आनंद का द्वार तीव्र अनुभूतियों से पैदा होता है। जितनी इंटेंस, जितनी तीव्रता से भरी अनुभूति होगी, उतना ही व्यक्ति आनंद के शिखरों को छूता है। और जितना कुनकुना-कुनकुना जीवन होगा, उतना जीवन कुछ भी नहीं छूता है--कुछ भी नहीं छूता है।

और हमारा सारा परंपरागत ढांचा मनुष्य को कुनकुना बनाता है, तीव्र नहीं बनाता। न तो वह साहस सिखाता है, न एडवेंचर, न समुद्रों को पार करना, न पहाड़ों को चढ़ना, न जीवन की गहरी अनुभूति में उतरने के खतरे। जोखिम वह कुछ भी लेने के लिए नहीं कहता। वह बहुत सस्ती सी बातें सिखाता है। और उन सस्ती बातों के आधार पर सोचता है कि आदमी जी लेगा और आनंद को पा लेगा।

अकबर के दरबार में दो जवान एक दोपहर पहुंचे। वे दोनों तलवारें बांधे हुए हैं। दो राजपूत। अकबर के सामने जाकर वे दोनों खड़े हो गए। वे दोनों भाई हैं, दोनों जुड़वां भाई हैं। दोनों एक सी शक्ल-सूरत के हैं, एक से स्वस्थ, एक से सुंदर। वे एक से वस्त्रों में जब अकबर के सामने खड़े हो गए, तो अकबर भी मोहित हो गया। और उन दोनों ने कहा कि हम दो बहादुर जवान हैं और बहादुरी की जिंदगी खोजने निकले हैं, क्या इस दरबार में सिपाही होने का हमें मौका और अवसर मिल सकता है?

अकबर ने कहा: तुम कहते हो, बहादुर हो, लेकिन बहादुरी का कोई प्रमाण-पत्र, कोई सर्टिफिकेट लाए हो?

जैसे उन दोनों की आंखें बिजलियों की तरह चमक उठीं, एक क्षण अकबर तो घबड़ा कर रह गया, उसे कल्पना भी न थी कि यह हो जाएगा, दो तलवारें उनकी म्यानों के बाहर आ गईं। एक क्षण भी नहीं बीता और वे दोनों तलवारें एक-दूसरे की छाती में घुस गईं। एक सेकेंड बाद उत्तर में दो लाशें पड़ी थीं और खून पड़ा था और दो मुस्कुराते हुए जवान पड़े थे।

अकबर को तो खयाल भी नहीं था कि यह हो जाएगा। उसने अपने सेनापतियों को बुला कर कहा कि बड़ी मुश्किल हो गई, मैंने इन दो जवान छोकरों से पूछा था कि बहादुरी का कोई प्रमाण-पत्र लाए हो?

वे सेनापति हंसने लगे। और उन्होंने कहा: नासमझ हैं आप, बहादुर आदमी से प्रमाण-पत्र पूछने का और क्या मतलब हो सकता था? कोई बहादुर आदमी कागज पर लिखवा कर लाएगा किसी से कि मैं बहादुर हूं? यह बात पूछी गई थी, दो बहादुर जवान यही उत्तर दे सकते थे। क्योंकि बहादुरी का एक ही मतलब हो सकता है: मृत्यु का साक्षात करने का साहस।

लेकिन उस सेनापति ने कहा: आप चिंतित न हों, मर गए जवानों की आंखों में और उनके चेहरों पर जो खुशी है, उसे देखें। उन्होंने वह इंटेंसिटी का, वह तीव्रता का एक क्षण जान लिया, जो जीवन का आनंद है और जिस आनंद के क्षण में प्रभु के दर्शन हो जाते हैं।

तीव्र जीवन का मतलब क्या है?

क्या आप सोच सकते हैं कि उन दो जवानों ने तीव्र जीवन का कोई क्षण जान लिया? मोमेंट ऑफ इंटेंस लिविंग जान लिया? मैं आपसे कहता हूं: जान लिया। एक क्षण में वे लीन हो गए विश्वसत्ता में, एक क्षण में। और इस क्षण में जब कि प्राणों के दांव लगा दिए गए होंगे--तो उनके मन में कोई विचार रहा होगा? कोई कामना रही होगी? कोई फलाकांक्षा रही होगी? कोई चिंता रही होगी? कोई दुख रहा होगा? कोई पीड़ा रही होगी? इस एक क्षण में जब कि पूरा जीवन दांव पर था, इस क्षण में उनके भीतर क्या रहा होगा? इस तीव्रता के क्षण में सब शून्य हो जाता है, सब मौन हो जाता है, सब शांत हो जाता है। इस तीव्रता के क्षण में उनके भीतर मैं का भाव भी नहीं रह जाता। इस निर्भाव की और शून्य की और समाधि की दशा में उसके दर्शन हो जाते हैं जो परमात्मा है।

तो एक तो बात मैं आपसे यह कहना चाहता हूं कि जीवन हमारा कुनकुना जीवन न हो। जीवन हमारा एक तीव्रता का जीवन हो, जिसे हम पूरे कमिटमेंट से, पूरी प्रतिबद्धता से जी रहे हों। हम जो भी कर रहे हों, वह हमारे समग्र प्राणों के लिए चुनौती हो । हम जो भी कर रहे हों, वह हमारे पूरे प्राणों की सारी शक्तियों के लिए बुलावा हो। हम उसे कर रहे हों, जैसे हमने सब-कुछ अपना दांव पर लगा दिया है।

धार्मिक व्यक्ति जब सुबह उठता है, तो इस भांति उठता है कि जैसे यह अंतिम दिन है; इस दिन के बाद अब कोई दिन नहीं। धार्मिक व्यक्ति जब सांझ को सोता है, तो इस तरह सोता है, यह अंतिम रात है; इसके बाद अब कोई रात नहीं। एक-एक पल, एक-एक क्षण उसके लिए अंतिम है। और एक-एक क्षण उसे जीने के लिए मिला है, जिसे वह पूरा जी ले या खो दे। और जब एक व्यक्ति के पास एक ही क्षण हाथ में होता है--और कोई क्षण होते भी नहीं हाथ में --एक ही क्षण एक बार में हाथ में उपलब्ध होता है, दो क्षण तो किसी भी आदमी को एक साथ नहीं मिलते हैं। जब एक ही क्षण सामने होता है, एक मोमेंट, तो सारे प्राणों की बाजी उस मोमेंट में होती है, उस क्षण में होती है। और तब जीवन में इंटेंसिटी जिसे मैं कह रहा हूं, तीव्रता जिसे कह रहा हूं, उसका अनुभव होता है।

तीन फकीर एक बड़ी यात्रा पर थे। वे एक मरुस्थल से गुजरते थे। मरुस्थल लंबा था और उनकी आशा से ज्यादा लंबा निकला। उनका भोजन चुक गया, उनका पानी चुक गया। और अभी कोई आशा नहीं दिखाई पड़ती थी कि कितनी यात्रा और शेष रह

गई है। शायद वे भटक गए थे। एक सांझ जब वे रात को रुके, तो उनके पास केवल एक रोटी का टुकड़ा और एक छोटी सी बोतल पानी की बची थी। तीनों लोगों को उतना पानी पूरा नहीं हो सकता था, तीनों लोगों को उतनी रोटी से कोई मतलब हल नहीं होता था। तो उन तीनों ने सोचा, बजाय इसके कि हम तीनों इसे खाएं और तीनों समाप्त हो जाएं, यह उचित होगा कि एक इसे खा ले, शायद वह मंजिल तक पहुंच जाए। दिन, दो दिन की उसे ताकत मिल जाए। लेकिन कौन खाए इसे? उन तीनों में विवाद हो गया कि कौन खाए इसे? कोई निर्णय नहीं हो सका। तो उन तीनों ने यह सोचा कि हम सो जाएं; एक ने सुझाव दिया कि हम तीनों सो जाएं, और रात जो भी सपने हमें दिखाई पड़ें, सुबह हम अपने सपने बताएं, और जिसने श्रेष्ठतम सपना देखा होगा, वह रोटी और पानी का सुबह अधिकारी हो जाएगा।

वे तीनों सो गए। फिर सुबह दूसरे दिन उठे, उनमें से एक ने पहले अपना सपना बताया कि मैंने बहुत ही श्रेष्ठ सपना देखा, मैंने देखा, सपने में परमात्मा खड़ा है और वह यह कह रहा है कि तेरा आज तक का जीवन अत्यंत पवित्र है, तेरा अतीत एक पवित्रता की कहानी है, तू ही रोटी और पानी के खाने का हकदार है।

फिर दूसरे फकीर ने कहा कि मैंने भी सपना देखा और मैंने देखा कि अंतरिक्ष से कोई आवाज गूंजती है कि तू ही हकदार है रोटी और पानी का, क्योंकि तेरा भविष्य बहुत उज्जवल है। आने वाले दिनों में तेरे भीतर बड़ी संभावनाएं प्रकट होने को हैं, तुझसे जगत का, लोक का बहुत कल्याण होगा, इसलिए तू ही हकदार है रोटी और पानी का।

फिर उन दोनों ने तीसरे मित्र से कहा कि तुमने क्या देखा? उसने कहा: मुझे न तो कोई आवाज सुनाई पड़ी, न कोई परमात्मा दिखाई पड़ा, न कोई मुझसे बोला, मुझे तो मेरे भीतर से यह खबर आई कि तू उठ और जाकर रोटी और पानी खा ले। तो मैं तो खा भी चुका हूं।

ये तीन फकीर हैं। इनमें एक अतीत की कथा को श्रेष्ठ समझ रहा है, दूसरा भविष्य के आने वाले दिनों को; लेकिन एक वर्तमान के क्षण को ही जी लिया है, जी चुका है।

आनंद के अनुभव को वे लोग उपलब्ध नहीं होते, जो पीछे लौट कर देखते रहते हैं। वे लोग भी नहीं, जो आगे का सोचते रहते हैं। केवल वे ही लोग, जो प्रतिक्षण जीते हैं--प्रतिक्षण। और जीवन में जो भी उपलब्ध है, प्रतिक्षण उसे पी लेते हैं और स्वीकार कर लेते हैं। और इसे इस भांति स्वीकार कर लेते हैं कि जैसे इसके आगे कोई

क्षण नहीं, जैसे इसके आगे कोई जीवन नहीं, जैसे यह अंतिम निपटारे का क्षण है।

जो पीछे लौट-लौट कर देखते रहते हैं, उनके वर्तमान का क्षण हाथ से छूट जाता है। जो आगे-आगे सपने देखते रहते हैं, उनका भी वर्तमान का क्षण हाथ से छूट जाता है। और स्मरण रहे, कि वर्तमान के क्षण के अतिरिक्त, वर्तमान के क्षण के अतिरिक्त किसी चीज का कोई अस्तित्व नहीं है। वर्तमान का क्षण ही है केवल, वही द्वार बन सकता है--अनुभव का, आनंद का, प्रभु का।

तीव्र जीवन चाहिए वर्तमान के क्षण पर केंद्रित। वर्तमान के क्षण पर घनीभूत तीव्र जीवन चाहिए। जितना तीव्र जीवन होगा उतने ही आनंद की झलकें मिलनी शुरू हो जाएंगी।

लेकिन सामान्यतः पृथ्वी पर आज तक की जैसी गलत जीवन-व्यवस्था रही है, सिवाय सेक्स के अनुभव के, सिवाय काम और यौन के अनुभव के आदमी किसी तीव्र अनुभव को नहीं जानता है। बस एक क्षण है काम का, यौन का, सेक्सुअलिटी का, जिस समय वह थोड़ी सी तीव्रता अनुभव करता है और बाकी कभी कोई अनुभव नहीं करता। इसीलिए तो सेक्स के पीछे इतना पागलपन सारी दुनिया में पैदा हुआ है। यह जो इतनी तीव्र दौड़ पैदा हुई है सारी दुनिया में, और इस सदी में आते-आते सारा जीवन सेक्सुअलिटी से भर गया है, कामुकता से। चित्र, कहानी, फिल्म, कविता, साहित्य, सब एक चीज पर घूमने लगा है--सेक्स। यह इसीलिए घूमने लगा है कि वह अकेला तीव्र क्षण है, और कोई तीव्र क्षण ही हमारे पास नहीं बचा। उसी तीव्रता के क्षण में थोड़ा सा अनुभव होता है, अन्यथा कोई अनुभव नहीं होता। और वह भी अनुभव बहुत दिन तक नहीं चलता, वह भी पहली बार जो अनुभव होता है दूसरी बार नहीं होता; दूसरी बार जो होता है तीसरी बार नहीं होता। रूटीन और रिपीटिशन, फिर वही-वही दोहरना और पुनरुक्ति, फिर वह भी बोथला और बोर्डम से भर जाता है, उसमें भी फिर कोई रस और आनंद नहीं रह जाता।

लेकिन एक ही क्षण है जो आदमी जानता है आमतौर से और कुछ भी नहीं जानता। और सारे धर्म सिखाते हैं, इससे भी छूट जाओ, इससे भी मुक्त हो जाओ। इससे कोई छूट नहीं सकता, तब तक जब तक कि वह और तीव्र क्षणों का आविष्कार न कर ले। जब तक कि वह जीवन की और गहरी अनुभूतियों को उपलब्ध न कर ले, तब तक कोई सेक्स से छूट नहीं सकता। छूटने की कोशिश उसकी असफलता और व्यर्थता होगी। जब कि उसके जीवन में तीव्रता के और बिंदु उपलब्ध न हो जाएं, तब

तक यह एक तीव्रता का बिंदु कैसे छोड़ा जा सकता है? अगर वह छोड़ देगा, तो चित्त उसका इसी के पास-पास घूमने लगेगा। चौबीस घंटे वह सेक्स के इर्द-गिर्द ही चक्कर काटने लगेगा। वह सारी संस्कृति और सारी सभ्यता वहीं घूमने लगेगी। घूम रही है। और इसे तथाकथित धार्मिक लोग इस चक्कर से नहीं बचा सकते, कभी नहीं बचा सकते। क्योंकि वे ही इसे उस केंद्र पर घुमाने के लिए मूलभूत कारण हैं। उन्होंने तीव्रता का सारा जीवन ही छीन लिया आदमी से।

तीव्रता के जीवन के लिए हमारी तैयारी होनी चाहिए, अगर हम आनंद की दिशा में जाना चाहते हैं। जो भी हम करते हों।...

कबीर कपड़े ही बुनता था, जुलाहा, कपड़े बुन रहा है, लेकिन ऐसी तीव्रता से बुन रहा है कि लोग हैरान हो जाते थे। कपड़े क्या बुन रहा है जैसे भगवान की पूजा कर रहा है। कपड़े बुन रहा है और कह रहा है: राम की चदरिया बना रहा हूं। नाच रहा है, जब चदरिया बन गई है तो नाच रहा है। फिर नाचता हुआ चादर को लेकर बाजार जा रहा है, वहां ग्राहक से कह रहा है कि राम! सम्हाल कर पहनना; मैंने बहुत मुश्किल और बहुत मेहनत से इसे बनाया है।

लोग कबीर से कहते कि तुम तो साधु हो, अब तुम कपड़े क्यों बुनते हो? तो कबीर कहता कि राम के लिए अगर मैं कपड़े नहीं बुनूंगा तो कौन बुनेगा? जब चादर राम के लिए बुनी जाने लगी, तो उसमें एक इंटेंसिटी आ गई, एक तीव्रता आ गई, एक बल आ गया, एक त्वरा आ गई।

कभी आपने खयाल किया है? जब कोई अपने किसी प्रेमी के लिए कुछ करने में संलग्न हो जाता है, तो उसके करने की क्वालिटी, गुण बदल जाता है। बात ही और हो जाती है।

अकबर एक रात एक संध्या जंगल में शिकार करने गया था और भटक गया रास्ता, और एक रास्ते के किनारे बैठ कर उसे सांझ की नमाज पढ़नी पढ़ी। उसने घोड़ा बांध दिया, अपना नमाज का कपड़ा बिछा लिया और घुटने टेक कर नमाज पढ़ने लगा, तभी एक औरत वहां से भागती हुई निकली, अकबर के नमाज के कपड़े पर पैर रखती हुई, अकबर को धक्का मारती हुई, वह औरत भागती हुई चली गई तीर की तरह। अकबर को बहुत क्रोध आया। उसने कहा: कौन बदतमीज औरत है यह? पहली तो बात यह कि अगर कोई आदमी प्रार्थना कर रहा हो, नमाज पढ़ रहा हो, तो उसे धक्का देना बहुत, बहुत पापपूर्ण बात है, अपराधपूर्ण। और फिर कोई साधारण आदमी नमाज

नहीं पड़ रहा है, मैं मुल्क का बादशाह नमाज पढ़ रहा हूं। और अगर मेरे साथ यह सलूक है तो दूसरों के साथ क्या होगा?

जल्दी उसने नमाज पूरी की, घोड़े पर सवार हुआ और भागा। थोड़ी ही दूर जाकर उसने उस औरत को पकड़ लिया, वह वापस लौटती थी। अकबर ने उससे कहा कि बदतमीज औरत! तुझे यह भी पता नहीं कि जब कोई नमाज पढ़ता हो, तो उसे धक्का नहीं देना चाहिए। मैं नमाज पढ़ रहा था। फिर मैं मुल्क का बादशाह हूं। और तू इस तरह धक्का देती हुई वहां से निकली, होश में है या पागल है?

उस औरत ने नीचे से ऊपर तक अकबर को देखा। उसने कहा: आप कहते हैं, तो धक्का जरूर लगा होगा। लेकिन मुझे कुछ भी याद नहीं। मैं अपने प्रेमी से मिलने जा रही थी। मुझे कुछ पता नहीं कि आप कहां नमाज पढ़ रहे थे। लेकिन मुझे आश्चर्य होता है बादशाह, कि मैं तो अपने प्रेमी से मिलने जा रही थी और मेरा चित्त इतना केंद्रित हो गया था कि मुझे आपका कोई पता नहीं चला , और आप परमात्मा की प्रार्थना कर रहे थे और आपको मेरा पता चल गया?

कैसी थी यह प्रार्थना? कैसी थी यह तीव्रता? कैसा था यह भाव?

थोथी रही होगी वह प्रार्थना। नहीं रहा होगा उसमें कोई भाव। रहा होगा वह एक काम, जिसको पूरा कर देना था। लेकिन, नहीं रहे होंगे उसमें प्राण, जिनमें कि डूबा जाता है।

हमारा एक-एक जीवन का कृत्य एक समर्पण का भाव ले ले--प्रेम का समर्पण, खोज का समर्पण, जिज्ञासा का समर्पण--एक अन्वेषण, एक साधना बन जाए। और एक-एक क्षण इतना त्वरित, इतना तीव्र कि हमारे पूरे प्राण जैसे उस पर दांव पर हों, चुनौती पर हों, तो आनंद की अपूर्व वर्षा शुरू हो जाती है। और ऐसे क्षणों में ही व्यक्ति कामुकता के ऊपर उठता है। क्योंकि तब उसे पता चलता है कि मैंने जिसे तीव्रता जानी थी वह तो ना-कुछ भी थी, वह तो कुछ भी न थी। तब उसे पहली बार पता चलता है कि मिलन क्या है, तब उसे पहली बार पता चलता है कि अस्तित्व के साथ संभोग क्या है। तब वह पहली बार जानता है कि अस्तित्व के साथ मिलने का आनंद क्या है। तब उसे पता चलता है कि दो शरीरों के मिलने का आनंद ना-कुछ था, उस मिलने में कोई अर्थ न था, कोई प्रयोजन न था। जब दो आत्माएं मिलती हैं, जब व्यक्ति के प्राण उस समष्टि से संयुक्त होते हैं, तब पहली बार, पहली बार जिसको आत्मिक मैथुन कहें, उसकी पहली उपलब्धि, और पहली, पहली प्रतीति उत्पन्न होती है। लेकिन वह

इंटेंसिटी का, वह तीव्रता का क्षण है। उस तीव्रता के क्षण के लिए निरंतर-निरंतर ध्यान रहे, तो इस क्षण को लाना कठिन नहीं है--कोई कठिन नहीं है।

रास्ते पर आप जा रहे हैं, आप मुर्दे की भांति भी चल सकते हैं और आप एक जीवंत विद्युत की धारा की भांति भी। मैं अभी बोल रहा हूं, मैं ऐसे भी बोल सकता हूं जैसे स्कूलों में मास्टर पढ़ाए चले जाते हैं, और मैं ऐसे भी बोल सकता हूं जैसे मेरे सारे प्राण का और सारे जीवन का प्रश्न है। मेरी सारी श्वासें और सारे प्राण जैसे इसमें संलग्न हैं। जैसे मैं सिर्फ बोलना ही हो जाऊं और मेरे भीतर कुछ भी न रह जाए, तो फिर यह क्षण तीव्रता का क्षण हो गया, और यह क्षण प्रार्थना का क्षण भी हो गया। मैं इस भांति भी आपको देख सकता हूं जैसे आप मुझे दिखाई ही नहीं पड़ रहे, और मैं इस भांति भी देख सकता हूं कि मैं सिर्फ आंखें ही हो जाऊं और आप ही मुझे दिखाई पड़ते रह जाएं--सिर्फ आप--और सब मिट जाए, तो फिर मैं अगर आंखें ही हो जाऊं, तो जो दर्शन होगा, वह तीव्रता का दर्शन है। और वहां मुझे आपके भीतर उसकी भी प्रतीति हो जाएगी जो आपसे बहुत पार का है और आपके बहुत अतीत है, जो प्रभु है। हम सुन रहे हैं अभी, हम ऐसे भी सुन सकते हैं जैसे बाजार में चलते हुए कोई आवाजों को सुन लेता है, और हम ऐसे भी सुन सकते हैं जैसे हमारी फांसी की सजा सुनाई जाने वाली हो, तो सब-कुछ चुप हो जाएगा, सब शांत हो जाएगा, श्वासें भी स्तब्ध हो जाएंगी, और सारी जीवन की शक्ति कान बन जाएगी सिर्फ सुनने के लिए तैयार। और उस तीव्रता के क्षण में आनंद की झलक शुरू हो जाएगी।

किसी भी कोने से, जीवन के किसी भी कार्नर से, जीवन के किसी भी मार्ग से तीव्रता को पकड़ लें और आप पाएंगे कि वहां से आनंद की धुन आनी शुरू हो गई है। लेकिन अगर आप तीव्रता को नहीं पकड़ते और कुनकुने-कुनकुने जीते हैं; नहीं, कोई रास्ता नहीं कि आपको आनंद का पता चल सके।

यह पहली बात कि आनंद के मार्ग पर तीव्र जीवन, इंटेंस लिविंग। और दूसरी बात: ठीक इससे उलटी दिखने वाली, लेकिन बिलकुल इसका ही दूसरा पहलू है, उलटा नहीं।

आनंद की अनुभूति या तो तीव्रता के क्षण में होती है या अत्यंत रिलैक्स मोमेंट में, अत्यंत शिथिल क्षण में। बस आनंद के अनुभव दो किनारों पर होते हैं। आनंद की सरिता दो किनारों के बीच बहती है: या तो तीव्रता के क्षण में, या अत्यंत शिथिल और शून्य और विश्राम के क्षण में।

जब कुछ भी नहीं कर रहे हैं, जब सब मौन और शांत रह गया है, जब सब शिथिल है, सब रिलैक्सड है, जैसे जीवन ठहर गया है, जैसे धारा रुक गई है, जैसे हवाएं बंद हैं, जैसे झील पर लहर नहीं उठ रही है, ऐसे क्षण में भी आनंद की झलक उपलब्ध होती है। ये दो किनारे हैं, जिनके बीच में आनंद की गंगा बहती है। इन दो किनारों पर कहीं भी खड़े हो सकते हैं। ये विरोधी दिखाई पड़ेंगे, क्योंकि एक तरफ मैं कह रहा हूं तीव्रता और एक तरफ मैं कह रहा हूं बिलकुल शिथिलता। लेकिन ये विरोधी नहीं हैं। ये विरोधी उसी भांति नहीं हैं कि जो आदमी दिन में परिपूर्ण विश्राम करता है वही आदमी रात की निद्रा का हकदार हो जाता है। जो आदमी श्रम करता है वही विश्राम भी कर सकता है। जो विश्राम करता है वही श्रम भी कर सकता है। श्रम और विश्राम विरोधी बातें नहीं हैं। श्रम विश्राम की तैयारी है, विश्राम श्रम की तैयारी है। तो जो आदमी बहुत तीव्रता में जीता है वह आदमी एकदम शिथिलता में भी जीने की क्षमता को उपलब्ध हो जाता है।

शिथिल आदमी का क्या मतलब?

सिकंदर हिंदुस्तान की तरफ आता था, रास्ते में उसे खबर मिली कि डायोजनीज एक फकीर यहां बीच में रहता है, उसके दर्शन करते चलूं। डायोजनीज की बड़ी चर्चा थी यूनान में, और आदमी बड़ा प्यारा था, चर्चा होने के योग्य था। सिकंदर का भी मन लोभ से भर गया, उसे देखता चलूं। अब जिसको सिकंदर देखने गया हो, उस आदमी में कुछ बात रही होगी। सिकंदर ने खबर पहुंचवाई। उसके सिपाही गए और उन्होंने डायोजनीज को जाकर कहा कि महान सिकंदर तुमसे मिलने को आता है!

डायोजनीज खूब हंसने लगा और कहने लगा: कहना उस पगले को कि जो खुद ही अपने को महान कहता है, उससे ज्यादा छोटा आदमी और नहीं हो सकता। फिर जरूर उसे लिवा आना, अगर वह आता ही है तो, लेकिन उससे कहना कि अपनी महानता पीछे छोड़ कर आए, अन्यथा हम गरीबों से मिलना कैसे हो सकेगा? वह खड़ा होगा पहाड़ पर और हम पड़े हैं झील में। वह होगा महान और हम तो ना-कुछ। उससे कहना कि महानता थोड़ी देर को वहीं रख आए, तो हमसे कुछ मिलना हो सके। वह है दौड़ में और हम बैठे हैं विश्राम में, कैसे मिलना होगा?

सिकंदर को खबर की गई। सिकंदर ने सोचा कि बात तो शायद वह ठीक कह रहा है, मिलना कैसे होगा? सिकंदर गया। सिपाहियों को पीछे छोड़ कर, अपनी तलवार और अपना जिरह-बख्तर पीछे छोड़ कर। डायोजनीज सुबह-सुबह अपने झोपड़े के

बाहर, सर्दी के दिन हैं, धूप ले रहा है, लेटा हुआ है, नंगा पड़ा हुआ है। धूप है और डायोजनीज है, बीच में वस्त्र भी नहीं हैं। उस निर्जन एकांत में वह चुपचाप रेत पर पड़ा हुआ है; न मालूम किस आनंद के क्षण में हैं--मौन, चुप। सिकंदर जाकर उसके पास खड़ा हो गया और उसने कहा: डायोजनीज, तुम्हें इतने आराम में पड़े देख कर मुझे भी ईर्ष्या होती है। काश, मैं भी किसी दिन इसी तरह निश्चिंत, इसी तरह शांत; जिसे कोई भी फिकर नहीं आगे और पीछे, जो ऐसे चुपचाप पड़ा है जैसे जीवन का मालिक वही है, उसे कुछ और जानना नहीं, कुछ पाना नहीं, कुछ खोजना नहीं! कब...कब ऐसा सौभाग्य मिलेगा कि मैं भी इतना ही शांत लेट सकूं?

डायोजनीज ने आंखें खोलीं और कहा: सिकंदर, इस झोपड़े में बहुत जगह है, अगर तुम ठहरना चाहो, तो आ जाओ, हम दोनों साथ ही रह सकते हैं। आओ, लेट जाओ, कौन रोकता है? मालिक होने से कौन रोकता है तुम्हें इस क्षण के? आओ, विश्राम करें। उसने फिर आंख बंद कर ली।

सिकंदर का मन जरूर ईर्ष्या से भर गया होगा। किसका नहीं भर जाएगा! वह सुबह का वक्त, वह आस-पास की धूप पर पड़ी हुई ओस, वह सूरज की बरसती हुई किरणें और पक्षियों के गीत और वह किसी का चुपचाप वहां पड़े होना और शांत और मौन, जैसे कुछ भी नहीं है, सब ठहर गया, एक स्टिलनेस का मोमेंट आ गया, सब चुप।

सिकंदर ने कहा कि डायोजनीज, मैं खुश हुआ मिल कर, मैं आनंदित हुआ मिल कर, मैं तुम्हारे लिए क्या कर सकता हूं, बोलो? तुम जो कहो, मैं करूं।

डायोजनीज ने आंख खोली और कहा: दोस्त, थोड़ा हट कर खड़े हो जाओ, धूप आने से रुकावट पड़ रही है। और तो कुछ भी चाहिए नहीं, और तो हम मजे में हैं, सब यहां है।

सिकंदर ने सोचा था, डायोजनीज कुछ मांगेगा। और सिकंदर जैसा बादशाह जब कहता हो कि मांग लो, तो उसे पता चला कि मैं बादशाह कितना भी बड़ा होऊं, मुझसे बड़ा बादशाह नीचे सामने लेटा हुआ है। उसने कहा: थोड़ा हट कर खड़े हो जाओ, बस धूप मत छेड़ो मेरी, इतना काफी है, बाकी सब है, और यहां किस चीज की कमी है! और फिर आंख बंद कर ली है। सिकंदर ने ठंडी श्वास ली और कहा: अभी तो मैं जाता हूं, लेकिन कभी अगर जीवन में मौका मिला, या अगर फिर मुझे जन्म लेना पड़ा, और परमात्मा ने मुझसे पूछा कि सिकंदर होना चाहते हो या डायोजनीज? तो मैं कहूंगा, अब की बार मुझे डायोजनीज होना है।

यह डायोजनीज भी उपलब्ध कर लेता है। यह दूसरा किनारा है आनंद का: रिलैक्सड।

लेकिन न तो हम तीव्रता में जीते हैं और न शिथिलता में; हम बीच में ही डोलते हैं--मीडियाकर, मध्य में। न तो इतने तीव्र स्वर होते हैं हमारे कि आकाश को छू लें, न इतना मौन होता है कि पाताल तक सन्नाटा छा जाए। बस गुनगुनाहट-गुनगुनाहट, बाजार की आवाज ही चलती रहती है। इस बीच में आदमी समाप्त हो जाता है। और इस बीच के आदमी को कभी भी कुछ उपलब्ध नहीं होता है। आनंद की कोई झलक, कोई किरण, कोई गीत की कड़ी इस तक नहीं पहुंच पाती है।

इस दूसरे किनारे को भी छूना जरूरी है। और मैं यह नहीं कह रहा हूं कि जो पहले किनारे को छुएगा, वह दूसरे को नहीं छू सकता। मैं यह कह रहा हूं कि जो आनंद का खोजी है, वह उन दोनों किनारों के बीच निरंतर यात्रा करता रहता है। दिन भर वह तीव्रता के क्षण में है, सांझ वह एकदम शिथिल हो गया और मौन हो गया। सुबह सूरज उठा है, तो सूरज की तीव्रता के साथ वह भी जीवन की धारा में कूद पड़ा है। और सांझ जब सूरज विदा हो गया है, तो रात के अंधकार में वह चुपचाप सो गया है।

एक फकीर से किसी ने पूछा था: तुम्हारी साधना क्या है? तुम क्या करते हो? तुम्हारा योग क्या है? सोचा होगा उसने कि वह फकीर कहेगा कि मैं घंटों सिर के बल खड़ा रहता हूं, शीर्षासन करता हूं। कई पगले इसी को योग समझ लेते हैं कि सिर के बल खड़े हो गए तो योग पूरा हो गया। सर्कस में भर्ती हो जाना चाहिए। इससे योग का कोई संबंध नहीं है। कोई हाथ-पैर हिलाने से, कोई कसरत और कवायद करने से स्वास्थ्य ठीक होता होगा, लेकिन इससे योग का कोई वास्ता नहीं है। योग तो किसी बड़ी अंतर-मिलन की किसी घड़ी का नाम है, जो बात ही और है। तो उसने पूछा: क्या है योग? क्या है तुम्हारी साधना?

वह फकीर कहने लगा: पूछते हो, पूछते ही हो तो मैं कह देता हूं, लेकिन समझोगे कि नहीं, यह जरा मुश्किल है। उसने कहा: फिर भी आप कहें। उस फकीर ने इतनी सरल बात की कि कोई भी समझ जाता। वह आदमी हैरान हो गया। उस फकीर ने कहा कि जब मुझे नींद आती है, तो मैं सो जाता हूं; जब मुझे भूख लगती है, तो मैं खा लेता हूं; जब मुझे प्यास लगती है, तो पी लेता हूं; और जब काम करना मुझ पर सवार होता है, तो मैं काम कर लेता हूं। बस इतनी ही मेरी साधना है, और कुछ भी नहीं।

उस आदमी ने कहा: इसमें कौन सी कठिनाई बता रहे हैं आप। यह तो हम सभी करते हैं।

उस फकीर ने कहा: काश! पृथ्वी जिस दिन, पृथ्वी के सारे लोग, सभी यही करने लगेंगे, उस दिन मोक्ष को खोजने कहीं और जाने की कोई जरूरत नहीं रह जाएगी। क्योंकि, उस फकीर ने कहा कि जब तुम सोते हो, तब सोते नहीं और हजार काम भी साथ में करते हो। तुम्हारी नींद एक लंबा डिस्टर्बेंस है, तुम्हारी नींद एक लंबी व्यथा, एक लंबा विघ्न, एक दुखस्वप्न है। और जब तुम भोजन करते हो, तब भोजन ही नहीं करते और हजार काम करते हो। दिखाई पड़ते हो भोजन कर रहे हो; दुकान पर भी बैठे होते हो उसी वक्त। दिखाई पड़ते हो भोजन कर रहे हो; अदालत में मुकदमा भी लड़ते होते हो तो उसी वक्त। भोजन करते वक्त हजार काम करते हो। दुकान चलाते वक्त हजार काम करते हो। मंदिर में बैठे वक्त हजार काम करते हो। तुम्हारा कोई काम पूरे प्राणों को समाहित नहीं करता।

और एक ही साधना है, उस फकीर ने कहा, कि जब तुम कर रहे हो, पूरा उसे कर लो। जब काम कर रहे हो, तो पूरा काम, टोटल! और जब विश्राम कर रहे हो, तो पूरा विश्राम, टोटल! और तब यह आनंद के दोनों किनारों पर दिन-रात यात्रा होती रहती है। सुबह से सांझ आदमी यहां से वहां डोलता रहता है। जीवन दो किनारों के बीच निरंतर उड़ान है।

रात आदमी सोता है, वह परमात्मा ने शिथिलता का क्षण दिया है। लेकिन आदमी ने नष्ट कर दी है नींद। आदमी दुश्मन साबित हुआ है नींद का। पक्षी जहां पहुंच जाते हैं, मछलियां जहां पहुंच जाती हैं, पशु जहां पहुंच जाते हैं, आदमी वहां भी पहुंचना बंद हो गया है। रात का क्षण है विश्राम का क्षण, अंधकार का क्षण कि उसमें हम लीन हो जाएं और डूब जाएं, सन्नाटे का क्षण। लेकिन आदमी की सारी सभ्यता ने नष्ट कर दिया है वह। आदमी ने अपने ही हाथों अपनी नींद को नष्ट करने के पूरे उपाय कर लिए हैं। और दिन का क्षण है तीव्र ज्वलंत जीवन का क्षण कि हम अपनी संपूर्ण शक्ति से जीवन के उपक्रम में संलग्न हो जाएं। दौड़ें तो पूरे; चलें तो पूरे; करें जो भी तो परिपूर्ण, वह एक्ट टोटल हो। तो चौबीस घंटे की ये दो स्थितियां हैं: रात और दिन। दिन है श्रम और रात है विश्राम। दिन है ज्वलंत जीवन और रात्रि है परिपूर्ण शैथिल्य। रात और दिन दो प्रतीक हैं साधक के लिए। दिन में जाएं सूरज जैसे उग आता है और गतिमान हो जाता है वैसे ही। और रात में जाएं जैसे अंधकार छा जाता है और मौन हो जाता है वैसे ही। और अगर एक आदमी रात और दिन की यात्रा को समझ ले, तो आनंद की साधना के सूत्र उसके समक्ष स्पष्ट हो जाएंगे।

ये दो बातें, ये तो बातें मात्र समझ लेने से कुछ भी नहीं हो सकता है। इन दो बातों पर थोड़ा प्रयोग, थोड़ा एक्सपेरीमेंट, थोड़ा इन दो बातों पर गतिमान होना, इन पर थोड़े कदम उठाने हैं। क्या आपने कभी जाना है त्वरित, ज्वलंत, जीवंत तीव्र क्षण? क्या कभी आपने जाना है विश्राम? दोनों ही नहीं जाने। अन्यथा दोनों को जो जान लेता है, उससे परमात्मा भी अपरिचित नहीं रह जाता है। परमात्मा के लिए अपरिचित रह जाने का और कोई कारण नहीं है। लेकिन दोनों बातें नष्ट होती गई हैं। जीवन की जो तीव्रता है वह भी नष्ट होती चली गई, क्योंकि आदमी ने हर तरह से यह व्यवस्था करने की कोशिश की है कि सब तीव्र काम मशीनों पर चले जाएं। आदमी के पास कोई तीव्र काम न रह जाए। वह चुपचाप अपने सोफे पर बैठा रहे। सारी तीव्रता आदमी के हाथ से चली जाए।

कनफ्यूशियस एक गांव में गया हुआ था। उस गांव के बगीचे में वह गया, दोपहर के विश्राम के लिए। बगीचे का माली बूढ़ा है, वह बूढ़ा माली कुएं के पास मोट में जुता हुआ है खुद, बैल नहीं जोते हैं उसने, घोड़े नहीं जोते हैं, खुद जुता हुआ है, उसका जवान लड़का भी जुता हुआ है।

कनफ्यूशियस बहुत हैरान हुआ। उसने सोचा, क्या इस माली को अब तक पता नहीं चला, यह कहां की पुरानी बातों का उपयोग कर रहा है? अब तो घोड़े और बैल जोते जाने लगे हैं सारी दुनिया में, इसको पता नहीं चला क्या? खुद आदमी जुते हुए हैं?

उसने जाकर उस बूढ़े के पास कहा कि मेरे दोस्त, क्या तुम्हें पता नहीं है कि अब तो बैल और घोड़े जोते जाने लगे हैं, तुम क्यों जुते हुए हो? अपने जवान लड़के को क्यों जोते हुए हो? उस बूढ़े ने कहा: थोड़े धीरे, बहुत धीरे बोलना, कहीं मेरा जवान लड़का न सुन ले! फिर जब लड़का चला जाए, मैं आपसे बात करूंगा। लड़का चला गया। कनफ्यूशियस बहुत हैरान हुआ! उसने कहा: तुमने यह क्यों कहा कि धीरे, बहुत धीरे, लड़का न सुन ले? उसने कहा: लड़के को अभी समझ भी क्या हो सकती है। लेकिन मैं जीवन भर के अनुभव से कहता हूं कि श्रम के क्षण में ही मैंने आनंद का क्षण भी जाना है। घोड़े तो लाए जा सकते हैं, बैल भी लाए जा सकते हैं, लेकिन तब, तब यह लड़का क्या करेगा? तब यह लड़का क्या करेगा? कनफ्यूशियस ने कहा: यह विश्राम करेगा। उस बूढ़े ने कहा: नासमझ हो तुम, क्योंकि विश्राम के हकदार केवल वे ही बनते हैं जो श्रम करते हैं। विश्राम कैसे करेगा जब श्रम नहीं करेगा? श्रम से चूक

जाएगा, विश्राम से भी चूक जाएगा। और जिंदगी से भी चूक जाएगा। इसलिए क्षमा करो! तुम्हारी ईजाद तुम्हारे पास रखो।

आदमी ने श्रम छोड़ने के सारे उपाय किए कि सारा श्रम छूट जाए। सारा काम कोई दूसरा कर दे, सब काम कोई दूसरा कर दे--कोई मशीन कर दे, कोई आदमी कर दे, कोई कर दे, मेरे ऊपर कोई काम न रह जाए। बड़े आश्चर्य की बात है! अगर मेरे ऊपर कोई काम न रह जाएगा, तो मैं जीते-जी मर जाऊंगा। जीवन तो काम है, जीवन तो कर्म है। मृत्यु है, वहां कर्म नहीं है। और अगर मेरे ऊपर कर्म नहीं रह जाएगा, तो मेरे पास विश्राम कहां रह जाएगा?

तो पहले आदमी ने कर्म की सारी की सारी व्यवस्था डांवाडोल कर ली। अब उसकी सारी विश्राम की व्यवस्था डांवाडोल हो गई है।

अमरीका में, न्यूयार्क जैसे नगर में तीस परसेंट आदमी बिना नींद की दवा लिए हुए सो नहीं सकते हैं। और वैज्ञानिकों का कहना है कि न्यूयार्क में पच्चीस साल के भीतर एक भी आदमी बिना दवा लिए नहीं सो सकेगा। पच्चीस साल में न्यूयार्क में, पचास साल में पूरे अमरीका में, सौ साल में भारत में भी...। यह केवल समय का फासला हो सकता है। क्योंकि गति तो हमारी वह है, दिशा तो हमारी भी वह है।

सौ साल बाद यह हो सकता है कि बच्चे इस बात पर विश्वास न करें कि सौ साल पहले लोग चुपचाप रात को बिस्तर पर सिर रखते थे और सो जाते थे। यह हो सकता है। यह मैं आपसे कहे देता हूं, यह होगा। अभी भी, जिस आदमी को नींद नहीं आती, उससे कहिए कि बड़े अजीब आदमी हो आप, हम तो बिस्तर पर सिर रखते हैं और सो जाते हैं। तो वह कहेगा, बड़ी अजीब बात कह रहे हैं आप, हम तो रात भर सिर रखते हैं, करवट बदलते हैं, सब करते हैं, सब करते हैं और नींद नहीं आती, आपको कैसे आ जाती है, हमें विश्वास नहीं आता? लेकिन अभी तो लोगों को आ जाती है, इसलिए मजबूरी में विश्वास करना पड़ता है। सौ साल बाद जब किसी को नहीं आएगी, तो लोग कहेंगे, पुरानी कल्पनाएं मालूम होती हैं, कहानियां मालूम होती हैं, पुराण की कथाएं मालूम होती हैं ये सब कि आदमी सो जाते थे।

जितनी आज नींद दूर हो गई है । एक युग था, परमात्मा भी इतना ही पास था, जितनी नींद आज है। और आज भी ऐसे लोग हैं जिनके लिए परमात्मा इतना ही पास है जितनी आपके पास नींद है, इससे ज्यादा फासला नहीं है। सिर रखा और उसके चरणों में पहुंच जाता है। हाथ बढ़ाया और उसका हाथ हाथ में आ जाता है। आंखें उठाईं

और उसके दर्शन शुरू हो जाते हैं। आंखें बंद कीं और वह मौजूद हो जाता है। इतना ही निकट। लेकिन उसके लिए विश्राम में जाने की परिपूर्ण क्षमता चाहिए। परिपूर्ण शिथिलता में प्रवेश करने की, शून्यता में प्रवेश करने की क्षमता चाहिए।

आदमी तो नींद खो रहा है--विश्राम कहां, शून्य कहां, ध्यान कहां, समर्पण कहां, नींद ही असंभव होती चली जा रही है! यह जो स्थिति है 'श्रम' और 'विश्राम' खो देने की, इसने मनुष्य को सर्वाधिक अधार्मिक बनाया है।

'जिन मित्र ने पूछा है कि कैसे हम आनंद को...?'

तो मैं कोई नहीं बताऊंगा कि गंडे-ताबीज बिकते हैं कहीं उनको बांध लें, तो आनंद आपको उपलब्ध हो जाएगा; कि मैं आपको बताऊं कि फलानी माईं के मंदिर पर चले जाएं और सिर पटकें, तो आपको आनंद उपलब्ध हो जाएगा; कि मैं आपको कहूं कि आप संतोषी माता की जय, संतोषी माता की जय जपें, तो आपको आनंद उपलब्ध हो जाएगा। इन मूढ़ताओं से कुछ भी नहीं हो सकता है। अगर आनंद उपलब्ध करना है, तो जीवन का पूरा विज्ञान समझना होगा और उस पर प्रयोग करने होंगे।

जीवन की अपनी साइंस है, उस साइंस के दो सूत्र मैंने आपसे कहे। फिर उसे दोहरा देता हूं और एक छोटी सी बात और अपनी चर्चा मैं पूरी करूंगा।

जीवंत, ज्वलंत, तीव्र अनुभव जितना ज्यादा हो उसकी खोज करें। ढीले-ढीले, सुस्त-सुस्त, मंदे-मंदे मत जीएं। बुझे-बुझे अंगारे की तरह सौ साल जीने का कोई मतलब नहीं। और एक क्षण भी जलते हुए ज्वलंत अंगारे की भांति जीने का मतलब है। हजार साल तक दबे-दबे हुए राख में पड़े रहें, उसका कोई मूल्य नहीं। एक क्षण चमकते हुए तारे की भांति, एक क्षण भी पूरी तरह जलते हुए जी लेने का मतलब है, अर्थ है, मीनिंग है। क्योंकि उसी तीव्रता में जीवन के रहस्यों का, जीवन में छिपे हुए सत्यों का अनुभव शुरू होता है।

दिन-रात बिस्तरों पर पड़े रहने का भी कोई अर्थ नहीं है। एक क्षण भी परिपूर्ण शिथिलता में प्रवेश करने का बहुत मूल्य है, बहुत अर्थ है। और पूरे जीवन की प्राकृतिक योजना तो यही है कि वहां दिन है, वहां रात है, वहां सूरज का ऊगना है, वहां अंधेरे की मखमली चादर का फैल जाना है। सूरज की जलती हुई किरणों के साथ आपके भीतर भी कुछ जल उठे, कुछ प्रज्वलित हो जाए। दिन भर उस प्रज्वल में, उस प्राण की तीव्रता में गतिमान हो जीवन। जैसे खिंचे हुए प्रत्यंचाओं पर तीर चलते हों, जैसे आकाश में पक्षी उड़ते हों, जैसे जंगलों में हरिण दौड़ते हों, ऐसी तीव्रता से दिन

बीते। और जैसे रात फूलों की पंखुड़ियां बंद हो जाती हैं, और जैसे रात पत्ते चुपचाप सो जाते हैं, और जैसे पक्षी परों को सिकोड़ लेते हैं और सिरों को छिपा कर मौन हो जाते हैं, ऐसी रात के अंधेरे के नीड़ में आप सो जाएं, मौन हो जाएं, चुप हो जाएं।

तीव्र हो श्रम, तीव्र हो विश्राम, इंटेंस हो सब-कुछ--जागना भी, सोना भी; तो आनंद की सरिता के प्रवाह में आप निश्चित उतर जाएंगे, इन दोनों के किनारों के बीच। और जो आनंद की सरिता में उतर जाता है, एक दिन वह आनंद के सागर में भी पहुंच जाता है। सागर है व्यक्ति की चेतना।

एक मित्र ने पूछा है, वह अंतिम:

ओशो, आत्मा क्या है? और परमात्मा क्या है?

मैं कोई पंडित नहीं, मैं कोई शास्त्री नहीं, मुझे कुछ पता नहीं कि पंडित क्या कहते हैं, मैं तो इतना ही जानता हूं: आत्मा है सरिता, परमात्मा है सागर। आत्मा की सरिता में जो बहता है, वह एक दिन परमात्मा के सागर में जरूर पहुंच जाता है। जिस दिन भी सरिता खोने का सामर्थ्य जुटा लेती है--डूबने का, मिटने का, उसी दिन प्रभु हो जाती है। उस तीसरे सूत्र पर हम कल सुबह बात करेंगे। अभी के लिए इतना ही पर्याप्त है।

मेरी बातों को इतने प्रेम और शांति से सुना, उसके लिए बहुत-बहुत अनुगृहीत हूं। और अंत में सबके भीतर बैठे परमात्मा को प्रणाम करता हूं। मेरे प्रणाम स्वीकार करें।

४

जीवन एक अनंत निरंतरता है

मेरे प्रिय आत्मन्!

पहले दिवस की चर्चा में विस्मय-विमुग्धता पर, पहले सूत्र पर हमने विचार किया था। कल बीते दिन की चर्चा में आनंद-विभोर होने के सूत्र पर, दूसरे सूत्र पर हमने बात की थी। और आज तीसरे सूत्रः अभेद भाव या अद्वैत पर, तीसरे सूत्र पर बात करनी है।

जिसके चित्त की भूमिका विस्मय से प्रारंभ होती है, आनंद के लोक को पार करती है, वह सहज ही अद्वैत के जगत में प्रविष्ठित हो जाता है। लेकिन जिसने पहले दो सूत्रों पर कोई ध्यान न दिया हो, उसे तीसरी बात समझ में आनी कठिन हो सकती है।

एक आदमी ने एक पक्षी को, एक बूढ़े पक्षी को एक जंगल में पकड़ लिया था। उस बूढ़े पक्षी ने कहा: मैं किसी भी तो काम का नहीं हूं, देह मेरी जीर्ण-जर्जर हो गई, जीवन मेरा समाप्त होने के करीब है, न मैं गीत गा सकता हूं, न मेरी वाणी में मधुरता है, मुझे पकड़ कर करोगे भी क्या? लेकिन यदि तुम मुझे छोड़ने को राजी हो जाओ, तो मैं जीवन के संबंध में तीन सूत्र तुम्हें बता सकता हूं।

उस आदमी ने कहा: भरोसा क्या कि मैं तुम्हें छोड़ दूं और तुम सूत्र बताओ या न बताओ?

उस पक्षी ने कहा: पहला सूत्र मैं तुम्हारे हाथ में ही तुम्हें बता दूंगा। और अगर तुम्हें सौदा करने जैसा लगे, तो तुम मुझे छोड़ देना। दूसरा सूत्र मैं वृक्ष के ऊपर बैठ कर बता दूंगा। और तीसरा सूत्र तो, जब मैं आकाश में ऊपर उड़ जाऊंगा, तभी बता सकता हूं।

बूढ़ा पक्षी था। सच ही उसकी आवाज में कोई मधुरता न थी, वह बाजार में बेचा भी नहीं जा सकता था। और उसके दिन भी समाप्त प्राय: थे, वह ज्यादा दिन बचने को भी न था। उसे पकड़ रखने की कोई जरूरत भी न थी।

उस शिकारी ने उस पक्षी को कहा: ठीक! शर्त स्वीकार है। तुम पहली सलाह, पहली एडवाइज, तुम पहला सूत्र मुझे बता दो।

उस पक्षी ने कहा: मैंने जीवन में उन लोगों को दुखी होते देखा है, जो बीते हुए को भूल नहीं जाते हैं। और उन लोगों को मैंने आनंद से भरा देखा है, जो बीते को विस्मरण कर देते हैं और जो मौजूद है उसमें जीते हैं। यह पहला सूत्र है।

बात काम की थी और मूल्य की थी। उस आदमी ने उस पक्षी को छोड़ दिया। वह पक्षी वृक्ष पर बैठा। और उस आदमी ने पूछा कि दूसरा सूत्र?

उस पक्षी ने कहा: दूसरा सूत्र यह है कि कभी ऐसी बात पर विश्वास नहीं करना चाहिए जो तर्क-विरुद्ध हो, जो विचार के प्रतिकूल हो, जो सामान्य बुद्धि के नियमों के विपरीत पड़ती हो, उस पर कभी भी विश्वास नहीं करना चाहिए, वैसा विश्वास करने वाला व्यक्ति भटक जाता है।

पक्षी आकाश में उड़ गया। उड़ते-उड़ते उसने कहा: एक बात तुम्हें उड़ते-उड़ते बता दूं, यह तीसरा सूत्र नहीं है, यह केवल एक खबर है जो तुम्हें दे दूं। तुम बड़ी भूल में पड़ गए हो मुझे छोड़ कर; मेरे शरीर में दो बहुमूल्य हीरे थे। काश! तुम मुझे मार डालते, तो तुम आज अरबपति हो जाते।

वह आदमी एकदम उदास हो गया। वह एकदम चिंतित हो गया। लेकिन पक्षी तो आकाश में उड़ गया था। उसने उदास और हारे हुए और घबड़ाए हुए मन से कहा: खैर, कोई बात नहीं, लेकिन कम से कम तीसरी सलाह तो दे दो?

उस पक्षी ने कहा: तीसरी सलाह देने की अब कोई जरूरत न रही; तुमने पहली दो सलाह पर काम ही नहीं किया। मैंने तुमसे कहा था: जो बीत गया उसे भूल जाने वाला आनंदित होता है। तुम उस बात को याद रखे हो कि तुम मुझे पकड़े थे और तुमने मुझे छोड़ दिया। वह बात बीत गई, तुम उसके लिए दुखी हो रहे हो। मैंने तुमसे दूसरा सूत्र कहा था: जो तर्क-विरुद्ध हो, बुद्धि के अनुकूल न हो, उसे कभी मत मानना। तुमने यह बात मान ली कि पक्षी के शरीर में हीरे हो सकते हैं, और तुम उसके लिए दुखी हो रहे हो। क्षमा करो! तीसरा सूत्र मैं तुम्हें बताने को अब राजी नहीं हूं। क्योंकि जब दो सूत्रों पर ही तुमने कोई अमल नहीं किया, कोई विचार नहीं किया, तो तीसरा भी व्यर्थ के हाथों में चला जाएगा, उसकी कोई उपादेयता नहीं।

इसलिए मैं पहली बात तो यह कहता हूं कि अगर पिछले दो सूत्रों पर खयाल किया हो, सोचा हो, वह कहीं प्राण के किसी कोने में उन्होंने जगह बना ली हो, तो ही तीसरा सूत्र समझ में आ सकता है। अन्यथा तीसरा सूत्र बिलकुल अबूझ होगा। मैं उस पक्षी जैसी ज्यादती नहीं कर सकता हूं कि कह दूं कि तीसरा सूत्र नहीं बताऊंगा। तीसरा सूत्र बताता हूं। लेकिन वह आप तक पहुंचेगा या नहीं, यह मुझे पता नहीं है। वह आप तक पहुंच सकता है, अगर दो सूत्र भी पहुंच गए हों; उन्हीं की राह पर वह धीरे से विकसित होता है। और अगर दो सीढ़ियां खो जाएं, तो फिर तीसरी सीढ़ी बड़ी बेबूझ हो जाती है, उसको पकड़ना और पहचानना कठिन हो जाता है, वह बहुत मिस्टीरियस मालूम होने लगती है।

तीसरा सूत्र है: अद्वैत, अभेद।

क्या अर्थ है अभेद का? अद्वैत का? प्रभु प्राप्ति की वह अंतिम सीढ़ी है। इसलिए बहुत बारीक, बहुत सूक्ष्मता से उसे समझ लेना और खयाल में ले लेना जरूरी है।

क्या है अद्वैत का अर्थ?

अठारह सौ सत्तावन में गदर के दिनों में एक संन्यासी एक अंग्रेज छावनी में रात को पकड़ लिया गया था। यह समझ कर कि वह कोई जासूस है, जो रात में पता लगाने आया हुआ है। और जब उससे पूछा गया कि तुम कौन हो? और वह कुछ भी न बोला, तब तो बात बिलकुल पक्की हो गई कि वह निश्चित ही जासूस है और छिपाने की कोशिश कर रहा है। लेकिन वह संन्यासी पंद्रह वर्षों से मौन था। न वह किसी का जासूस था, न किसी से उसका लेना-देना था। नहीं बोल रहा था तो इसलिए नहीं कि उसे नहीं बोलना था, नहीं बोल रहा था इसलिए कि वह तो पंद्रह वर्षों से चुप था। लेकिन अंग्रेज, उस छावनी के प्रधान ने समझा कि वह धोखा देने की कोशिश कर रहा है, चालबाजी कर रहा है। उसने आज्ञा दी कि इसकी छाती में इसी समय, इसी क्षण भाला भोंक दिया जाए।

उसकी छाती में एक अंग्रेज ने भाला भोंक दिया, खून के फव्वारे छूट गए। वह संन्यासी हंसने लगा। और उसने कहा: तत्वमसि! उसने कहा: तू भी वही है! दैट आर्ट दाउ!

लोग पूछने लगे: क्या तुम कह रहे हो? और तुम इतनी देर तक चुप क्यों थे?

उसने कहा: चुप तो मैं पंद्रह वर्षों से था, और मैंने एक संकल्प ले रखा था कि उसी दिन बोलूंगा जिस दिन मुझमें और उसमें मुझे कोई भेद नहीं दिखाई पड़ेगा। आज वह

घड़ी आ गई। मैं सोचता था कि अगर इस क्षण भेद दिखाई पड़ जाएगा, तो फिर अभेद की परीक्षा का कोई उपाय न रहा। जब इस सिपाही ने मेरी छाती में भाला भोंका, तब मैं गौर से देखता रहा: क्या इस सिपाही के भीतर भी मुझे मैं ही दिखाई पड़ता हूं या नहीं? अगर दिखाई पड़ गया तो जीवन सफल हो गया, अगर नहीं दिखाई पड़ गया तो हार गया। और जब मेरी छाती में छुरा भोंका गया, वह भाला भोंका गया, तब मैं दंग रह गया! मैंने देखा कि मैं भी वही हूं जो मारा जा रहा है और वह भी वही है जो मार रहा है! इसलिए अब अंतिम बात कह देता हूं: तत्वमसि! दैट आर्ट दाउ! तुम भी वही हो! मैं भी वही हूं! यह कहते हुए वह मर गया।

अद्वैत का अर्थ है: मेरे बीच और समस्त के बीच कोई सीमा न रह जाए, कोई दीवाल न रह जाए। मैं कहां समाप्त होता हूं और मुझसे जो अन्य है वह कहां शुरू होता है, इसका कोई पता न रह जाए। मैं कहीं समाप्त न होऊं, कहीं दूसरा शुरू न हो। एक विस्तार रह जाए और सारा विस्तार मेरे प्राणों से अंतर-संबंधित हो जाए। मेरे जीवन के बिंदु पर सारे जगत की परिधि हो जाए। मैं केंद्र रहूं, तो सारा जगत मेरा ही विस्तार रह जाए। सब-कुछ, जो भी है, जिसकी भी सत्ता है, उसमें और मेरे बीच कोई अंतराल, कोई इंटरवल, कोई गैप, कोई रिक्तता, कोई खाली जगह न रह जाए। उस, उस तादात्म्य, उस तारतम्य, उस तालमेल, उस हार्मनी, उस संगीत का, जहां मेरा स्वर और जीवन के सब स्वर एक हो गए हैं, उस भाव-दशा का नाम अद्वैत है, उस भाव-दशा का नाम अभेद है। और वह तीसरा सूत्र है।

कैसे इस बात की स्मृति आए? कैसे हम इस दिशा में प्रविष्ट हों? और सत्य यही है। भेद असत्य है, भेद कल्पित है, द्वैत सोचा हुआ है। जाना हुआ जैसा कोई द्वैत जगत में नहीं है। द्वैत केवल माना हुआ है। अनेकता और भेद केवल कल्पना है। कैसे यह दिखाई पड़े लेकिन? यह सारा जीवन, यह सारा अस्तित्व एक संघट है, एक इंटिग्रेटेड होल है, एक समग्रीभूत चेतना है। यह कैसे दिखाई पड़े? यह कैसे पहचान में आए? यह कैसे रिकग्निशन, यह कैसे हमारी स्मृति में उभर आए यह तथ्य कि सब-कुछ एक है और यहां भेद नहीं है?

एक आदमी झील के किनारे जाता है और एक पत्थर झील में फेंकता है। एक छोटा सा वर्तुल उठता है, एक छोटी सी लहर कंपती है, और फिर लहर बड़ी होने लगती है, बड़ी होने लगती है और चलने लगती है दूर अनंत किनारों की तरफ। एक दो तीन और करोड़ों लहर होती चली जाती हैं और बढ़ती चली जाती हैं। अनंत सागर

के दूर किनारे पर जब यह लहर पहुंचेगी, तब कितना समय व्यतीत हो चुका होगा उस पत्थर को गिरे हुए जिससे पहली लहर उठी थी ? और कौन सोच पाएगा कि यह लहर उससे संबंधित है ? कौन सोच पाएगा? कौन स्मरण ला पाएगा कि यह वही, यह वही वर्तुल, वही लहर जो कंपी थी ? एक क्षण, न मालूम अनंत के किन क्षणों में, वही दूर अनंत के किनारों तक होती हुई चली आई है। कोई खयाल में नहीं ले पाएगा। हम भी खयाल में नहीं ले पाते हैं।

हम भी अनंत की झील पर उठी हुई लहरें हैं। और हमसे पहले जो लहर थी, और उससे पहले जो लहर थी, और उससे पहले जो लहर थी, उन सभी लहरों से हम अंतर-गुंथित हैं, अंतर-संबंधित हैं।

एक बीज पैदा होता है और फिर वृक्ष बनता है और फिर वृक्ष में हजारों बीज लग जाते हैं; फिर वे हजारों बीज जमीन पर पहुंच जाते हैं, फिर उनसे अंकुर पैदा होते हैं, फिर वृक्ष पैदा होता है, फिर हजारों बीज लग जाते हैं। कौन कहेगा कि पहले बीज से हजारों वर्ष के बाद जो वृक्ष पैदा हुआ है वह संबंधित है? कौन स्मरण करेगा? वे अलग-अलग नहीं हैं, वे उसी एक बीज की अनंत में यात्रा हैं। वही बीज जो बहुत दूर अतीत में कहीं खो गया, जिसका कोई पता नहीं, जो न मालूम किस मिट्टी में डूब गया, जिसके अणु न मालूम कहां बिखर गए। लेकिन जो वृक्ष आपके द्वार पर लगा है, वह उसी बीज की अनंत यात्रा का हिस्सा है। यह वृक्ष कल गिर जाएगा और विलीन हो जाएगा; फिर कोई बीज लग जाएंगे, और यात्रा जारी रहेगी।

व्यक्ति बनते हैं और मिटते हैं। और वह जो बीज है, वह यात्रा करता चला जाता है। मैं कल नहीं था, आज हूं, कल नहीं रह जाऊंगा। लेकिन मेरे भीतर जो बीज है, जो पोटेंशियल है, जो एसेंशियल है, जो सारभूत है, वह मुझसे पहले था, वह मुझमें है। वह मैं कल विदा हो जाऊंगा, वह फिर शेष रह जाएगा। उसकी यात्रा आगे बढ़ती चली जाएगी। एक कंटीन्युटी है, एक सातत्य है, एक निरंतरता है। और इस निरंतरता का न कोई पीछे छोर है और न आगे कोई अंत है। न पीछे कोई प्रारंभ है, न आगे कोई समाप्ति है। लेकिन हमें दिखाई पड़ता है कि मैं हूं! यह मैं होना बिलकुल ही भ्रांत होना है। मैं नहीं हूं, मैं नहीं था, तब भी वह था जो मेरे भीतर सारभूत है। मैं नहीं रहूंगा, तब भी वह रहेगा जो मेरे भीतर सारभूत है। मैं अनंत के, अनादि के छोरों पर था, मैं अनंत के किनारों पर रहूंगा। यह जो कंटीन्युटी है, यह जो कंटीनम है, यह जो निरंतरता है, यह दिखाई पड़नी चाहिए।

अद्वैत भाव की पहली समझ: निरंतरता का बोध और स्मरण।

क्या यह आपको स्मरण होता है, आपके भीतर आपके पिता, आपके पिता के भीतर उनके पिता, उनके पिता के भीतर उनके पिता, और वे सब दूर के लोग जिनसे हमारा कोई संबंध नहीं दिखाई पड़ता, जिनसे कोई नाता नहीं दिखाई पड़ता, जिनकी कोई रेखा भी हमारे ऊपर नहीं छूट गई है, वे सब हमारे भीतर जीवित हैं ? वे सब हमारे भीतर पुंजीभूत हैं? सारा अतीत, सब-कुछ जो बीत गया, इस क्षण में इकट्ठा है, उपस्थित है ? सब जो आने को है, सब जो होने को है, सारा भविष्य, वह इस क्षण में मौजूद है ? वह प्रकट होगा, खिलेगा, मैनिफेस्ट होगा, दिखाई पड़ेगा, दृश्य बनेगा, लेकिन अभी मौजूद है। एक बीज जो आपके हाथ में रखा हुआ है, उसमें क्या वह वृक्ष मौजूद नहीं है जो कल दिखाई पड़ेगा? अगर वह मौजूद नहीं है, तो वह कहां से आ सकता है? आज दिखाई नहीं पड़ रहा है, कल दिखाई पड़ेगा, इतना ही फर्क हो सकता है। लेकिन मौजूदगी का कोई फर्क नहीं है। सारा अतीत वर्तमान के क्षण में मौजूद है , सारा भविष्य वर्तमान के क्षण में मौजूद है। न अतीत की कोई सीमा है, न भविष्य की कोई सीमा है। इस अनंत धाराप्रवाह के हम एक हिस्से हैं, एक लहर हैं।

पहला स्मरण: निरंतरता का। काल, टाइम में, काल की निरंतरता का, काल की अनंतता का पहला बोध, तो मनुष्य अद्वैत की तरफ उठ सकता है। नहीं तो नहीं उठ सकता। सिर्फ बैठा हुआ दोहराता रहे कि मैं ब्रह्म हूं, मैं ब्रह्म हूं, इससे नहीं उठ सकता। इस दोहराने से कोई संबंध नहीं है। इस बात की तो प्राणों को पूरी स्मृति कि यह निरंतरता है। इस निरंतरता में मैं भी हूं, जब मैं नहीं था तब भी था, जब नहीं रहूंगा तब भी रहेगा। क्योंकि न कुछ नष्ट होता है, न कुछ जन्मता है, न कुछ नया बनता है, न कुछ पुराना है। जीवन है और होने के अनंत रूपांतरण हैं, अनंत ट्रांसफार्मेशन हैं।

समय की दृष्टि से निरंतरता का बोध--यह एक डाइमेन्शन है अद्वैत का, यह एक आयाम है।

और स्पेस की दृष्टि से, क्षेत्र की दृष्टि से विस्तार का बोध--यह दूसरा डाइमेन्शन है, यह दूसरा आयाम है अद्वैत का।

समय पीछे की तरफ फैला है और आगे की तरफ, यह एक दिशा हुई। क्षेत्र, स्पेस, स्थान, चारों तरफ फैला है, फैलता चला गया है, फैलता चला गया है, फैलता चला गया है। उसकी भी कोई सीमा नहीं है। उसकी भी कोई सीमा नहीं है। यह जो फैलता हुआ चला गया विस्तार है, इस विस्तार के भी हम एक हिस्से हैं, इस विस्तार से भी

मैं अलग नहीं हूं। लेकिन यह पहचानना बहुत कठिन है कि करोड़ों-करोड़ों मील जो तारा है उससे भी मैं संबंधित हूं । यह खयाल में आना मुश्किल है कि जिस तारे को मैं जानता नहीं वह भी मेरे प्राणों का हिस्सा है। यह हमें खयाल में नहीं है। लेकिन आपको पता है, सुबह सूरज निकलता है और एक कली चटक कर खुल जाती है, क्या आप कह सकते हैं फूल की इस कली में और सूरज में कोई संबंध नहीं है? यह किसी एक ही ग्रेटर होल के, किसी एक बड़ी इकाई के हिस्से नहीं हैं? सूरज ऊगता है और आपकी बगिया की छोटी सी कली चटकती है और खिल जाती है। सूरज कितनी दूर है! सूरज बहुत दूर है। सूरज से पृथ्वी तक किरण को आने में दस मिनट लगते हैं। और सूरज की किरण एक सेकेंड में एक लाख छियासी हजार मील चलती है। एक सेकेंड में एक लाख छियासी हजार मील; साठ सेकेंड में साठ गुनी, साठ मिनटों में उससे ज्यादा साठ गुनी। दस मिनट में सूरज की किरण आ पाती है।

यह जो इतनी दूर सूरज है, इसकी किरण, इसके सूरज का होना, आपकी बगिया में जो छोटा सा फूल खिला है, उसके होने से अंतर-संबंधित है। ये दोनों अलग बातें नहीं हैं। यह फूल नहीं हो सकता अगर सूरज न हो । और कौन जानता है कि अगर यह फूल न हो तो सूरज भी न हो सके। कौन कह सकता है? क्योंकि अगर फूल सूरज पर निर्भर है तो यह असंभव है कि सूरज फूल पर निर्भर न हो। जो भी निर्भर होते हैं वे हमेशा परस्पर निर्भर होते हैं, म्युचुअल डिपेंडेंस होती है। जहां भी निर्भरता है वहां हमेशा पारस्परिक निर्भरता है। कोई दो चीजें अलग--एक निर्भर हो और दूसरी उस पर निर्भर न हो, यह संभव नहीं है। यह असंभव है। वह घास का जो छोटा सा तिनका खड़ा है उसके होने से सूरज होगा, सूरज के होने से वह घास का तिनका है। उन दोनों के होने से यह सब-कुछ होना है।

लेकिन सूरज को हम समझ सकते हैं, हमारे निकट है, फूल उससे जुड़ा हो सकता है, लेकिन अनंत सूरज हैं, अनंत विस्तार में, वे भी हमसे जुड़े होंगे। निश्चित ही जुड़े होंगे। कोई वजह नहीं है, यह असंभव है कि वे हमसे न जुड़े हों। क्योंकि जो चीज नहीं जुड़ी है इस अस्तित्व में, वह हो भी नहीं सकती है, उसके होने की कोई संभावना नहीं है। लेकिन ऊपर से दिखाई नहीं पड़ता, आंखें हमारी बोथली हैं, बहुत गहरे नहीं देखती हैं, इसलिए हमें दिखाई नहीं पड़ता कि हम जुड़े हो सकते हैं।

वैज्ञानिक क्या कहते हैं? वैज्ञानिक कहते हैं कि आज से कोई दो अरब वर्ष पहले एक महासूर्य इस सूर्य के करीब से निकल गया था। दो अरब वर्ष पहले। उस महासूर्य

के इसके करीब से निकल जाने से इस सूरज के प्राणों में इतनी खलल मच गई, इतना उपद्रव मच गया, इतना विस्फोट हो गया कि उस सूरज की कशिश के कारण इसके कुछ टुकड़े टूट कर बिखर गए। उन्हीं टूटे हुए टुकड़ों में से एक जमीन बन गई। अगर वह सूरज दो अरब वर्ष पहले इस सूरज के करीब से न निकलता, आप राजकोट में नहीं हो सकते थे, मैं भी यहां नहीं हो सकता था; क्योंकि यह पृथ्वी ही न होती।

वह दो अरब वर्ष पहले जो सूरज निकला था महासूर्य इस सूरज के पास से, उसकी मौजूदगी के कारण इस सूरज के कुछ टुकड़े टूट गए खिंच कर। पृथ्वी बनी, समुद्र बने, जमीन पर घास आई, पशु-पक्षी आए, जानवर आए, आदमी आया, राजकोट बसा, आप हैं, मैं आ गया हूं। वह जो सूरज निकला था दो अरब वर्ष पहले, उससे मेरा नाता है, उससे आपका संबंध है। वह नहीं निकलता तो यह कुछ भी नहीं हो सकता था।

जीवन अनंत से जुड़ा है। आज हमें पता नहीं, एक कोई महासूर्य कल फिर निकल जाए इस सूरज के पास से और यह सूरज टूट जाए, हम सब उसी क्षण समाप्त हो जाएंगे। हम कहीं भी नहीं रह जाएंगे।

वैज्ञानिक कहते हैं कि चार हजार वर्षों के भीतर धीरे-धीरे सूरज ठंडा हो जाएगा। ठंडा हो रहा है सूरज, उसकी रोज गर्मी फिंकती जा रही है, वह ठंडा होता जा रहा है। चार हजार वर्ष बाद वह एक दिन अचानक बिलकुल ठंडा हो जाएगा। फिर उससे कोई रोशनी नहीं निकलेगी, फिर उससे कोई प्रकाश नहीं पैदा होगा । फिर आपकी बगिया का फूल नहीं खिलेगा। फिर आपके गांव में सुबह नहीं होगी। फिर सुबह नहीं होगी और आप नहीं जाग सकेंगे। क्योंकि बिना सूरज के जीवन नहीं है। उस सूरज से हम जुड़े हैं।

मैं कहां शुरू होता हूं और कहां समाप्त होता हूं--यह जिस शरीर को मैं कह रहा हूं कि मेरा है, इस शरीर का एक-एक टुकड़ा न मालूम कितने शरीरों में रह चुका है। इसे मैं कैसे कहूं कि मेरा है? मेरे शरीर का एक-एक अंग न मालूम कितने शरीरों का हिस्सा रह चुका है। कल सुबह मेरे शरीर का एक टुकड़ा किसी घास का हिस्सा था, फिर एक गाय उसे खा गई, वह गाय के शरीर का हिस्सा और उसका खून बन गया और उसका दूध बन गया। आज वह मेरे शरीर का हिस्सा हो गया। कल वह मेरे शरीर को छोड़ देगा। कौन कह सकता है कि मैं गाय से नहीं जुड़ा हूं? कौन कह सकता है कि मैं घास से नहीं जुड़ा हूं? कैसे कहेंगे? कैसे कहेंगे कि हम जुड़े नहीं हैं, इंटिग्रेटेड नहीं हैं? हम अलग-अलग कहां हैं? और एक छोटा सा फर्क और सारा जगत प्रभावित हो जाता है। छोटा सा फर्क, जरा सा फर्क, एक जरा सी घटना और दुनिया की पूरी कथा दूसरी हो जाती है। हम इतने जुड़े हैं।

हो सकता है आज सुबह आपको घर में छींक आई हो और इससे दुनिया का इतिहास अब दूसरा हो, वह न हो सके जो कि आपको छींक न आई होती तो होता। आप कहेंगे, इससे क्या जोड़ हो सकता है? इससे क्या संबंध हो सकता है? एक गरीब आदमी को अपनी झोपड़ी में छींक आ गई, इससे दुनिया का क्या वास्ता? लेकिन यह घटना उतनी ही बड़ी है जितना किसी महासूर्य का निकल जाना। क्योंकि कोई घटना छोटी नहीं, कोई घटना बड़ी नहीं। छोटी हमें दिखाई पड़ती है, क्योंकि हम उसके इंप्लिकेशन, उसके विस्तार के परिणाम नहीं देख पाते। बड़ी दिखाई पड़ती है, क्योंकि हमको विस्तार के परिणाम दिखाई पड़ते हैं।

नेपोलियन छोटा था, वह अपने झूले में घर में सोया हुआ है छह महीने का, एक जंगली बिल्ली आई और उसकी छाती पर चढ़ गई। नौकरानी भागी, उसने बिल्ली को हटा दिया। लेकिन छह महीने के उस नेपोलियन के प्राण में बिल्ली का एक भय हमेशा के लिए समा गया। नेपोलियन इतना बहादुर आदमी हो गया बाद में--शेर से लड़ सकता था, मौत से जूझ सकता था; लेकिन बिल्ली को देख कर उसके हाथ-पैर ढीले हो जाते। नेपोलियन जिस युद्ध में हारा, शायद आपको पता न हो, उसका दुश्मन नेल्सन, सत्तर बिल्लियां युद्ध के मैदान पर बांध कर ले गया था। नेपोलियन ने बिल्लियां देखीं और उसके हाथ-पैर ढीले हो गए। वह पहली हार थी , नेपोलियन उस दिन हार गया। रात उसने अपने मित्रों को कहा: नेल्सन भूल में है, नेल्सन सोचता हो कि उसकी वजह से मैं हार गया। मैं हार गया बिल्लियों की वजह से ! बिल्लियां मौजूद थीं कि मेरे होश गुम हो गए। उन पर मेरा कोई वश ही नहीं है। नेपोलियन हार गया, इतिहास दूसरा हुआ। नेपोलियन जीतता, इतिहास दूसरा होता। और नेपोलियन की छाती पर बिल्ली न चढ़ी होती, तो दुनिया दूसरी होती।

जरा सा फर्क और सारी दुनिया दूसरी हो जाएगी; क्योंकि सारा, सब-कुछ संयुक्त है।

एक आदमी भागा जा रहा है अपनी कार में और उसके सामने वाले की कार बिगड़ गई है और चौरस्ते पर खड़ी हो गई है और पांच मिनट देर हो गई। उसे जहां पहुंचना था वह वहां पांच मिनट बाद पहुंचेगा। दुनिया दूसरी होगी, अब यह वही नहीं हो सकती जो कि पांच मिनट पहले पहुंचने से होती। क्योंकि क्या हो सकता है? हो सकता है वह पांच मिनट बाद जिस मकान में जाने को था वहां पहुंचे, लिफ्ट में सवार हो और एक लड़की उसे मिल जाए और वह उसके प्रेम में पड़ जाए और उनका विवाह

हो जाए और उनके बच्चे पैदा हों और उनके बच्चों में कोई एक महावीर पैदा हो जाए, कोई एक बुद्ध पैदा हो जाए, यह सारी दुनिया दूसरी हो। अगर पांच मिनट वह रास्ते पर ट्रैफिक की वजह से न रुकता, उस लिफ्ट में उसे उस लड़की से मिलना नहीं हो सकता था, दुनिया दूसरी होती।

एक-एक छोटा-छोटा कण, एक-एक छोटी-छोटी घटना समस्त विस्तार में संयुक्त है, जुड़ी हुई है। इस जोड़ का बोध, इस इंटेग्रिटी का बोध। काल की दृष्टि से निरंतरता का बोध। स्पेस, क्षेत्र की दृष्टि से संबद्धता का बोध अद्वैत की तरफ दूसरा चरण है।

हमें कुछ खयाल में नहीं कि कब क्या हो जाए। मैं यहां बोल रहा हूं, मेरा कौन सा शब्द आपके प्राणों में जाकर क्या करे, कुछ भी नहीं कहा जा सकता। और अगर मेरा एक शब्द आपके कानों में प्रविष्ट हो जाता है, तो आप वही आदमी नहीं रह गए जो आप थे; मैं आपसे संबंधित हो गया , हम दोनों किसी तल पर एक हो गए , किसी केंद्र पर हमारे प्राणों ने एक नया संयोग स्थापित कर लिया।

प्रतिपल हम वृहत्तर से वृहत्तर इकाइयों से जुड़े हुए हैं, उनसे आदान-प्रदान चल रहा है, चाहे हमें ज्ञात हो, चाहे हमें ज्ञात न हो।

मैं एक विश्वविद्यालय में शिक्षक था। विद्यालय के बड़े भवन के समक्ष गुलमोहर के कोई बीस पौधे लगे हुए थे। लेकिन उन्नीस पौधे सूखे हुए थे, उनमें मैंने कभी कोई पत्ते नहीं देखे। एक पौधे में पत्ते थे, हरियाली थी, तो मैं अपनी गाड़ी उसी पौधे के नीचे रख कर पढ़ाने के लिए भीतर चला जाता था। मैं उसके नीचे गाड़ी इसलिए रखता था कि वह हरियाली थी, उसमें छाया थी। लेकिन धीरे-धीरे विश्वविद्यालय में यह खबर फैल गई कि मेरी गाड़ी रखने की वजह से वह वृक्ष हरा है। बाकी वृक्ष सूख गए हैं। मुझे उस कालेज के प्रिंसिपल ने कहा कि एक बड़ी चमत्कार की बात, वह आपको पता है? लोग कहते हैं कि आप वहां गाड़ी रखते हैं अपनी इसलिए वृक्ष हरा है। मैंने कहा: मजाक करते होंगे। मैं तो वहां गाड़ी इसलिए रखता हूं चूंकि वृक्ष हरा है, छाया है, इसलिए वहां गाड़ी रखता हूं। और जब से मैंने गाड़ी रखनी शुरू कर दी मेरे लिए वह जगह खाली रहती है, कोई वहां गाड़ी नहीं रखता। लोग खयाल रखते हैं कि मुझे वहां गाड़ी रखनी होगी । तो धीरे-धीरे मेरा अड्डा हो गया, उस वृक्ष से मेरा नाता हो गया। लेकिन मेरी गाड़ी रखने की वजह से वह हरा है यह कहना मुश्किल है। हरे होने की वजह से जरूर मैं गाड़ी रखता हूं।

फिर मैंने वह विश्वविद्यालय छोड़ दिया। तीन महीने बाद किसी काम से मैं विश्वविद्यालय में बोलने गया। वे प्रिंसिपल मुझसे कहने लगे, उस दिन जो बात मजाक में हुई थी...। आप मेरे साथ आइए। वे मुझे बाहर ले गए। मैंने देखा, वह वृक्ष सूख गया है। वे कहने लगे, अब बताइए, अब बोलिए, क्या हुआ? यह वृक्ष तो सूख गया। जब से आपने यहां गाड़ी रखनी बंद की, यह वृक्ष सूखना शुरू हो गया।

मेरी तो समझ में नहीं बात आ सकी एकदम से। मैंने कहा: यहां तक तो मेरे खयाल में था कि मैं वहां गाड़ी रखता हूं, क्योंकि वृक्ष हरा है; लेकिन यह दूसरा पहलू मेरी कल्पना में नहीं बैठता कि वृक्ष इसलिए हरा है कि मैं गाड़ी रखता हूं। यह संयोग ही होगा मैंने कहा कि वृक्ष सूख गया है। लेकिन मेरी आंखों में आंसू जरूर आ गए। कौन जाने जीवन इतना रहस्यपूर्ण है कि वृक्ष इसीलिए सूख गया हो ? कौन जाने मुझे पहली बार स्मरण आया कि वृक्ष भी मेरा हिस्सा हो सकता है? लेकिन यह संयोग हो सकता था।

अमरीका में एक वैज्ञानिक था, लूथर बरबांक। वह एक मरुस्थलीय पौधे के ऊपर, कैक्टस के ऊपर, जिसमें कांटे ही कांटे होते हैं और बिना कांटे की कोई भी शाखा नहीं होती, कोई भी पत्ता नहीं होता। उस पर सात साल तक निरंतर मेहनत करता रहा। सारी अमरीका में खबर फैल गई कि बरबांक पागल हो गया है। वह नोबल प्राइज विनर था। उसका दिमाग खराब हो गया है मालूम होता है। एक पौधे के साथ दिन-रात मेहनत कर रहा है। और यह मेहनत कर रहा है जो कि शायद ही सफल हो सके। उसकी पत्नी तक उसको कहने लगी कि तुम्हारा दिमाग मुझे भी शक होता है कि खराब हो गया है।

उस पौधे के साथ वह यह श्रम सात साल तक करता रहा। वह यह कहता था कि चूंकि पौधे में प्राण हैं, जीवन है; मुझमें भी प्राण हैं और जीवन है, इसलिए किसी न किसी गुह्यतर मार्ग से मेरा प्राण और मेरा जीवन पौधे के जीवन से संबंधित होगा। और अगर संबंधित है, तो कोई कम्युनिकेशन, कोई बातचीत भी पौधे से हो सकती है।

अब यह कोई साधु-संन्यासी बातें करे, कोई कवि बात करे, तो ठीक; लेकिन बरबांक की हैसियत का नोबल प्राइज विनर वैज्ञानिक यह बात करे, तो बड़ी मुश्किल है। क्या पौधे से संबंध हो सकता है?

बरबांक रोज उस पौधे से सुबह-सांझ कहता कि प्यारे पौधे, एक बार एक सबूत दे दे कि मेरी खबर तुझ तक पहुंच रही है, तू इतना कर कि तुझमें एक शाखा निकल आए जिसमें कांटे न हों। लेकिन उस पौधे में बिना कांटे की शाखा होती ही नहीं; कभी

नहीं हुई, हो ही नहीं सकती। सात साल तक की मेहनत। लेकिन बरबांक भी एक ही आदमी रहा होगा ; मेहनत करता गया, करता गया, और एक दिन सुबह उसकी आशा पूरी हो गई। उस कांटों भरे पौधे में एक शाखा निकली जिसमें कांटे नहीं थे।

इसको संयोग कहना कठिन है। इसको संयोग कहना कठिन है। क्या बरबांक की बात सुन ली गई? क्या पौधे के प्राणों तक यह खबर पहुंच गई कि मैं उत्तर दूं इस आदमी का जो सात साल से मेरे द्वार पर प्रेम कर रहा है और प्रार्थना कर रहा है ? इसको उत्तर दूं, इसको उत्तर देना जरूरी हो गया है। और उस पौधे में से एक शाखा निकल आई। उस शाखा को देखने लाखों लोग इकट्ठे हुए। यह मिरेकल था। यह चमत्कार था। लेकिन शायद कोई चमत्कार नहीं है, शायद हमें पता नहीं कि हम कैसे संबंधित हैं।

जीवन संबंधित है, जीवन अंतर-संबंधित है, इंटर-रिलेटेड है , सब इकट्ठा है। वह जो पत्थर मार्ग पर पड़ा है, वह जो आकाश में पक्षी उड़ रहा है, वह जो दूर का तारा है और मैं हूं और आप हैं, हम सबके भीतर जीवन की कोई अंतर-धारा दौड़ रही है, कोई करंट, कोई विद्युत जीवन की हम सबके भीतर दौड़ रही है। वह हम सबको पार कर रही है और हम सबको जोड़ रही है। हम सब उसके हिस्से हैं। यह बोध, यह स्मरण अद्वैत भाव के लिए अनिवार्य भूमिका है। शास्त्र पढ़ने से कुछ भी नहीं होगा, सीखे हुए सूत्र दोहराने से कुछ भी नहीं होगा। जीवन की यह सच्चाई और जीवन के ये अर्थ खोजने होंगे। जीवन के ये मिरेकल, जीवन के ये चमत्कारों के पर्दे उठाने होंगे, और तब शायद आपको दिखाई पड़ेगा सब जुड़ा है, क्योंकि बिना जुड़े कैसे कुछ हो सकता है?

एक पत्ता आकाश में हिल रहा है वृक्ष का, उसके नीचे सैकड़ों पत्ते उसी वृक्ष पर हिल रहे हैं, लेकिन क्या उस पत्ते को पता होगा कि ये जो दूसरे पत्ते हिल रहे हैं इनसे मैं जुड़ा हूं, इनसे मैं संबंधित हूं? नहीं, उसे कुछ भी पता नहीं चल रहा होगा, वह अपनी मौज में हिल रहा है, दूसरे पत्ते अपनी मौज में हिल रहे हैं। वे बिलकुल अलग हैं। उसका अपना व्यक्तित्व है, उन पत्तों का अपना व्यक्तित्व है। कहां जुड़े होंगे वे? कौन मान सकता है कि वे जुड़े हैं? एक पत्ता उनमें से सूख कर गिर जाएगा, दूसरा पत्ता हरा बना रहेगा, वह कैसे मान सकता है कि मैं उस पत्ते से जुड़ा था जो सूख कर गिर गया , मैं तो हरा हूं ? वह कैसे मान सकता है कि यह जो हवा चलती है, तो कभी मैं हिलता हूं, वह नहीं भी हिलता है? अगर हम जुड़े होते, तो हम दोनों साथ-साथ हिलते। अगर हम जुड़े होते, हम साथ-साथ मरते। वह पत्ता बूढ़ा हो गया, मैं अभी जवान हूं। अगर हम जुड़े होते, तो हम दोनों एकसे जवान होते। वह पत्ता कहेगा, हम

कैसे जुड़े हैं, कैसे मान सकते हैं? कैसी इल्लॉजिकल, कैसी अतर्क बात आप कहते हैं कि हम जुड़े हैं? पत्ता नहीं मानेगा।

लेकिन हम भलीभांति जानते हैं कि एक पत्ता जवान है, एक बूढ़ा है, एक अभी पीक रहा है, एक अभी सूखने के करीब पहुंच गया है, एक दूर ऊपर की शाखा पर शिखर पर लगा है, एक नीचे छिपा है, लेकिन हम जानते हैं कि वे जुड़े हैं, वे एक ही वृक्ष के पत्ते हैं। उनके पीछे शाखाएं चली गई हैं, उनके पीछे पिंड चली गई हैं, उनके पीछे जमीन में जड़ें चली गई हैं, वे सब जुड़े हैं, वे संयुक्त हैं। लेकिन उन पत्तों को कोई भी पता नहीं है। पत्ते द्वैत में जी रहे हैं। अगर उन्हें पता चल जाए, वे अद्वैत में प्रविष्ट हो जाएंगे।

आदमी भी द्वैत में जी रहा है। मैं कैसे मानूं कि मैं और आप एक हैं? मैं काला हूं, आप गोरे हैं; मैं हिंदू हूं, आप मुसलमान हैं; मैं बच्चा हूं, बूढ़ा हूं, आप जवान हैं, हम कैसे जुड़े हो सकते हैं? हम अलग-अलग हैं। मैं मर जाऊंगा, आप जिंदा रहेंगे, हम कैसे जुड़े हो सकते हैं? वही जो पत्ते का तर्क था, वही तर्क हमारा है। क्योंकि हम अलग-अलग मालूम पड़ते हैं, इसलिए कैसे जुड़े हो सकते हैं?

अलग-अलग होने के लिए न जुड़ा होना जरूरी नहीं है। जुड़े हुए हम अलग-अलग हो सकते हैं। जोड़ हमारे व्यक्तित्व को नष्ट नहीं करता; जोड़ अनेक रूपों में हमारे व्यक्तित्व को पुष्ट करता है। और पत्ते ही जुड़े होते, तो ठीक था, इतने दूर तक हम राजी हो सकते हैं कि एक वृक्ष के पत्ते आपस में जुड़े हैं, ठीक है, एक वृक्ष एक इकाई है, लेकिन दूसरे वृक्ष के पत्ते तो उससे नहीं जुड़े हैं? लेकिन थोड़ा और गहरे जाएं, तो हम पाएंगे, वे भी जुड़े हैं, क्योंकि इस वृक्ष की जड़ें जमीन से जुड़ी हैं, उस वृक्ष की जड़ें भी जमीन से जुड़ी हैं, ये एक जमीन से दोनों जुड़े हैं, ये दोनों अलग कैसे हो सकते हैं? ये भिन्न कैसे हो सकते हैं? इनमें भेद कैसे हो सकता है?

तो हमारे जीवन की खोज, अन्वेषण, क्या हमें पृथकता पर ले जाता है? क्या जीवन के सत्य की झलक हमें पृथकता पर ले जाती है या अभेद पर? सामान्यतः हम पृथकता पर ही गति करते हैं, अभेद पर नहीं। हम पृथकता में ही जीते हैं। और यह हमारी यह पृथकता किस केंद्र पर खड़ी होती है? जिस केंद्र पर पृथकता खड़ी होती है, उस केंद्र का नाम अहंकार है, उस केंद्र का नाम ईगो है।

अभेद भाव में जाना है, तो अहंकार भाव को विसर्जन करना होता है, उसके बिना कोई प्रवेश नहीं कर सकता है। 'मैं हूं' यह हमारी घोषणा इतनी तीव्र है कि हम जो

सबसे जुड़े हैं उसका हमें पता नहीं चलता। क्योंकि अगर मुझे पता चल जाए कि मैं सबसे जुड़ा हूं, तो फिर मेरे मैं को खड़े होने की कोई भी जगह नहीं रह जाएगी। फिर मेरे मैं को मिटना पड़ेगा, टूटना पड़ेगा, बिखरना पड़ेगा। इसलिए मैं आंख बंद रखता हूं कि मुझे दिखाई न पड़ जाएं जोड़, ताकि मेरा अहंकार सुरक्षित रहे। और हम सबका अहंकार है।

एक सुबह एक मच्छर एक हाथी के आस-पास गीत गुनगुना रहा था, फिर वह हाथी के कान में प्रविष्ट हुआ। वह जगह उसे बहुत साफ-सुथरी मालूम पड़ी , काफी बड़ा भवन मालूम पड़ा, उसने सोचा कि मैं अब तक व्यर्थ झोपड़ों में पड़ा रहा, अब इसमें ही निवास करूं। लेकिन शिष्टाचारवश उसने हाथी को खबर दे देनी जरूरी समझी। उसने बहुत जितनी तेज आवाज वह जुटा सकता था उतनी आवाज में कहा कि सुनते हैं महाशय, मैं एक भूतपूर्व मच्छरों का मंत्री, बीस साल तक दिल्ली रहा हूं और अब इस भवन में निवास करना चाहता हूं। जस्ट टु इनफॉर्म यू। उसने कहा कि तुम्हें खबर कर देनी उचित है, इसलिए तुमसे कह रहा हूं। लेकिन पिछले चुनाव में मैं हार गया, तब से मैं संन्यासी हो गया हूं। और अब मेरा नाम स्वामी मच्छड़ानंद जगदगुरु! और अब मैं गौ आंदोलन चलाता हूं। तो आपको पता तो होगा, अखबार तो पड़ते ही होंगे, मेरी तस्वीर तो आपने देखी ही होगी--सारी दुनिया मुझसे भलीभांति परिचित है। आपका सौभाग्य कि आपके कान को मैंने अपने निवास का स्थान चुना।

लेकिन हाथी को कुछ सुनाई नहीं पड़ा। हाथी को पता ही नहीं चला कि कोई मच्छर क्या गुनगुनाता था, क्या कहता था। उसे पता भी नहीं चला कि कोई मच्छर आकर उसके कान में निवास कर लिया है। मच्छर के दो-चार शिष्य भी थे, उन्होंने मच्छर से कहा भी कि यह हाथी बिलकुल जड़बुद्धि है, यह कुछ सुन ही नहीं रहा मालूम होता है। और यह हाथी तो हाथी, मच्छरों को छोड़ कर सभी जड़बुद्धि हैं, उन मच्छरों ने कहा। आप जिस गऊ के लिए जेल गए और जिस गऊ के लिए इतना आंदोलन चलाया, मैं उस गऊमाता के भी पास गया था, तो वह गऊमाता भी हंसने लगी और उसने कहा कि कुछ न कुछ पोलिटिकल स्टंट होना चाहिए, कोई राजनैतिक चालबाजी होनी चाहिए । नहीं तो मच्छरों को गऊ से क्या लेना। तो वह गऊ भी फिकर नहीं करती है हमारी, और हम उसके लिए जान खपाए दे रहे हैं। और यह हाथी से आप चिल्ला कर कह रहे हैं, वह कुछ भी नहीं सुन रहा है।

फिर वह मच्छर उस भवन में निवास करने लगा। वर्ष, दो वर्ष, तीन वर्ष, उसकी न मालूम कितनी संततियां उस भवन में हुईं और दुनिया की यात्रा पर निकल गईं।

फिर तीन वर्ष बाद मौसम बदल गया, दिल्ली के निष्कासन का समय समाप्त हो गया, अज्ञातवास पूरा हो गया, उस मच्छर को वापस दिल्ली जाने का मौका मिला। तो उसने उस हाथी को कहा कि सुनता है, ऐ हाथी के बच्चे! मच्छर वह हाथी से कहने लगा, ऐ हाथी के बच्चे, सुनता है! अब हम यह मकान छोड़ रहे हैं। लेकिन हाथी ने कुछ भी नहीं सुना। तो वह मच्छर बहुत जोर से उसके कान पर पीटने लगा, आवाज करने लगा, चिल्लाने लगा, और दस-पच्चीस मच्छरों को बुला लाया, उन्होंने बहुत शोरगुल मचाया। जब बहुत शोरगुल मचाया तो हाथी को थोड़ा सा खयाल आया कि कुछ कान के पास कुछ गड़बड़ होती है। उसने पूछा: क्या बात है भाई, क्या मामला है? थोड़ा जोर से कहो। तो उस मच्छर ने कहा कि हम छोड़ रहे हैं यह मकान। तीन साल पहले हमने यहां निवास किया, तीन साल हम यहां रहे। तुम्हारा सौभाग्य कि मैं मच्छड़ानंद एक्स एम पी, एक्स मिनिस्टर यहां इतने दिन रहा! तो तुम्हें बता देना जरूरी है । तुम्हारा क्या खयाल है? मैं मकान छोड़ रहा हूं अब।

उस हाथी ने कहा: सर, गो इन पीस। यू आर सो मच इंट्रेस्टिंग एंड सिग्निफिकेंट टु मी व्हेन यू आर गोइंग एज मच यू वर व्हेन यू केम इन। बड़े शौक से, बड़ी शांति से जाइए महानुभाव। आपमें मेरा रस और उत्सुकता उतनी ही है जितनी जब आप आए थे, उतनी ही जाते समय भी है। न मुझे पता कि आप कब आए थे, न मुझे ध्यान कि आप कब जा रहे हैं । आप शांति से जाइए।

इस मच्छर का क्या पागलपन है, इसको क्या हो गया है? आदमी का भी क्या पागलपन है, आदमी को भी क्या हो गया है? घोषणाएं कर रहे हैं हम अपने अहंकार की कि मैं, मैं फलां हूं! जानते नहीं, मैं कौन हूं!

न चांद-तारे सुनते हैं, न आकाश सुनता है, न पशु-पक्षी सुनते हैं, न पौधे सुनते हैं, न तितलियां सुनती हैं, न राह के पत्थर सुनते हैं, कोई भी नहीं सुनता और हम चिल्लाए चले जा रहे हैं कि जानते हैं, मैं कौन हूं? सारे जगत में कोई भी नहीं सुनता, सारे जगत में इस चिल्लाने का कोई भी अर्थ नहीं है, कोई भी प्रयोजन नहीं है। हम किसको समझा रहे हैं, हम किसके लिए चिल्ला रहे हैं?

लेकिन आदमी का सारा रस एक बात में है कि वह घोषणा कर सके कि मैं कौन हूं! मैं यह हूं! मैं वह हूं! चिल्ला-चिल्ला कर मरा जाता है, दुखी हुआ जाता है, परेशान हुआ जाता है। पत्थरों पर नाम खोदता है कि मैं मिट जाऊं तो मिट जाऊं, कम से कम मेरा नाम तो पीछे पत्थरों पर रह जाए। छोटे-छोटे बच्चे जाकर रेत में हस्ताक्षर करते हैं,

सुबह लौट कर देखते हैं हवाओं ने रेत बदल दी, पानी की धाराएं रेत को बहा ले गईं, सब नाम पुंछ गए हैं। बूढ़े बच्चों पर हंसते हैं और कहते हैं, पागलो, रेत पर दस्तखत करते हो, रेत पर दस्तखत कैसे टिकेंगे, सख्त चट्टान पर नाम खोदना चाहिए। मंदिर में पत्थर लगवाना चाहिए। सख्त चट्टान पर खोदना चाहिए, बूढ़े कहते हैं। बस बूढ़े और बच्चों में इतना ही फर्क है। लेकिन बूढ़ों को शायद पता नहीं कि जिसको वे चट्टान कहते हैं वह एक दिन रेत थी और एक दिन रेत हो जाएगी।

बच्चे जरा सॉफ्ट मीडियम पर काम कर रहे हैं, बूढ़े जरा हार्ड मीडियम पर काम कर रहे हैं। लेकिन बूढ़े और बच्चों की बुद्धि में कोई फर्क नहीं है, कोई भेद नहीं है। बच्चे जरा सस्ते खिलौनों से खेलते हैं, बूढ़े महंगे खिलौनों से खेलते हैं। लेकिन चाइल्डिशनेस में, बचकानेपन में कोई फर्क नहीं है।

जिस आदमी को अहंकार का खयाल है उसकी बुद्धि बचकानी है, उसकी बुद्धि अप्रौढ़ है, इम्मैच्योर है। उसे जीवन का कोई पता ही नहीं है कि यहां लिखे हुए नामों का कोई ठिकाना है! यहां चिल्लाई गई घोषणाएं कोई सुनता है! यह पृथ्वी को ऐसा ही है कि आप आएं या आप चले जाएं, चांद-तारों को ऐसा ही है कि कौन ठहरा, कौन मेहमान बना, किसने मकान बनाया, किसने नहीं बनाया, इसकी कोई खबर इस विराट विश्व में कहीं भी नहीं गूंजेगी, कहीं कोई अंकन नहीं रह जाएगा। यह लेकिन हमारी सारी चेष्टा यही है, हमारे जीवन का सारा उपक्रम एक ही केंद्र पर घूमता है कि मैं अपने मैं को सिद्ध कर दूं। जो है ही नहीं उसको हम सिद्ध करना चाहते हैं और जो है उसको हम देखना भी नहीं चाहते। अहंकार असत्य है, क्योंकि अहंकार इसलिए असत्य है कि वह यह कहता है कि आप एक सेपरेट एनटाइटी हैं। अहंकार इसलिए असत्य है कि उसकी घोषणा है कि मैं पृथक हूं। पृथकता एकदम असत्य है, इस जगत में कुछ भी पृथक नहीं है। अहंकार इसलिए असत्य है कि वह आपको तोड़ता है जोड़ता नहीं; जब कि आप वस्तुतः जुड़े हुए हैं, टूटे हुए नहीं हैं।

क्या है नाम आपका? भीतर झांकें और पूछें कोई नाम है? कभी खोजा इस बात को कि मेरा कोई नाम है? एक-एक आदमी अनाम पैदा होता है, नेमलेस। नाम आदमियों की ईजाद हैं, हमारे दिए हुए हैं। किसी आदमी का कोई नाम नहीं है। कोई नाम ही नहीं है किसी का। नाम सब हमारी खोज, ह्यूमन इनवेंशन, आदमी के आविष्कार हैं। लेकिन इन आविष्कारों के इर्द-गिर्द ही हम सारे जीवन को लगा देते हैं। सारे जीवन को लगा देते हैं--प्राण लगा देते हैं, शक्ति लगा देते हैं, सुख खो देते

हैं, आनंद खो देते हैं, सब खो देते हैं --एक दौड़ में कि मेरा नाम किसी पत्थर पर लिख जाए, मैं मर जाऊं लेकिन नाम बच जाए। और हम पूछते भी नहीं कि मेरा कोई नाम ही नहीं था तो मैं अपने नाम को बचा कैसे सकूंगा! बचेगा क्या?

एक चक्रवर्ती सम्राट वह चक्रवर्ती हो गया है, उसने सारी पृथ्वी को जीत लिया है। चक्रवर्तियों को एक विशेष बात का मौका दिया जाता था और वह यह कि वे स्वर्ग में प्रवेश करें और स्वर्ग के सुमेरु पर्वत पर अपने हस्ताक्षर कर दें। सुमेरु पर्वत सबसे हार्ड मीडियम है जगत में, वह सबसे सख्त पत्थर है। कल्प बीत जाते हैं, उस पत्थर में कोई परिवर्तन नहीं होता। महाकल्प बीत जाते हैं, वह पर्वत वैसा ही अडिग बना रहता है। तो चक्रवर्तियों को यह सौभाग्य मिलता था, इसी सौभाग्य के पाने के लिए आदमी चक्रवर्ती होना चाहते थे। फिर एक आदमी चक्रवर्ती हो गया, उसने सारी पृथ्वी जीत ली, फिर वह बैंड-बाजे लेकर शोरगुल करता हुआ स्वर्ग के द्वार पर पहुंचा और उसने पहरेदारों को कहा: रास्ता छोड़ो, मैं चक्रवर्ती हो गया, अब मैं दस्तखत करूंगा अपने।

पहरेदार खूब हंसने लगा, उसने कहा: आदमी भी खूब पागल है! जिंदगी भर दौड़-धूप करता है इसलिए कि सुमेरु पर्वत पर दस्तखत कर दे! बस कुल इसलिए! कुल खोज-बीन इतनी! कुल आकांक्षा इतनी! सारे जीवन को गंवाता है इसलिए कि हस्ताक्षर कर दे सुमेरु पर्वत पर! फिर भी आप आए, तो स्वागत। मैं तो इसीलिए हूं। लेकिन आप अकेले ही भीतर चल सकते हैं, ये बैंड-बाजे और यह फौज-फांटा बाहर रहेगा।

चक्रवर्ती निराश हो गया। क्योंकि हस्ताक्षर अकेले में करने में कोई मजा नहीं आता है, सबके सामने हो तो मजा आता है। जितनी भीड़ हो उतना मजा आता है। अकेले में तो अहंकार की जान ही निकल जाती है; क्योंकि वह बिलकुल झूठ है। अकेले में चले जाइए, तो खोजे से नहीं मिलता कि कहां है। वह पब्लिक ओपिनियन है। बिलकुल झूठ है। लोगों की धारणा से निर्मित होता है, उसके अपने कोई प्राण ही नहीं हैं। अफवाह है, अहंकार इससे ज्यादा कुछ भी नहीं है। इसलिए जितनी बड़ी भीड़ हो अहंकार उतना मजबूत हो सकता है, उतनी बड़ी अफवाह फैलाई जा सकती है।

राजा निराश हो गया। लेकिन उस पहरेदार ने कहा: आप निराश न हों। जब आप भीतर से लौटेंगे तब आप समझेंगे कि मैंने कितनी समझदारी की सलाह आपको दी कि लोगों को बाहर ही छोड़ जाएं। अभी आपकी समझ में नहीं आएगा। कृपा करके भीतर चलिए। राजा अकेला छैनी-हथौड़ी लेकर भीतर गया। विराट पर्वत है, जिसकी

श्रेणियां कहां शुरू होती हैं और कहां समाप्त होती हैं कुछ पता नहीं चलता। फिर निकट पहुंचा, उस पहरेदार ने कहा: महाशय, एक निवेदन कर दूं, पहाड़ पूरा भर गया है, दस्तखत करने के लिए कोई जगह नहीं है, इसलिए आपको कोई नाम मिटा कर दस्तखत करना पड़ेगा। चक्रवर्ती हो चुके बहुत, वे दस्तखत कर गए। पहाड़ भर गया है बिलकुल, अब इसमें कोई खाली स्पेस, कोई जगह नहीं है जहां आप सीधा दस्तखत कर दें। तो पहले दो-चार नाम साफ करिए, फिर दस्तखत करिए।

राजा ने कहा: क्या कहते हो? मैं तो सोचता था कि मैंने कोई बड़ा काम कर लिया, मैं चक्रवर्ती हो गया! क्या यह अंतहीन पर्वत भर चुका है हस्ताक्षरों से? इतने चक्रवर्ती हो चुके हैं? जगह नहीं बची पहाड़ पर?

वह पहरेदार कहने लगा: मेरे पिता भी यहां पहरेदार थे, उनके पिता भी, उनके पिता भी, उनके पिता भी, और मैंने हमेशा से यही सुना है कि जब भी कोई चक्रवर्ती आता है, जगह साफ करनी पड़ती है। यह कभी भी खाली नहीं रहा। यह कोई आज भर गया हो, ऐसा नहीं है, यह हमेशा से भरा हुआ है। इतना अंतहीन काल बीत चुका है, आश्चर्य नहीं है कि भर गया हो। आप मिटाइए, हमेशा मिटा कर ही दस्तखत करने पड़ते हैं।

उस चक्रवर्ती ने कहा: व्यर्थ हो गया दस्तखत करना, क्योंकि मैं तो सोचता था कि मैं कुछ अनूठा हूं। दस्तखत हो जाएंगे, मजा आ जाएगा। यहां तो कोई अनूठे का सवाल न रहा। फिर मिटा कर दस्तखत करूं! कौन पढ़ता होगा इन दस्तखतों को?

उस पहरेदार ने कहा: महानुभाव, सच्चाई तो यह है कि अपने हस्ताक्षरों को आदमी खुद ही पढ़ता है, कोई दूसरा पढ़ता ही नहीं! खुद पढ़ लीजिए और मजा ले लीजिए। दूसरे आदमी को अपने हस्ताक्षर में रस है, आपके हस्ताक्षर में क्या रस हो सकता है। तो लिखिए, पढ़ लीजिए और मजे से जाइए। और तो यहां कोई दूसरा उपाय नहीं है। फिर उस सम्राट ने कहा कि और फिर दूसरे के नाम पोंछ कर लिखूं, क्या पता कल कोई आए और मेरा नाम साफ करके लिख जाए।

वह सम्राट बिना लिखे वापस लौट आया। और उसने रास्ते में आकर पहरेदार को धन्यवाद दिया कि अच्छा हुआ तुमने मेरी भीड़-भाड़ बाहर रोक दी, वे सब यह हालत देख लेते तो मेरा तो सब पानी उतर जाता। उस पहरेदार ने कहा: परमात्मा ने इसीलिए यह नियम बना रखा है कि आदमी अकेले ही आकर कर जाए, भीड़-भाड़ साथ न लाए। भीड़-भाड़ को पता चल जाए, बड़ी बदनामी होती है।

लेकिन हम सब इसी कोशिश में लगे हैं। सारी कोशिश हमारे जीवन की क्या है? एक निचोड़ में क्या है? इतनी कोशिश है कि मैं अपना नाम लिख दूं। यह नाम लिखने की चेष्टा, यह अहंकार का भाव अद्वैत की तरफ कैसे उठने देगा।

इसलिए तीन बातें आपसे कही हैं। दो बातें कही हैं: एक, निरंतरता का बोध, विस्तार का; इकट्ठेपन का, समग्रता का, संबद्धता का बोध। और तीसरी बात, अहंकार को विदा, अहंकार के पागलपन को विदा, अहंकार को हाथ जोड़ लेना है कि क्षमा कर दो मुझे, कृपा करो मुझ पर। झूठ हो बिलकुल तुम, एकदम असत्य हो, एकदम असार हो। और तुम्हारे इर्द-गिर्द मैं अपने जीवन को समाप्त नहीं करना चाहता हूं, मुझे क्षमा कर दो।

जिस आदमी के जीवन में, जिसकी चेतना में ये तीन बातें स्पष्ट हो जाती हैं, वह अद्वैत भाव को उपलब्ध हो जाता है। यह तीसरा सूत्र है और इस तीसरे सूत्र का जहां द्वार खुल जाता है वहां व्यक्ति वह बन जाता है जिसे हम ब्रह्म कहते हैं। वहां उसे पता चलता है, अहं ब्रह्मास्मि। वहां वह जान पाता है कि मैं ब्रह्म हूं, ब्रह्ममय है, सब एक है, कहीं कोई भेद नहीं, कहीं कोई अंतर नहीं।

जीवन एक अनंत निरंतरता, संबद्धता है। और इस जीवन का जो अनुभव है, वह अमृत का अनुभव है। व्यक्ति मरते हैं; संबद्ध जीवन अमर है। व्यक्ति मिटते हैं; संबद्ध जीवन के मिटने का कोई उपाय नहीं। बूंद बनती है, बिखरती है; सागर बने रह जाते हैं। अस्तित्व सदा है। रेखाएं बनती हैं, पुंछती हैं। वृक्ष बनते हैं, गिरते हैं; बीज अमर है। इसलिए ब्रह्म अमर है। इसलिए आत्मा अमर है। अहंकार मरणधर्मा है, आत्मा अमर है।

भूल कर भी मत सोचना कि आप अमर हैं। आप हैं, तभी तक मृत्यु है; जिस दिन आप नहीं हैं, उस दिन अमृत है। अद्वैत अमृत की उपलब्धि है, अद्वैत शाश्वत जीवन की उपलब्धि है, अद्वैत ब्रह्म की उपलब्धि है।

इस सूत्र के संबंध में कुछ भी पूछने को हो, तो संध्या हम उसकी बात कर सकेंगे।

मेरी बातों को इतने प्रेम और शांति से सुना, उससे बहुत अनुगृहीत हूं। और अंत में सबके भीतर बैठे परमात्मा को प्रणाम करता हूं। मेरे प्रणाम स्वीकार करें।

५

अनौपचारिक दृष्टि

मेरे प्रिय आत्मन्!

बीते तीन दिनों में जीवन के तीन सूत्रों पर हमने विचार किया : आश्चर्य, आनंद और अद्वैत। आज अंतिम सूत्र पर सुबह हमने बात की है, उस संबंध में जो प्रश्न पूछे गए हैं, उन पर अभी हम विचार करेंगे।

कुछ मित्रों ने पूछा है कि

ओशो, अद्वैत भाव की सिद्धि के लिए किस भांति चित्त को निर्दिष्ट किया जाए, किस भांति, किस मार्ग पर जीवन को गतिमान किया जाए? अद्वैत कैसे फलित हो सकता है?

इस संबंध में कुछ बात समझ लेनी उपयोगी होगी। पहली बात, अद्वैत की उपलब्धि कोई फिलॉसफी, कोई तत्व-ज्ञान की उपलब्धि नहीं है। इसलिए घर में बैठ कर वेदांत और तत्व-दर्शन के शास्त्रों को पढ़ लेने से उस दिशा में कोई भी कदम नहीं उठता है, न उठ सकता है। अद्वैत की उपलब्धि तो एक विशिष्ट अनुभव की दिशा में, अनुभूति की दिशा में, जीवंत अनुभूति की दिशा में चलने से संभव हो सकती है। उस जीवंत अनुभूति की तरफ पहला चरण होगा--क्या होगा पहला चरण? कैसा होगा? कैसे हम पहली सीमा तोड़ेंगे द्वैत की और अद्वैत की तरफ बढ़ेंगे?

पहला संबंध अद्वैत से होता है: प्रकृति के सान्निध्य में। शास्त्रों के सान्निध्य में नहीं, सिद्धांतों के सान्निध्य में नहीं, शब्दों के सान्निध्य में नहीं। पहला अनुभव होता है अद्वैत का: प्रकृति के सान्निध्य में।

मनुष्य जितना प्रकृति से दूर हुआ है, उतना ही अद्वैत से भी दूर हुआ है।

तो व्यावहारिक सूत्रों में एक बात यह समझ लेनी जरूरी है कि हम प्रकृति के निकट से निकट कैसे हो सकें? जरूरी नहीं है कि कोई चौबीस घंटे प्रकृति के निकट हो। लेकिन प्रकृति के निकट होने के क्षण ही ध्यान के क्षण हैं, वे ही मेडिटेशंस के मोमेंट्स हैं। उन क्षणों में पहली बार झलक मिलनी शुरू होती है उसकी जो हम ही हैं, जो हमारा ही विराट स्वरूप है, जो हमारा ही अनंत रूप है, जो हमारा ही विस्तार है, जो हमारी ही व्यापकता है, उसकी प्रतीति होनी शुरू होती है।

लेकिन शायद हम आंख उठा कर भी उस ओर नहीं देखते हैं जहां उसकी उपलब्धि हो सकती है। कभी आपने आकाश की तरफ देखा है? जरूर देखा होगा। आकाश को हम सभी जानते हैं, लेकिन शायद ही हममें से कोई जानता हो कि आकाश क्या है? और कैसे आकाश को देखा जाए? आंख पड़ जाने से कोई चीज दिखाई नहीं पड़ जाती। प्राणों के भीतर जब कोई चीज प्रविष्ट हो जाए, तो ही उसका अनुभव और उसका दर्शन होता है। किसी एकांत क्षण में, किसी मौन क्षण में क्या ऐसा हुआ है कि आप आकाश में प्रविष्ट हो गए हों और आकाश आप में प्रविष्ट हो गया हो? क्या ऐसा हुआ है कि आकाश का यह अनंत शून्य आपके और इसके बीच की सारी सीमा गिर गई हो, किसी क्षण में आप इससे एक हो गए हों? अगर यह नहीं हुआ है, तो आकाश को आपने नहीं देखा है। क्या वृक्षों के पास खड़े होकर कभी आपको ऐसा लगा है कि आप भी एक वृक्ष हैं? नहीं लगा होगा, तो आपने वृक्ष देखे हैं, लेकिन अभी आपने वृक्ष नहीं देखे हैं।

इमैनुअल कांट एक ही मकान में वर्षों तक रहा। उसके मकान के पास ही खिड़की पर रोज ही वह खड़ा हो जाता और घंटों आकाश को निहारता रहता। उसे जिसने भी आकाश को देखते हुए देखा था, वह हैरान हो गया था, वह आदमी होश में है! उसकी आंखें शून्य हो गई हैं! क्योंकि आकाश को देखते समय आंखों में कोई प्रतिबिंब नहीं बनता। आकाश तो कोरा शून्य है, उसका क्या प्रतिबिंब है। उसकी आंखें शून्य हैं, उसका चेहरा शून्य है, उसके चेहरे पर कोई भी भाव नहीं है, सब मौन है। जिन्होंने भी उसे देखा उसे लगा कि जैसे वह पत्थर की एक प्रतिमा हो गया है। फिर पड़ोस में

कोई मेहमान आ गए वर्षों के बाद, नया घर बना और उस घर के लोगों ने दीवाल उठा ली और वह खिड़की इमैनुअल कांट की दब गई। इमैनुअल कांट उसी दिन बीमार पड़ गया। सब इलाज किए गए। चिकित्सक हैरान हुए, उसे कोई बीमारी न थी, उसका इलाज क्या होता!

छह महीने बीत गए और कांट की तबीयत बिगड़ती गई, बिगड़ती गई, बिगड़ती गई। उसके नौकर ने कहा चिकित्सकों को कि जहां तक मैं समझता हूं, वह खिड़की बंद हो गई है और कांट का आकाश से जो संबंध था वह टूट गया है, इसलिए वह बीमार पड़ गया है। क्या यह नहीं हो सकता कि प्रार्थना की जाए और वह दीवाल तोड़ दी जाए?

पड़ोस के लोगों से प्रार्थना की गई और वह दीवाल तोड़ दी गई। और कांट दूसरे दिन ही उस खिड़की पर आकर खड़ा हुआ; उसके चेहरे का रंग बदल गया, उसकी आंखें बदल गईं, वह पंद्रह दिन के भीतर वापस स्वस्थ हो गया था।

कांट से किसी ने पूछा कि यह क्या हुआ? कांट ने कहा: आकाश की निकटता में मैंने पहली बार अपनी वृहत्तर आत्मा से संबंध और परिचय पाया। दीवाल उठ गई बीच में, मैं जैसे बंद हो गया, मैं जैसे किसी कारागृह में बंद हो गया , जैसे मेरा कुछ खो गया, खो गया। मेरी कुछ समझ में आना मुश्किल था, मेरे खयाल में भी आना मुश्किल था, यह तो जब मैं वापस स्वस्थ हुआ--आकाश के निकट--तब मुझे पता चला कि मैंने क्या खो दिया था।

आज सारी मनुष्यता बीमार है। प्रकृति के चारों तरफ दीवालें उठा दी गई हैं और आदमी उनके भीतर बैठ गया है। और यह आदमियत स्वस्थ नहीं हो सकेगी जब तक कि चारों तरफ उठी हुईं दीवालों को हम गिरा कर प्रकृति से वापस संबंध न बांध सकें।

परमात्मा के संबंध सबसे पहले प्रकृति के सान्निध्य के रूप में ही उत्पन्न होते हैं। परमात्मा से सीधा क्या संबंध हो सकता है? सीधा परमात्मा तक क्या पहुंच हो सकती है? उस अनंत पर हमारे क्या हाथ हो सकते हैं? हमारे क्या पैर बढ़ सकते हैं? लेकिन जो निकट है, जो चारों तरफ मौजूद है, उसके बीच और हमारे बीच की दीवालें तो गिराई जा सकती हैं। उसके बीच और हमारे बीच द्वार तो हो सकता है, खुले झरोखे तो हो सकते हैं। लेकिन वे नहीं हैं। और प्रकृति का सान्निध्य कुछ मूल्य पर नहीं मिलता; बिलकुल मुफ्त मिलता है। लेकिन हमने वह छोड़ दिया है। हमें उसका खयाल नहीं रह गया है। आदमी की पूरी आत्मा इसीलिए रुग्ण हो गई है।

और जब हम प्रभु की तलाश में भी जाते हैं, तो हम एक मकान को छोड़ कर दूसरे मकान में घुस जाते हैं--उस मकान का नाम हमने मंदिर बना रखा है, उस मकान का नाम हमने मस्जिद रख छोड़ा है, उस मकान का नाम हमने शिवालय रख छोड़ा है। लेकिन एक दीवाल छोड़ते हैं और हम दूसरी दीवाल के पास पहुंच जाते हैं। लेकिन इतना विराट मंदिर है प्रभु का चारों तरफ, उसके निकट जाने का हमें कोई खयाल भी नहीं आता।

जिस व्यक्ति को अद्वैत की प्रतीति में गति करनी हो, उसे पहली गति प्रकृति के सान्निध्य में करनी होती है।

जाएं प्रकृति के निकट और करीब। लेकिन सिर्फ वृक्ष देख लेने से कुछ भी नहीं हो जाता, न आकाश देख लेने से, न सूरज देख लेने से। देखने की एक भाव-दशा, एक ट्यूनिंग, चित्त की एक खास स्थिति में प्रकट होते हैं वे सत्य जो प्रकृति में चारों तरफ छिपे हैं। हर स्थिति में वे प्रकट नहीं हो जाते हैं।

एक सम्राट के दरबार पर एक दिन बहुत उदासी छा गई थी। सम्राट उदास था, तो उसके दरबारी भी उदास थे। एक बहुत बड़ा संगीतज्ञ राजधानी में था। कहते हैं, उस समय पृथ्वी पर वह सबसे बड़ा संगीतज्ञ था। सम्राट को खयाल आया और उसने आज्ञा भेजी संगीतज्ञ को कि तुम इसी समय चले आओ, मैं तुम्हारी वीणा सुनना चाहता हूं।

संगीतज्ञ हंसा। उसने कहा: यह आदेश भेजा गया है या निमंत्रण? अगर आदेश भेजा गया हो, तो मैं चल सकता हूं, लेकिन जिस संगीतज्ञ से वे मिलना चाहते हैं उससे उनका मिलना नहीं हो सकेगा। और अगर निमंत्रण भेजा गया है, तो बात दूसरी है, मैं प्रतीक्षा करूंगा ठीक क्षणों की और आऊंगा, तब उससे मिलना हो सकता है जिससे वे मिलना चाहते हैं।

वजीर तो कुछ भी न समझे। वजीर ने कहा: क्या फर्क पड़ता है निमंत्रण और आदेश से?

संगीतज्ञ ने कहा: बहुत फर्क पड़ता है। आदेश से छोटी और ओछी चीजें बुलाई जा सकती हैं, निमंत्रण से विराट को बुलाया जा सकता है। आदेश दिया गया है, तो मैं एक अदना आदमी हूं इस राजधानी का, मैं चला चलूंगा। वीणा भी बजाऊंगा, लेकिन वह वीणा का बजाना बिलकुल यांत्रिक होगा, बिलकुल मैकेनिकल, क्योंकि मुझे बजानी पड़ रही है, इसलिए मैं बजाऊंगा। लेकिन अगर निमंत्रण भेजा गया हो प्रेम का, तो मैं आऊंगा किसी क्षण, जब मेरा हृदय तैयार होगा और गीत मेरा पक गया होगा

और मेरे प्राणों से संगीत बहने को होगा, तब मैं आऊंगा। लेकिन उसके लिए घड़ी नहीं बताई जा सकती।

वापस वजीर ने लौट कर कहा कि संगीतज्ञ ने यह खबर भेजी है। राजा कहीं इन बातों को समझते हैं। उसने कहा: क्या पागलपन की बात है! उसे पकड़ कर ले आओ। हम संगीत सुनना चाहते हैं अभी, हम कब तक प्रतीक्षा करेंगे।

वह संगीतकार पकड़ कर बुलवा लिया गया। उस दिन वीणा भी बजी, उस संगीतज्ञ ने गीत भी गाया। लेकिन राजा कहने लगा: लोग कहते थे, पृथ्वी पर यह सबसे बड़ा संगीतज्ञ है, यह तो कुछ ना-कुछ मालूम होता है।

वह संगीतज्ञ रोने लगा। उसने कहा: तुम पागल हो, मैं ना-कुछ नहीं हूं। लेकिन भूमिका चाहिए, चित्त की ट्यूनिंग चाहिए, तुम्हारी तैयारी चाहिए। तुम आदेश भेजते हो --तैयारी नहीं है। तैयारी वाला निमंत्रण भेजता है; आदेश नहीं भेजता है।

तो अगर उठ कर आप चले गए और खड़े होकर देख लिया आधा घड़ी आकाश को--एक काम की तरह, एक रूटीन की तरह, एक आदेश की तरह, तो प्रकृति से कोई संबंध नहीं हो सकेगा। एक तैयारी चाहिए।

संगीतज्ञ चला गया। लेकिन राजा के मन में वह घाव, खाली रह गई जगह, वह उदास हो गया। वह उस संगीत को नहीं सुन सका था, जिसे सुनना चाहा था। वह संगीत संगीतज्ञ के हाथ में नहीं था सुनाना, जो राजा सुनना चाहता था। वह राजा की पात्रता पर निर्भर हो सकता था। लेकिन राजा के पास कोई पात्रता न थी। उसके मन में यह बेचैनी खलने लगी। सारे राज्य के दरबारी और अधिकारी उदास थे। एक भिखारी द्वार पर वीणा बजा कर गीत गाकर भीख मांगने आया था। राजा ने कहा: जाओ और उस भिखारी को पूछो, शायद वह कोई रास्ता बता सके। मैं उस अमृत संगीत को सुनना चाहता हूं।

वह भिखारी राजा के सामने लाया गया और सारी कथा कही गई। उस भिखारी ने कहा: मेरे साथ चलें, मेरे साथ उठें इसी समय। संगीतज्ञ को बुलाया, यही भूल की। जो भी विराट है उसे बुलाया नहीं जा सकता, उसके पास जाना पड़ता है। उसे खींच कर नहीं लाया जा सकता, स्वयं को ही उसकी तरफ ले जाना पड़ता है। यह कोई धन नहीं था कि सिपाही भेज देते कि जाओ, उठा लाओ। यह कोई पत्थर न था कि आदमी घसीट लाते। एक...एक संगीतज्ञ को बुलाया था। बुलाया नहीं जा सकता; तुम्हें जाना था। चलो! राजा ने अपने कपड़े सम्हाल लिए और मुकुट सिर पर रख लिया। लेकिन

उस भिखारी ने कहा: यह मुकुट नीचे रख दो, ये कपड़े छोड़ दो। राजाओं के वस्त्रों को ले जाकर दिखाई पड़ेगा कि तुम गए, लेकिन तुम गए नहीं। जाने के लिए विनम्रता चाहिए, ह्यूमिलिटी चाहिए। जाता वही है, जो विनम्र है; जो अहंकारी है, वह बुलाता है।

अगर प्रकृति के पास भी जाकर अहंकारी की तरह खड़े हो गए कि कहां है प्रकृति, मैं देखना चाहता हूं, तो आप अंधे के अंधे, बहरे के बहरे वापस लौट आएंगे, वह आपको दिखाई नहीं पड़ेगी। वहां एक विनम्र, एक भिखारी की तरह, एक प्यासे की तरह, एक रोते हुए हृदय को, एक मांगते हुए हृदय को लेकर जाना पड़ता है।

राजा ने कहा: ठीक! तुम जैसा कहोगे वैसा ही मैं करने को तैयार हूं।

उसने एक भिखारी के वस्त्र पहन लिए और वे दोनों भिखारी--राजा और वह भिखारी--संगीतज्ञ के द्वार पर पहुंचे। सांझ होने को थी, उन्होंने जाकर द्वार खटखटाया। उस संगीतज्ञ ने भीतर से कहा: द्वार मत पीटो, मैं आज संगीत गाने की इच्छा में नहीं हूं और न आज वीणा बजाने का मेरा मन है, इसीलिए आज द्वार बंद हैं, लौट जाओ मित्रो, फिर कभी आना। लेकिन उस भिखारी ने राजा से कहा: बैठ जाएं सीढ़ियों पर, इतनी जल्दी नहीं लौट जाना पड़ता, इनकार हमेशा इनकार ही नहीं है, हो सकता है इनकार परीक्षा हो, पहली परीक्षा हो, रुक जाएं, बैठ जाएं सीढ़ियों पर, थोड़ी देर में फिर द्वार खटखटाएंगे। और अभी रात बहुत बड़ी है, रात बहुत लंबी है, फिर भी इनकार हो जाएगा, फिर रुके रहेंगे, फिर द्वार खटखटाएंगे। देखें, हमारी प्रतीक्षा जीतती है या कि ये बंद द्वार जीतते हैं।

प्रकृति के पास एक दफा गए और देखा और कुछ भी नहीं मिला, तो कहा, क्या फायदा है? इतना जल्दी नहीं हो सकता; प्रतीक्षा और गहरी चाहिए।

उस भिखारी ने कहा: रुक जाएं। फिर वे दोनों बैठ गए। फिर उस भिखारी ने एक धुन अपनी उस वीणा पर बजानी शुरू की, वही धुन जो उस संगीतज्ञ को प्राणों से प्यारी थी--वही धुन, और जान कर उस धुन में दो-चार हिस्से गलत बजाने शुरू कर दिए।

राजा ने तो, राजा ने तो ऐसी प्यारी धुन सुनी न थी, वह कोई पारखी तो न था, वह तो वहीं डोलने लगा, नाचने लगा उस भिखारी के गीत पर। लेकिन जोर से दरवाजे खुले और वह संगीतज्ञ बाहर आया। और उसने कहा: कौन बजाता है, कौन बजाता है गलत? उस भिखारी ने कहा: हम क्या जानें बजाना, हम कौन हैं बजाने के हकदार,

हम तो केवल ठोकते हैं वाद्य को, हमें बजाना नहीं आता। लेकिन हम प्यासे जरूर हैं, हम जानना जरूर चाहते हैं।

वह संगीतज्ञ वहीं बैठ गया उन दोनों भिखारियों के पास, वीणा उसने अपने हाथ में ले ली और वह धुन बजानी शुरू कर दी जिसकी वजह से वह जगत का सबसे बड़ा संगीतज्ञ था। रात भर वह बजाता रहा और वे दोनों भिखारी बैठे रहे। फिर सुबह होने को हुई, उस राजा ने धन्यवाद दिया और कहा कि शायद तुम पहचाने नहीं, मैं वही सम्राट हूं जिसने तुम्हें बुलवाया था। वह हंसने लगा, उसने कहा: आप समझे आदेश और निमंत्रण का फर्क? यह भिखारी जीत गया और आप सम्राट हार गए। इस भिखारी ने ठीक जगह पर चोट कर दी, राइट मोमेंट में, ठीक क्षण में, ठीक जगह पर चोट!

तो प्रकृति के द्वार पर भी ठीक क्षण में और ठीक जगह पर चोट, और प्रतीक्षा और धैर्य, तो फिर नदियों के पास से अद्वैत का संदेश आना शुरू हो जाता है। पहाड़ों के शिखरों से, आकाश में डोलती हुई बदलियों से, तारों से, सूरज से, सब तरफ से फिर उसका संगीत आना शुरू हो जाता है जब ठीक जगह पर और ठीक से हम चोट करते हैं। तो हमारी एक तैयारी, एक पात्रता, एक रिसेप्टिविटी चाहिए।

अद्वैत के लिए चाहिए एक ग्राहकता। कैसी? प्रकृति के पास कैसी, कैसी ग्राहकता? हम तो आदमियों के पास भी ग्रहणशील होकर नहीं मिलते हैं। सुबह किसी आदमी को हम नमस्कार करते हैं, सुबह का सूरज निकल आया, राह पर कोई दिखाई पड़ गया है, हम हाथ जोड़ते हैं और नमस्कार करते हैं, कभी खयाल किया कि कहीं वे हाथ झूठे तो नहीं हैं जो जोड़े गए हैं? कहीं सिर्फ फार्मल तो नहीं हैं? औपचारिक तो नहीं हैं? वे हाथ बिलकुल झूठे हैं। उन हाथों में कुछ भी नहीं कहा जा रहा है, वे हाथ कोरे मशीन की तरह उठे हैं और जुड़ गए हैं और गिर गए हैं, उन हाथों के पीछे प्राणों का कोई भी संबंध नहीं है। हाथ औपचारिक हैं। पिता के कोई पैर छू रहा है, वह भी औपचारिक है। कोई किसी को हृदय से लगा रहा है, वह भी औपचारिक है। कोई किसी की प्रशंसा कर रहा है, वह भी औपचारिक है। सारा जीवन हमारा फार्मल और औपचारिक है। इस औपचारिकता में घिरा हुआ व्यक्ति प्रकृति के कैसे करीब पहुंच सकता है? प्रकृति के करीब वे पहुंचते हैं जो अनौपचारिक हैं, जो हार्दिक हैं।

चौबीस घंटे के जीवन में यह जानना और जीना जरूरी है कि मैं इस भांति जीऊं कि मेरा जीना एक हार्दिक जीना हो, एक ऑथेंटिक, एक प्रामाणिक जीना हो। अगर मैंने किसी को हाथ जोड़े हैं, तो केवल हाथ ही न जुड़ें, हाथों के साथ मेरे पूरे प्राण भी जुड़

जाएं। और अगर नहीं जुड़ने हैं पूरे प्राण, अगर हाथ नहीं जोड़ने हैं, तो अच्छा है हाथ मत जोड़ें, बिना हाथ जोड़े निकल जाएं, वह कम से कम सत्य के करीब होगा। मत पिता के पैरों में झुकें, अगर वह झुकना झूठा है, वह कम से कम सत्य के करीब होगा। मत अपने प्रियजन को हृदय से लगाएं, अगर हृदय से लगाना एक व्यर्थ की प्रक्रिया है, कम से कम वह सत्य के ज्यादा करीब होगा। और हो सकता है इतनी सच्चाइयों से घिर कर आपको पहली दफा पता चले कि इन सच्चाइयों से घिर कर आप अपने जीवन को खोए दे रहे हैं, इस कठोरता में घिर कर आप अपने प्राणों से वंचित हुए जा रहे हैं, तो शायद आपके प्राणों का कोई झरना फूट पड़े। लेकिन औपचारिक जीवन में प्राणों का झरना कभी भी नहीं फूटता है। हमने हार्दिक कृत्यों के लिए झूठे औपचारिक कृत्य सब्स्टीट्यूट की तरह मौजूद कर दिए हैं। और इसलिए हमारा मानवीय जगत से ही संबंध टूट गया है, तो मनुष्य के इतर जो जगत है, उससे हमारा संबंध कैसे जुड़ सकता है?

प्रकृति की तरफ जाने के लिए औपचारिक संबंधों को शिथिल करें--अनौपचारिक जीवन, सच्चा और हार्दिक जीवन। हमारे किसी भी कृत्य में हमारा हृदय उतरता ही नहीं है। हमारा कोई भी कृत्य हमारे पूरे हृदय को उंड़ेल ही नहीं पाता है। तो जब हम मनुष्य के निकट भी नहीं उंड़ेल पाते, तो हम प्रकृति के निकट कैसे उंड़ेल पाएंगे? यह कैसे संभव हो सकेगा? चौबीस घंटे के धार्मिक जीवन की साधना का यह हिस्सा होगा कि जीवन का समस्त उपक्रम अनौपचारिक होता चला जाए।

लेकिन जिनको हम धार्मिक लोग कहते हैं, उनका जीवन और भी औपचारिक और भी रिचुअलिस्टिक होता चला जाता है। टीका-मीका लगाए हुए चले जा रहे हैं, यज्ञोपवीत डाले हुए हैं, माला हाथ में फेर रहे हैं, मंदिर के सामने खड़े हैं पत्थर की मूर्ति के--उन्हें कोई भगवान वहां नहीं दिखाई पड़ रहे हैं--वे हाथ जोड़े खड़े हैं और कह रहे हैं कि हे भगवान! सब झूठ हुआ चला जा रहा है। क्योंकि जिस आदमी को पत्थर की मूर्ति में भगवान दिखाई पड़ जाएंगे उसे इस जगत में कोई ऐसी जगह शेष रह जाएगी जहां भगवान नहीं दिखाई पड़ेंगे? यह असंभव है। क्योंकि जो पत्थर में भी भगवान को देखने में समर्थ हो गया अब और कहां ऐसी जगह होगी जहां उसे भगवान नहीं दिखाई पड़ेंगे? लेकिन वह आदमी रोज मंदिर की तरफ भागा जा रहा है, वह कह रहा है, मैं भगवान के दर्शन को जा रहा हूं। और यह मंदिर के चारों तरफ जो मौजूद है यह भगवान नहीं है? यह कौन है फिर? यह मंदिर में भगवान है, तो यह सारा, सारा जगत

क्या है फिर? नहीं; उसे मंदिर में भी भगवान नहीं दिखाई पड़ते। उसने औपचारिकता का दूसरा कदम भी उठा लिया, उसने रिलीजस फार्मेलिटी भी पैदा कर ली। आदमी की दुनिया में औपचारिकता है, उसने परमात्मा और अपने बीच भी औपचारिकता के संबंध खड़े कर लिए हैं!

रामकृष्ण को पहली दफा दक्षिणेश्वर के मंदिर में पुजारी की जगह मिली। भूल से यह जगह दे दी गई मालूम होता है, क्योंकि रामकृष्ण पुजारी के बिलकुल अयोग्य थे। दो-चार दिन में ही जिस कमेटी ने नियुक्त किया था रामकृष्ण को, उसको अपनी भूल पता चल गई कि गलती हो गई है। क्योंकि रामकृष्ण फूल चढ़ाने जाते, तो पहले उनको सूंघ लेते। अब भगवान को चढ़ाए गए फूल पहले सूंघे नहीं जाते, यह कैसा पागलपन है! और भगवान को भोग लगाते, तो पहले चख लेते, वह सब झूठा हो जाता।

कमेटी को पता चला। रामकृष्ण को कमेटी ने बुलाया कि तुम पागल हो! यह पूजा है? रामकृष्ण ने कहा: मैं ऐसे फूल कैसे चढ़ाऊं जिनका मुझे कोई भरोसा नहीं कि उनमें सुगंध है या नहीं? और मैं ऐसे भोजन का भोग कैसे लगा दूं जो पता नहीं अच्छा बना या नहीं बना? मेरी मां तक मुझे खिलाती थी, तो पहले चख लेती थी। मैं बिना चखे भोग नहीं लगा सकता हूं। चाहो तो यह नौकरी सम्हालूं, नहीं तो मैं जाता हूं।

इस आदमी के लिए मंदिर में पत्थर की मूर्ति नहीं है। इसमें कोई जीवंत भाव है। वैसा ही जीवंत भाव जैसा इसकी मां का इसकी तरफ रहा होगा। और अगर ऐसे आदमी को पत्थर में भगवान दिख जाएं, तो इसमें मूर्ति का कोई हाथ नहीं है, इसमें मंदिर का कोई हाथ नहीं है , इसमें इस आदमी की रिसेप्टिविटी का हाथ है, इस आदमी की भी ग्राहकता का, इसकी भी अनौपचारिकता का, इसकी भी हार्दिकता का हाथ है। इसमें मंदिर की मूर्ति का कोई भी हाथ नहीं है।

तो रामकृष्ण के पीछे दक्षिणेश्वर के मंदिर में हजारों लोग जाते हैं पागलों की तरह, उस मूर्ति के सामने हाथ जोड़ कर खड़े होते हैं, सोचते हैं कि जिस मूर्ति ने रामकृष्ण को दर्शन दिया है वह मुझको भी दर्शन देगी। वे पागल पूजते रहे हैं जिंदगी-जिंदगी वहां कोई दर्शन कभी नहीं होंगे। वे दर्शन मूर्ति के कारण नहीं हुए थे, वे दर्शन हुए थे रामकृष्ण की पात्रता, ग्राहकता, रिसेप्टिविटी, ट्यूनिंग के कारण।

वह जो अनौपचारिक हृदय था, वह देख सका वहां। और वह हृदय फिर धीरे-धीरे सब जगह देखने लगा था। फिर पूजा-पाठ बंद हो गया था। दिन-दिन, दो-दो, चार-चार दिन गुजर जाते थे। फिर कमेटी ने कहा कि यह सब क्या हो रहा है? दो-चार

दिन गुजर जाते हैं, पाठ नहीं होती, पूजा नहीं होती। फिर रामकृष्ण कहते हैं: मैं चौबीस घंटे और करता क्या हूं, पूजा ही चल रही है, पाठ ही चल रहा है, लेकिन तुम पहचान नहीं पाते। और भगवान बहुत रूपों में चला आता है। रूप-रूप में खड़ा हो जाता है। मैं उसी रूप में पूजा कर लेता हूं। अब एक रूप से कब तक बंधा रहूं? और मेरे हाथ दो हैं, उसके रूप बहुत हैं, मैं कहां-कहां पूजा करूं? और कितनी पूजा करूं?

लेकिन इस आदमी की अनौपचारिकता का संबंध इसकी धार्मिकता है। और सारी जमीन पर जो पुजारी और पंडे मंदिरों में खड़े हुए हैं हाथ जोड़े हुए और प्रार्थनाएं कर रहे हैं--सब फार्मल, सब औपचारिक, सब झूठ है--सरासर झूठ है। और उस झूठ के आस-पास जो मंदिर और मस्जिदें और धर्म खड़ा हुआ है, वह सारा धर्म भी झूठ है।

पहली बात है: अनौपचारिक दृष्टि। और उसका सवाल, अनौपचारिक दृष्टि का सवाल रोज दैनंदिन के जीवन से है। सुबह से सांझ तक के जीवन से है। क्या आपने कभी अनौपचारिक होकर देखा है? शायद आप कहेंगे, अनौपचारिक होना बड़ा अव्यावहारिक होना है, बहुत इम्प्रेक्टिकल है। औपचारिक होना पड़ता है; क्योंकि हमें व्यावहारिक होना पड़ता है। लेकिन बड़े मजे की बात है, हमने कुछ तरकीबें और दलीलें, हमने कुछ आर्ग्युमेंट खड़े कर रखे हैं अपने आस-पास, जिससे हम बदलने से बच जाएं, हम बदल न सकें। आज तक जो लोग अनौपचारिक थे, उनसे ज्यादा व्यावहारिक आदमी पृथ्वी पर कोई हुआ है? उनसे ज्यादा जीवन के आनंद को और संपदा को उपलब्ध कर लेने वाला कोई हुआ है? उनसे ज्यादा शांति को और कृतार्थता को और धन्यता को उपलब्ध कर लेने वाला कभी कोई हुआ है? आप अपने को व्यावहारिक समझ रहे हैं! आप व्यावहारिक नहीं हैं, व्यावहारिक जैसे शब्दों की आड़ में आप अपनी सब बातों को छिपा लेना चाहते हैं।

अनौपचारिक का मतलब है, अनौपचारिकता का मतलब है: हार्दिक, हम जो भी कर रहे हैं उसके साथ हमारे हृदय का जोड़ है या नहीं?

एक संन्यासी अफ्रीका से भारत वापस आया हुआ था। वह बद्री-केदार की यात्रा पर गया है। बद्री की यात्रा में एक दोपहर में, भरी दोपहरी, जोर से सूरज तप रहा है और पहाड़ गर्म हो गए हैं, उत्तप्त हो गए हैं, और सीधी चढ़ाई है, पसीने से चूर-चूर हो रहा है, कंधे पर अपना सामान, अपनी किताबें, अपने शास्त्र, अपना बोरिया-बिस्तर बांधे हुए है। वह सब वजनी है। और पहाड़ की सीधी चढ़ाई है। और तपती धूप और भरी दोपहरी, पसीने से लथपथ पानी की धारें बही जाती हैं। तभी एक पहाड़ पर चढ़ते

समय रास्ते पर एक लड़की उसे मिल गई है। वह लड़की भी ज्यादा उम्र की नहीं है, मुश्किल से चौदह साल की है, और अपने कंधे पर एक मोटे-तगड़े बच्चे को, संभवतः उसका छोटा भाई होगा, उसको कंधे पर बांधे हुए है। वह भी चढ़ रही है। पसीने से लथपथ है। संन्यासी को दया आ गई है।...वैसे संन्यासियों को दया मुश्किल से ही आती है। क्योंकि संन्यासी होने के लिए जितना कठोर और पाषाण हृदय होना पड़ता है, उससे सब दया मर जाती है। लेकिन आ गई है, भूल-चूक हो जाती है। भूल-चूक संभवतः।...उसको दया आ गई है। तो उस लड़की के पास जाकर कहने लगा है, बेटा, तुझे बहुत वजन मालूम पड़ रहा होगा, बहुत बोझ मालूम पड़ रहा होगा ।

वह लड़की अवाक खड़ी रह गई है, चौंक कर खड़ी रह गई है, उसे विश्वास नहीं होता अपने कानों पर कि यह संन्यासी क्या कह रहा है। फिर उसने नीचे से ऊपर तक संन्यासी को देखा और कहा: स्वामी जी, बोझ आप लिए हुए हैं, यह मेरा छोटा भाई है! बोझ आपके कंधे पर है, यह मेरा छोटा भाई है! किसने कहा कि बोझ लिए हुए हूं मैं?

संन्यासी के सामने जैसे कोई अंधेरे में दीया जल गया हो। उसे पहली दफा खयाल आया कि छोटे भाई में वजन नहीं होता है । तराजू पर तो वजन होता है, चाहे बोझ तौलें, चाहे छोटे भाई को तौलें, तराजू को कुछ पता नहीं चलता कौन तराजू पर बिठा दिया गया है। लेकिन उस छोटी सी लड़की के हृदय के तराजू पर एक भाई का बोझ नहीं है। और वह चकित रह गई है कि स्वामी इतना भी नहीं जानता कि छोटा भाई है यह, इसका बोझ नहीं होता है!

अनौपचारिक हार्दिक संबंध निर्बोझ संबंध हैं, निर्भार संबंध हैं। जितना संबंध निर्भार होगा जीवन में, निर्बोझ होगा, जितना हार्दिक होगा, उतना ही व्यक्ति वेटलेसनेस में प्रविष्ट होता है, उसके जीवन का सारा बोझ उतर जाता है, वह निर्बोझ होता है, उसके पंख खुल जाते हैं उसे, वह आकाश में उड़ सकता है। अद्वैत के आकाश में उड़ने के लिए अनौपचारिक हार्दिक संबंधों के निर्बोझता के पंख चाहिए।

तो जीवन को हार्दिक बनाएं, धार्मिक होने की पहली बात है। लेकिन हम तो न मालूम किन-किन चीजों को धार्मिक समझे हुए हैं। हम तो कुछ ऐसे बेईमान, कुछ ऐसे सेल्फ डिसेप्टिव, खुद को ऐसा धोखा देने में समर्थ लोग हैं कि हमने धार्मिकता का न मालूम क्या-क्या रूप बना रखा है। जिसका जीवन से कोई वास्ता नहीं है। उस बात को हम धार्मिक होना कहते हैं। और इस तरकीब से हम धार्मिक होने से बचने का

रास्ता निकाल लेते हैं। अजीब-अजीब बातों को हम धार्मिक होना समझते हैं। किन-किन बातों को हमने धार्मिक होना समझा हुआ है? एक खास तरह के कपड़े पहनने को हम कहते हैं यह धार्मिक आदमी है। यह बहुरुपिया होगा, धार्मिक होने से क्या संबंध? कपड़े बदल लेने से धार्मिक होने का क्या वास्ता? कोई भी तो वास्ता नहीं है। दूर-दूर खोजने पर भी कोई संबंध नहीं है। लेकिन एक आदमी कपड़े बदल लेता है और हम कहते हैं यह धार्मिक हो गया। कल तक वह गृहस्थ था, अब वह संन्यासी है, क्योंकि उसने कपड़े बदल लिए हैं। कल वह फिर कपड़े बदल ले, तो फिर गृहस्थ हो जाएगा। जैसे यह कुल खेल कपड़ों का है।

जैसे एक आदमी रोज सुबह मंदिर चला आता है--रोज मंदिर जाता है, रोज मंदिर आता है, वह धार्मिक हो गया, क्योंकि वह रोज मंदिर जाता है! जिंदगी की गहराइयों में उसकी हार्दिकता क्या है उसकी हमें कोई माप नहीं, कोई जांच नहीं। इसी तरह के धार्मिक लोगों ने सारी पृथ्वी पर धर्म के प्रति अरुचि पैदा कर दी हो तो कोई आश्चर्य नहीं है। सारी दुनिया में जो आज धर्म के प्रति उपेक्षा है, अरुचि है, इनडिफरेंस है, उसका जिम्मा किसके ऊपर है? उन लोगों के ऊपर जिन्होंने थोथी और झूठी धार्मिकता ईजाद की है।

सच्ची धार्मिकता का पहला तो सूत्र है: हार्दिक संबंध, अनौपचारिक संबंध। मनुष्य के जगत में; फिर मनुष्य के जगत के बाहर पशुओं के जगत में; पौधों के जगत में, प्रकृति के जगत में। जितनी यह हार्दिकता फैलती चली जाए। एक फूल आपको सुंदर लगता है, जल्दी से तोड़ लेते हैं। कभी आपने सोचा कि फूल से अगर आपको प्रेम है, तो आप तोड़ सकते थे? तोड़ना प्रेम का कृत्य तो नहीं हो सकता, तोड़ना तो हिंसा का कृत्य हो सकता है, अप्रेम का हो सकता है, घृणा का हो सकता है, प्रेम का कृत्य कैसे हो सकता है? लेकिन एक आदमी कहता है, मुझे गुलाब के फूल से बहुत प्रेम है, तोड़ कर जल्दी से अपने कोट के बटन में लगा लेता है और कहता है कि मुझे गुलाब के फूल से बहुत प्रेम है।

एक बच्चे से आपको बहुत प्रेम है, गर्दन को तोड़ कर घर में नहीं सजा लेते हैं, जाकर गुलदस्ते में नहीं रख लेते हैं बच्चे की गर्दन को तोड़ कर कि इस बच्चे से मुझे बहुत प्रेम है। और अगर आप ऐसा करेंगे तो फौरन राजकोट की पुलिस आपको पकड़ कर ले जाएगी। लेकिन फूल को तोड़ते वक्त कोई नहीं ले जाता। फूल की रक्षा के लिए कोई पुलिस नहीं है। सिर्फ इसलिए। और कोई कारण नहीं है। लेकिन फूल को तोड़ लेते

हैं और आप सोचते हैं हम फूल से प्रेम कर रहे हैं। यहां तक फूल से प्रेम करने वाले हैं कि सुबह से दूसरों की बगियों के तोड़ कर भगवान पर चढ़ा आते हैं। रोज सुबह निकलते हैं झोलियां लेकर, गांव-गांव में मुझे दिखाई पड़ते हैं वे, और उनको एक फायदा है, वे किसी की भी बगिया का फूल तोड़ सकते हैं, कोई गड़बड़ करे तो वे कहते हैं भगवान की पूजा के लिए तोड़ रहे हैं। उनको कोई मना भी नहीं कर सकता।

मैंने अपनी बगिया में जहां मैं कुछ दिन तक था, तख्ती लगा छोड़ी थी कि और किसी भी काम के लिए तोड़ सकते हैं, भगवान की पूजा के लिए तोड़ना मना है। क्योंकि कम से कम भगवान के साथ तो इस पाप का संबंध मत जुड़वाओ। और किसी के लिए तोड़ो --अपनी प्रेयसी के बाल में खोंसना हो तोड़ो, लेकिन भगवान पर तो दोष मत दिलवाओ, भगवान के साथ तो इस पाप को मत जोड़ो। यह फूल अपनी जगह बहुत है, यह अपनी जगह खड़े होकर भगवान के चरणों में समर्पित है। जो जहां है वह भगवान के चरणों में समर्पित है, इसे तोड़ कर कहां ले जा रहे हैं?

लेकिन जिसको हम कहते हैं कि बड़ा फूलों का प्रेमी है, वह फूलों का हत्यारा है, उसका फूलों से कभी कोई संबंध ही नहीं हुआ। क्योंकि संबंध हो जाता तो फूलों का टूटना बंद हो जाता।

मैं स्मरण दिलाने के लिए कह रहा हूं कि हमारे संबंध तो बिलकुल ही अजीब हैं। इन अजीब संबंधों को लेकर, इन एब्सर्ड रिलेशनशिप के भीतर, यह बिलकुल ही अर्थहीन, बेबूझ संबंधों को लेकर आप चाहते हों कि संबंध हो जाए आपका अद्वैत से? नहीं हो सकता। नहीं हो सकता। कोई रास्ता नहीं है। लेकिन हो सकता है संबंध। आपको अपनी सारी क्षमता और सारे संबंधों का पूरा ब्यौरा एक दफा आंख डाल कर देख लेना जरूरी है कि वह कैसा है, क्या है वहां? यह स्मरण आ जाए, तो शायद धीरे-धीरे कोई द्वार आपके मन में खुलने लगे और आपको दिखाई पड़ने लगे कि क्या संबंध हो सकता है। प्रकृति से क्या संबंध हो सकता है।

कभी किसी झील के पास चुपचाप घड़ी आधा घड़ी लेटे रहे हैं? छोड़ें, झील बहुत दूर है, कभी गांव में नहीं भी होती, कभी नंगी जमीन पर सारे वस्त्रों को छोड़ कर चुपचाप घड़ी आधा घड़ी पड़े रहे हैं जैसे कोई मां की गोद में पड़ा रह गया हो? शायद नहीं। तो आप उस मां को जानने से अपरिचित रह गए जो हर क्षण आपके नीचे है और आपको सम्हाल रही है।

मैं आपसे कहता हूं कि मत पढ़ना वेद, मत पढ़ना चाहे गीता, मत पढ़ना चाहे कुरान, घड़ी भर भूमि पर नग्न चुपचाप एकांत में भूमि की छाती से छाती मिला कर पड़े

रहना आधा घड़ी और अनजानी शक्तियां प्रविष्ट होने लगेंगी, कोई चीज भीतर कंपने लगेगी और बदलने लगेगी , और कोई एक गहरा संबंध खींच लेगा, कोई कशिश, कोई ग्रेविटेशन बीच में दौड़ने लगेगी, कोई विद्युत , और पहली दफा पता चलेगा मैं एक हूं, इस मिट्टी से पैदा होता हूं, इस मिट्टी से बनता हूं और इस मिट्टी में विलीन हो जाता हूं। जो मेरा आज शरीर है वह कल पृथ्वी का हिस्सा था और कल फिर पृथ्वी का हिस्सा हो जाएगा। जो जानते हैं वे जानते हैं कि वह आज भी चलते-फिरते हुए भी पृथ्वी का ही हिस्सा है, वह पृथ्वी से कहीं भी दूर नहीं चला गया है , पृथ्वी और उसके बीच रहस्यपूर्ण संबंध हैं, मिस्टिरियस रिलेशनशिप है। पृथ्वी और शरीर के बीच आज भी संबंध है। क्योंकि पृथ्वी में जो अणु हैं वे शरीर में हैं, शरीर और उन अणुओं के बीच कशिश है। आकाश में चांद है, पूर्णिमा के चांद में सारा समुद्र आकाश की तरफ खिंचने लगता है। चांद खींच रहा है पानी को , कशिश चांद की उस पानी को अपनी तरफ बुला रही है। पृथ्वी से बना हुआ हिस्सा है शरीर भी, पृथ्वी उसे पूरे वक्त खींच रही है अपनी तरफ, पूरे वक्त उसे खींच रही है अपनी तरफ। पूरे वक्त हम रेसिस्ट कर रहे हैं, पूरे वक्त हम प्रतिरोध कर रहे हैं पृथ्वी का कि वह हमको खींच न ले अपनी तरफ।

यह रेसिस्टेंस हमारे चित्त का सबसे बड़ा तनाव है। यह विरोध पृथ्वी के साथ हमारे चित्त की सबसे बड़ी एंग्जाइटी है, सबसे बड़ी चिंता है। इसकी वजह से हम बहुत बेचैन हैं। यह वैसे ही है जैसे एक बच्चा क्रोध में आ गया है और घर के बाहर दूर जाकर एक झाड़ के पीछे छिप गया है और अपनी मां के पास नहीं जाना चाहता है और कहता है कि मैं नहीं जाऊंगा चाहे कुछ भी हो जाए। अब उसे प्यास भी लग रही है, उसे भूख भी लग रही है, उसे मां की याद भी आ रही है, वह बार-बार झांक कर भी देख रहा है, लेकिन कह रहा है कि नहीं जाएंगे। रुका है, झाड़ के पीछे छिपा है। और उसकी मां खोजती फिरती है, चिल्ला रही है, लेकिन वह नहीं बोलना चाहता है। वह नाराज है। वह नहीं जाएगा , वह नहीं जाएगा। लेकिन उसकी आंखों से आंसू बहे जा रहे हैं, वह बेचैन हुआ जा रहा है, वह तड़पा जा रहा है। और उसे पता नहीं है कि वह मां की गोद में जाकर अभी एकदम ठीक हो जाएगा। जाता है मां की गोद में और सब शांत हो गया, उसके आंसू सूख गए हैं, वह हंस रहा है, उसका तनाव विलीन हो गया, उसकी चिंता खो गई, उसकी परेशानी नहीं है, अब वह निश्चिंत है, अब वह आनंदित है, अब वह किसी के हाथों में समर्पित हो गया है।

यह जो जमीन पैरों के नीचे है, आदमी उसका पुत्र है। और चौबीस घंटे उससे दूर है और भागा हुआ है और बिलकुल उसके पास नहीं जाता। सीमेंट की मजबूत सड़कें बना ली हैं उसने, ताकि पृथ्वी से उसका कोई संबंध न हो जाए। मजबूत चमड़ों के जूते बना लिए हैं उसने, ताकि कहीं धूल उसके पैरों से न लग जाए। शरीर को कहीं छू न ले यह मां का हाथ फिर उसे, यह उसकी सारी चेष्टा है। और वह पूछता है कि हम अद्वैत के भाव में कैसे प्रतिष्ठित हो जाएं?

बच्चा मां की गोद में पहले अद्वैत के अनुभव को उपलब्ध होता है। मां से बच्चा जितनी दूर जाता है उतना ही द्वैत, उतना ही द्वैत में प्रविष्ट होता है। इसीलिए तो बचपन की जीवन भर याद आती है, इसीलिए तो जीवन भर यह पीड़ा बनी रहती है कि बचपन बहुत अदभुत था, बहुत सुंदर था। क्या था अदभुत बचपन में? क्या था सुंदर? कुछ बता सकते हैं गिनती कि क्या थी बात, जिसके लिए इतना परेशान हो रहे हैं? कुछ भी बात न थी, मां के निकट एक अद्वैत का अनुभव था, जो उसके बाद कभी नहीं हो सका। फिर दूर से दूर होता गया, फासला बढ़ता गया, फिर कोई अद्वैत का अनुभव नहीं हो सका। वह याद है, वह प्राणों के पीछे बनी हुई, छिपी प्यास है। लेकिन पृथ्वी उस मां से भी बड़ी मां है जिसने आपको जन्म दिया है। वह आपकी मां की भी मां है। इस पृथ्वी के निकट परिपूर्ण सारा बीच का फासला छोड़ कर, सारा रेसिस्टेंस छोड़ कर छोटे बच्चों की तरह जब कोई पृथ्वी पर चुपचाप लेट जाता है, सब भूल जाता है, खो जाता है उस मिट्टी में, उस स्मरण में कि कल मैं इस मिट्टी का हिस्सा था, कल फिर इसका हिस्सा हो जाऊंगा, आज भी इसका हिस्सा हूं, शायद मुझे पता नहीं। वह पाएगा कि उसके भीतर और पृथ्वी के बीच में कोई चीज टूटती है, कोई दीवाल गिरती है, कोई चीज जुड़ जाती है, कोई चीज बहने लगती है दोनों के बीच।

उदाहरण के लिए मैंने कहा। ऐसे ही आकाश के साथ, ऐसा ही वृक्षों के साथ, ऐसा ही झीलों के साथ जोड़ें अपने संबंध को, अपने हार्दिक संबंध को। और तब आप पाएंगे कि अद्वैत आपके लिए बकवास नहीं रही, जैसी कि बकवास हो गई है। हर कोई बैठ कर अद्वैत की बातें कर रहा है, हर कोई सूत्र दोहरा रहा है रटे हुए। लेकिन उनसे कोई संबंध नहीं है, कोई वास्ता नहीं है। जीवंत अनुभव अद्वैत का कुछ बात और है। तो उस जीवंत वैज्ञानिक अनुभव के लिए प्रयोग करने जरूरी हैं। वृहत्तर जीवन में प्रयोग करने जरूरी हैं।

एक उदाहरण के लिए मैंने कहा। वैसे सब चारों दिशाओं में सब भांति...लेकिन हमें खयाल ही नहीं है, इसीलिए हम इन सारी चीजों के करीब से गुजर जाते हैं और वंचित गुजर जाते हैं।

एक बार एक सम्राट ने अपने एक वजीर के दुर्भाग्य पर पीड़ित होकर उस पर कुछ अनुकंपा करनी चाही। और दूसरे वजीरों ने कहा कि हम सब धनी से धनी होते गए हैं; हमारा यह एक वजीर, हमारा एक साथी गरीब से गरीब होता चला जाता है, हम क्या करें, क्या न करें?

सम्राट ने कहा कि मैंने इसे कम पैसा दिया हो, ऐसा नहीं, तुम सबसे ज्यादा दिया है, लेकिन यह आदमी न मालूम कैसा है कि सारी संपदा से अपने आप वंचित हो जाता है! फिर यह इतना संकोचशील है कि इसे अगर सीधा दो तो यह लेने से इनकार करता है।

वजीरों ने कहा: एक बार और प्रयोग करें।

राजा ने कहा: अब की बार मैं ऐसा कुछ अनजाना प्रयोग करना चाहता हूं, ताकि तुमको भी पता चल जाए कि यह आदमी ही कुछ ऐसा है कि संपत्ति पास में खड़ी हो तो भी वंचित हो जाए।

तो उन्होंने कहा: क्या करिएगा?

उस वजीर को सांझ को राजा ने अपने घर बुलाया कि तू सांझ को छह बजे मेरे पास आना। महल, राजा के महल तक आने के लिए रास्ते और महल के बीच में नदी बहती थी। छोटा एक पुल था, जिस पर सिर्फ राजा के घर आने वाले लोग ही गुजरते थे, विशेष मेहमान, हर कोई नहीं गुजरता था। उस वजीर को छह बजे बुलाया और उस पुल के ऊपर पूरे पुल पर बड़ी-बड़ी हंडियां स्वर्ण-अशर्फियों से भर कर रखवा दीं। वह वजीर आया, सारे वजीर चुपचाप बगीचे में छिपे खड़े हैं कि क्या होता है, राजा भी छिपा है। वह वजीर आया पुल पर और सारे लोग देख कर हैरान हुए, वह आंख बंद किए हुए पुल पर से आ रहा है। वे बड़े हैरान हुए कि वह आंख क्यों बंद किए हुए है? वह आंख बंद किए हुए क्यों आ रहा है? वह आंख बंद किए हुए पुल पर से सरकता-सरकता पुल के नीचे आ गया, आंख खोली, राजा से आकर मिला। वजीरों ने, सबने पूछा कि आप आंख बंद करके क्यों आए?

उसने कहा: जब मैं पुल के उस तरफ आ रहा था, तो मुझे एक अंधा आदमी दिखाई पड़ा और मुझे खयाल आया कि कहीं अगर जीवन में मैं अंधा हो जाऊं तो

कैसे चलूंगा। तो मैंने कहा, जरा प्रयोग करके देख लें। तो मैं आंख बंद करके और चलता हुआ आया। नहीं, मैं चल सकता हूं, मैंने यह पुल पूरा पार कर लिया आंख बंद किए हुए।

राजा ने कहा: कहिए अब क्या करें? स्वर्ण-अशर्फियों के हंडे भरवा कर रख दिए हैं पुल पर, लेकिन आज उनको यह खयाल सूझा है कि आंख बंद करके कैसे पार किया जा सकता है!

चारों तरफ हमारे स्वर्ण-अशर्फियां भरी रखी हैं, लेकिन हमको न मालूम कैसे यह खयाल सूझा हुआ है कि हम आंख बंद करके पार करेंगे। हम सारे लोग आंख बंद करके पूरे जीवन के पुल को पार कर जाते हैं। चारों तरफ जो है, वह हमें कुछ भी दिखाई नहीं पड़ता। हमें खयाल में ही नहीं आता कि क्या है, कितनी स्वर्ण-धूल चारों तरफ उड़ी फिर रही है , कितना मधुमय पराग चारों तरफ हवाओं में लुटा जा रहा है, कितनी खुशियां, कितना आनंद सारे आकाश में परिव्याप्त है, कितना संगीत, कितना सौंदर्य चारों तरफ बरसा जा रहा है, लेकिन हम आंख बंद किए चले जा रहे हैं, हमें कोई पता नहीं कि यह सब क्या हो रहा है। और फिर हम पूछते हैं कि अद्वैत भाव कैसे हो सकता है? फिर अद्वैत भाव नहीं हो सकता।

इसलिए पहली बात, प्रकृति के सान्निध्य को उपलब्ध होना आवश्यक है। और प्रकृति के सान्निध्य के लिए हार्दिक संबंधों की पात्रता चाहिए। उसे विकसित करें, उसे फैलाएं, उसे बड़ा करें और धीरे-धीरे आप पाएंगे कोई चीज टूटने लगी, कोई चीज बदलने लगी, कोई परिवर्तन शुरू हो गया , यह पहली बात। दूसरी बात, दूसरी बात है, प्रकृति का सान्निध्य पहली बात, दूसरी बात है, अनुग्रह की वृत्ति । ए फीलिंग ऑफ ग्रेटिट्यूड। अद्वैत से केवल वे ही संबंधित हो सकते हैं जिनके मन में कृतज्ञ होने का भाव है, जो कृतज्ञ हो सकते हैं। क्योंकि अंततः कृतज्ञता से ज्यादा गहरी कोई धार्मिक क्षमता और क्वालिटी नहीं है।

समझाऊं कृतज्ञता से मेरा क्या मतलब है?

एक मुसलमान सम्राट शिकार को गया हुआ है जंगल में, साथ में उसके हमेशा साथ में रहने वाला नौकर है। वे एक बगीचे में ठहरे हैं। सम्राट ने अपने घोड़े पर से हाथ बढ़ाया और एक वृक्ष में एक ही फल लगा हुआ है, उस फल को तोड़ा। जैसी उसकी आदत थी--वह अपने नौकर को अपना दोस्त जैसा मानता था --जैसी उसकी हमेशा की आदत थी, कुछ भी खाता, तो पहले उसे देता। उसने चाकू से एक कली काटी उस

फल की और अपने उस नौकर को दी। उस नौकर ने वह कली चखी और उसके चेहरे पर खुशी दौड़ गई। उसने कहा: मालिक, एक कली से कुछ भी न होगा, फल बहुत स्वादिष्ट, बहुत अदभुत है, एक कली और। दूसरी कली खा गया। और उसने कहा कि नहीं, दूसरी कली से भी कुछ न होगा, एक कली और। वह सारी कलियां लेता गया। फिर एक ही कली सम्राट के हाथ में बची। उसने कहा: तू पागल हो गया है, क्या मुझे एक भी नहीं चखने देगा? उस नौकर ने झपट्टा मारा और वह उसके हाथ से कली छीन ली। राजा ने कहा: यह तो हद कर रहा है तू, तू सारा फल खा गया और एक भी कली मुझे देने को तैयार नहीं। और दूसरा फल नहीं है वृक्ष पर, वापस दे।

नौकर कहने लगा: नहीं दूंगा मालिक, फल बहुत स्वादिष्ट है, मुझे ही खाना है। लेकिन मालिक ने कली छीन ली और मुंह में रखी। फल बिलकुल जहरीला था, कड़वा था। वह तो बहुत हैरान हो गया। उसने कहा: पागल, यह तो बिलकुल जहर है! और तू सारी कलियां खा गया और तूने शिकायत भी न की? वह नौकर कहने लगा: मालिक, जिन हाथों से मैंने जीवन भर इतने मीठे फल खाए, उसके एक कड़वे फल की शिकायत करूं? क्या मुझे इतना अकृतज्ञ समझते हैं? इतना, इतना अकृतज्ञ समझते हैं कि जिन हाथों से मैंने बहुत मीठे फल खाए उनके हाथों का एक कड़वा फल न खा सकूं और शिकायत करूं?

जीवन हमें बहुत मीठे फल देता है, लेकिन उनकी हम कोई याद भी नहीं रखते; सिर्फ कड़वे फलों की फेहरिश्त बना लेते हैं। घर-घर में बहीखाते लिखे रखे हैं लोग कि जीवन में क्या-क्या शिकायत है। जिससे मिल जाइए वह कहता है, यह शिकायत है, वह कहता है, यह शिकायत है, यह शिकायत है। आदमी नहीं मिलता जमीन पर खोजे जो यह कहे कि मुझे जीवन के प्रति एकाध धन्यवाद भी देना है। मुझे तो नहीं मिला अब तक, आपको मिले तो मुझे बता देना। एक आदमी नहीं मिलता जो यह कहे कि जीवन के प्रति मुझे कोई धन्यवाद देना है, कि परमात्मा के प्रति मुझे कोई धन्यवाद देना है।

सब क्रोध में हैं, सबके पास शिकायतें हैं, सबके पास निंदा है, सबके पास जीवन का कंडेमनेशन है, सब जीवन के प्रति बदला लेने को उत्सुक और आतुर हैं। लेकिन एक आदमी नहीं मिलता जो कहे कि मुझे कोई धन्यवाद देना है।

धन्यवाद का भाव नहीं है, तो अद्वैत में गति नहीं हो सकती। आप कहेंगे, मैं बड़ी अजीब बातें कह रहा हूं आपसे। ब्रह्मसूत्र पढ़ने को कहूं, उससे अद्वैत में गति होती है? गीता के भाष्य पढ़ने को कहूं, उससे अद्वैत में गति होती है? ओम-ओम जपने को

कहूं, उससे अद्वैत में गति होती है? मैं यह क्या बातें कर रहा हूं, इनसे अद्वैत में गति का क्या संबंध? लेकिन अगर जिनके पास आंखें हैं और जिनके पास सुनने को कान हैं, वे समझ सकेंगे कि जो मैं कह रहा हूं उसका ही संबंध हो सकता है अद्वैत में गति से, और किसी चीज का कोई संबंध नहीं हो सकता।

ग्रेटिट्यूड चाहिए, धन्यता का भाव चाहिए। जीवन में क्या कमी है कि धन्यता के लिए कारण न खोजा जा सके? कितना मिला है, लेकिन उसका कोई खयाल नहीं है। जो हमारे पास है, उसका कोई बोध नहीं है। जो नहीं है हमारे पास, उसकी ही तकलीफ है, उसकी ही परेशानी है। जो दूसरे के पास है, उसके लिए शिकायत है; जो मेरे पास है, उसके लिए कोई धन्यवाद नहीं है। जो मेरे पास है, उसका कोई आनंद भी नहीं है।

एक फकीर था, यहूदी फकीर। उसने एक रात भगवान से कहा कि बहुत हो गया, शिकायत करते-करते भी मैं थक गया, मेरे दुखों का कोई अंत नहीं आता। रोज रोता हूं और प्रार्थना करता हूं, कब मेरे दुखों का अंत होगा? आज तुझसे मेरी एक ही प्रार्थना है: सारी पृथ्वी पर लोग मुझसे सुखी हैं, मैं अकेला दुखी हूं सबसे ज्यादा। दुखी आदमी हमेशा यही कहता है कि मुझसे ज्यादा दुखी जमीन पर कोई भी नहीं है। और उस फकीर ने कहा: चल, एक सौदा सही, मैं तुझसे इस बात पर भी राजी हूं: तू चाहे तो किसी भी आदमी का दुख मुझे दे दे और मेरा दुख उसे दे दे। मैं तुझे धन्यवाद दूंगा, क्योंकि सब लोग मुझे हंसते हुए दिखाई पड़ते हैं, मैं ही भर एक रोता हुआ हूं। उस बेचारे फकीर को पता नहीं कि हंसी सब झूठी है। भीतर सब रोते हैं, ऊपर से हंसते हैं। हंसते हैं, चेहरा बना लेते हैं, ताकि किसी को पता न चले कि भीतर क्या हो रहा है। भीतर सब रोते हैं, बाहर सब हंसते हैं। इससे बाहर की दुनिया में एक वहम पैदा होता है कि मैं दुखी हूं, बाकी सारे लोग अच्छे हैं।

लेकिन फकीर को पता नहीं था, पर उसी रात पता चल गया। रात उसने देखा एक स्वप्न, एक जोर की आवाज आकाश से गूंजी है कि सारे लोग पृथ्वी के इकट्ठे हो जाएं फलां-फलां जगह, क्योंकि वहां दुख का अदल-बदल किया जाएगा। फकीर भी भागा एकदम उठ कर, अपनी टोकरी में, अपनी पोटली में सारे दुख बांधे और भागा कि कहीं चूक न जाए, इसी मौके की तो प्रतीक्षा कर रहा था। उसने सोचा कि शायद ही कोई आदमी वहां जाएगा, क्योंकि सब लोग तो सुखी हैं। लेकिन रास्ते में उसने देखा कि सारे लोग भागे जा रहे हैं--गांव का बादशाह भी भाग रहा है, प्रधानमंत्री भी भाग रहा है, सब भाग रहे हैं, सारे लोग भाग रहे हैं, सब अपनी-अपनी पोटलियां लिए हुए।

उसने सोचा, अरे! तो बादशाह भी दुखी था, इसकी भी पोटली है, और अपने से छोटी भी नहीं मालूम पड़ती! ये प्रधानमंत्री भी दुखी थे! ये सारे लोग दुखी थे? संन्यासी भी भागे जा रहे हैं, वे भी अपनी पोटलियां लिए हुए हैं। उसे पता भी नहीं था कि इनकी पोटलियों में भी दुख होगा, हालांकि पोटली गेरुआ रंग की बांधी हुई है उन्होंने। अंदर दुख है। वे भी भागे चले जा रहे हैं। और कोई किसी की तरफ देख नहीं रहा, क्योंकि यह मौका चूकना ठीक नहीं।

फिर उस जगह इकट्ठे हो गए सारे पृथ्वी के लोग। बड़े-बड़े भवन हैं और उन भवनों में खूंटियां लगी हैं करोड़ों, और आवाज हुई कि सब खूंटियों पर अपने-अपने दुखों की पोटलियां टांग दें। सबने अपनी पोटलियां टांग दीं। और तब दूसरी आवाज हुई कि जल्दी से जिसको जिसकी भी पोटली चुननी हो चुन ले और उठा ले। जो जो उठा लेगा वह उसी का दुख हो जाएगा। वह फकीर भागा, आप सोच रहे होंगे किसी और का दुख उठाने? नहीं, अपनी ही पोटली उठाने कि कोई और न उठा ले।

आज पहली दफा दिखाई पड़ा कि दूसरों के पास बड़ी-बड़ी पोटलियां हैं। और फिर उसने सोचा कि अपनी छोटी भी है और जो भी दुख हैं परिचित हैं, अपरिचित दुख और न मालूम क्या हों? और कोई और उठा ले, तो मुसीबत पड़ जाए फिर चुनाव करने में कि कौन सी उठानी है?

उसने भाग कर अपनी उठा ली। सोचा था कि दूसरों ने बदली होंगी, लेकिन उसने जिससे भी पूछा, उसने कहा, भैया, मैंने अपनी ही उठा ली। वहां एक भी आदमी नहीं था जिसने किसी दूसरे की उठाई, उन सबने अपनी उठा ली थी जल्दी से कि कोई और न उठा ले।

नींद उसकी खुल गई। आपकी नींद कब खुलेगी? खुलेगी या नहीं खुलेगी?

दूसरों को देख रहे हैं, इसीलिए शिकायत पैदा होती है; अपने को देखेंगे, तो धन्यवाद पैदा होगा। दूसरों के पास जो है उसकी गिनती करेंगे, तो शिकायत पैदा होगी, क्रोध पैदा होगा, विद्रोह पैदा होगा। अपने पास जो है उसे देखेंगे, तो कृतज्ञता पैदा होगी कि मेरी पात्रता क्या थी और मुझे क्या-क्या मिला।

अगर एक आदमी ने भी आपको प्रेम किया है, तो आपकी पात्रता थी कि आपको प्रेम मिले? क्या था आपके पास? अगर एक आदमी ने भी आपको कभी गले से लगाया है, कौन सी पात्रता थी आपके पास जिसके लिए वह आपको गले से लगाता? अगर आपके चार मित्र हैं, कौन सी पात्रता थी आपकी कि आपका कोई मित्र होता?

अगर आप इतने दिन जीए हैं, श्वास ली है, आपके पास आंखें हैं और सुनने को कान हैं, जीवन का सारा संगीत इन कानों से सुना जा सकता है, जीवन की सारी अभद्रताएं भी सुनी जा सकती हैं, जीवन के सारे उपद्रव भी सुने जा सकते हैं, जीवन का सारा संगीत भी सुना जा सकता है। इन आंखों से पृथ्वी के सारे कांटे भी देखे जा सकते हैं और सारे फूल भी। इस हृदय से घृणा भी की जा सकती है और प्रेम भी। यह सब मिला हुआ है। यह इनफिनिट पॉसिबिलिटी मिली है, यह इनफिनिट पोटेंशियल मिला है। यह इतनी अनंत संभावना मिली है जीवन की, इसकी क्या पात्रता थी आपको मिले? आपने क्या सौदा किया था, क्या चुकाया था कि यह जीवन आपको मिले? लेकिन यह मिला है। और इस मिले हुए के लिए कोई धन्यवाद पैदा नहीं होता, क्योंकि इसे हम देखते ही नहीं हैं।

इसे देखें, इसे खोजें, और धीरे-धीरे आप पाएंगे कि जो मिला है वह बहुत है। वह बहुत से ज्यादा है, वह बहुत से बहुत ज्यादा है। मेरा कोई दावा न था और वह मिला है। मेरा कोई अधिकार न था, वह मिला है। और तब...तब अनंत के प्रति एक कृतज्ञता अगर पैदा हो जाए, तो कौन सा आश्चर्य है, कौन सा विस्मय है। वही कृतज्ञता का भाव अनंत के चरणों में झुका देता है। वह झुक जाना अद्वैत में प्रवेश है। वह समर्पण, वह सरेंडर अद्वैत के दरवाजे का खुल जाना है। तो ग्रेटिट्यूड चाहिए।

एक आदमी एक गांव में ठहरा एक रात, सुंदर उसके पास घोड़ा था, वह चोरी चला गया। बूढ़ा आदमी था। वह घोड़ा बहुत कीमती था। उस घोड़े को बड़े-बड़े सम्राटों ने मांगा था कि यह हमें दे दो, लेकिन उसने नहीं दिया था। सम्राटों ने कहा था, जो भी मूल्य चाहिए ले लो। लेकिन उस बूढ़े ने कहा था: प्रेम का कोई मूल्य तो नहीं होता। प्रेम बेचा तो नहीं जाता। इस घोड़े को मैं प्रेम करता हूं। कोई कीमत नहीं हो सकती।

चकित रह गए थे सम्राट। घोड़ा लेकिन जरूर कीमती था और उस बूढ़े ने नहीं बेचा। लेकिन एक रात वह चोरी चला गया। क्या हुआ पता नहीं? सुबह गांव के लोग इकट्ठे हुए और उन्होंने कहा कि पागल बूढ़े, यह तो बहुत बुरा हुआ, घोड़ा चोरी चला गया। इतनी कीमती चीज थी, बेच ही देता तो अच्छा था। लेकिन वह बूढ़ा चुपचाप बैठा है आकाश की तरफ देखते हुए। और फिर हंसने लगा और उसने उन लोगों से कहा: मत कहो, मत कहो यह कि बुरा हुआ, हमें कुछ भी पता नहीं है कि क्या हुआ। इतना ही कहो कि रात घोड़ा अपने अस्तबल में था, अब अपने अस्तबल में नहीं है।

इतना ही कहो, इससे ज्यादा मत कहो। इससे ज्यादा कहना भगवान के प्रति विरोध और एतराज हो जाता है।

उन लोगों ने कहा: इसमें काहे का एतराज और काहे का विरोध, बात सीधी और साफ है, घोड़ा चोरी गया है, यह नुकसान हुआ है। अब जिनका घोड़ा चोरी नहीं गया था, वे कहने लगे शिकायत। जिसका घोड़ा चोरी गया था, वह कहता है, मत कहो, इससे आगे मत कहो। इतना ही बहुत है कहना कि घोड़ा अपने पास था, अब अपने पास नहीं है। बुरा हुआ या अच्छा हुआ, यह सिवाय प्रभु के कौन जानता होगा ?

गांव के लोगों ने कहा: पागल है यह बूढ़ा, मालूम होता है घोड़ा चोरी चले जाने से दिमाग भी खराब हो गया है। अव्यावहारिक मालूम होता है। लेकिन पंद्रह दिन बाद ऐसा हुआ कि वह घोड़ा वापस लौट आया। वह जंगल भाग गया था। और साथ में पंद्रह-बीस जंगली घोड़े लेकर आ गया।

गांव के लोगों ने कहा: बूढ़ा चालाक मालूम होता है। सांझ को गांव के लोग इकट्ठे हुए और कहा कि बाबा ठीक कहते थे तुम, मजा आ गया। पंद्रह-बीस घोड़े साथ आ गए। सीख जाएंगे चलना तो कीमती हो जाएंगे। बड़े ताकतवर जानवर हैं जंगल के, बड़ी कीमत मिलेगी। बहुत अच्छा हुआ कि घोड़ा गया और आ भी गया और घोड़ों को भी ले आया।

उस बूढ़े ने कहा: बस, बस, बस, ज्यादा मत बढ़ो, क्योंकि अभी तुम अच्छा कहोगे तो कल तुम्हें बुरा कहने का मौका मिल जाएगा। तुम क्षमा करो! इतना ही काफी है, कहो कि घोड़ा भी लौट आया, पंद्रह घोड़े भी आ गए। इससे ज्यादा मत कहो, इससे ज्यादा कहो ही मत, क्योंकि हम कुछ जानते नहीं हैं, पता नहीं क्या छिपा हो इसके पीछे?

लोगों ने कहा: अब रहस्य की बातें करने की कोई जरूरत नहीं, नगद फायदा है। लेकिन आठ दिन बाद ही गांव के लोगों को अपनी बात बदल लेनी पड़ी। और गांव के, सारी दुनिया के गांव के लोग ऐसे होते हैं कि आठ-पंद्रह दिन में बात बदल लेते हैं और फिर खयाल भी नहीं करते कि पंद्रह दिन पहले हम क्या कह रहे थे। उस गांव के लोग भी ऐसे ही थे। इस गांव के लोग भी ऐसे ही होंगे। पांच दिन में बात बदल जाती है। भूल ही जाते हैं कि पांच दिन पहले हमने क्या कहा था। वह फिर बात बदल गई। उस बूढ़े का एक ही जवान लड़का था, वही उसके बुढ़ापे का सहारा था। वह एक जंगली घोड़े को चलाना सिखा रहा था, घोड़े ने पटक दिया, उसके दोनों पैर टूट गए।

गांव के लोगों ने कहा: बाबा, यह तो बहुत बुरा हुआ। घोड़े क्या आए, यह तो दुर्भाग्य आया घर में। जवान लड़के की टांगें टूट गईं। पता नहीं ठीक होंगी कि नहीं होंगी? बुढ़ापे का वही सहारा था एकमात्र, अब क्या होगा?

बूढ़े ने कहा: फिर, फिर वही तुम कहे चले जाते हो। मत कहो यह, इतना ही काफी है कि कल तक लड़के की टांगें थीं, आज टूट गईं। अच्छा हुआ कि बुरा हुआ हम क्या जानें? जो तोड़ता होगा टांगें, जो बनाता होगा वह जानता होगा। कोई होगा राज इसमें ।

लोगों ने कहा: अब तो इस बकवास को हम सुनने को राजी नहीं हैं, यह मामला साधारण नहीं है, लड़के की जिंदगी बरबाद हो गई। उसकी शादी होने वाली थी, अब शादी भी नहीं हो सकती। और अब उसकी सेवा करो, अब तक वह तुम्हारी सेवा करता था, अब इस बुढ़ापे में यह उपद्रव हो गया। गांव के लोग क्रोध से भरे चले गए।

लेकिन पंद्रह दिन बाद उन्हें अपनी बात फिर बदल लेनी पड़ी। गांव पर हमला हो गया, पड़ोस के राजा ने हमला कर दिया। उस गांव के राजा ने जितने जवान लड़के थे, सबको जबरदस्ती मिलिटरी में भर्ती कर लिया, कंप्लसरी। सिर्फ उस बूढ़े का लड़का छूट गया। उसके पैर टूटे थे, वह किसी काम का नहीं था।

गांव के लोगों ने कहा: बड़े चालाक मालूम होते हो तुम! हमारे लड़के तो गए बिलकुल। लंगड़ा भी है तो क्या, कम से कम घर में तो है।

उस बूढ़े ने कहा: तुम बाज नहीं आते अपनी आदतों से। हमें कुछ भी पता नहीं है कि क्या हुआ। इतना ही हुआ कि तुम्हारे लड़के चले गए और मेरा नहीं गया। लेकिन क्या अच्छा हुआ, क्या बुरा हुआ, हम नहीं जानते, वही जानता है। और उसके हाथ कृतज्ञता से आकाश की तरफ जुड़ गए।

ग्रेटिट्यूड, कृतज्ञता का भाव तथ्यों को देखता है और चुप रह जाता है; निर्णय नहीं लेता , जजमेंट नहीं लेता। धार्मिक आदमी निर्णय नहीं लेता; धार्मिक आदमी तथ्य को कह देता है। कह देता है और चुप हो जाता है। क्योंकि वह यह कहता है कि एक तथ्य अनंत तथ्यों से जुड़ा है। एक तथ्य के पीछे अनंत अतीत है। एक तथ्य के आगे अनंत भविष्य है। हम नहीं जानते कि क्या होगा और क्या नहीं होगा । क्या अच्छा है, क्या बुरा है, कोई भी नहीं कह सकता है। हम तो मौन में सिर्फ धन्यवाद दे सकते हैं , जो भी है उसके लिए, जो भी है उसके लिए सिर्फ धन्यवाद दे सकते हैं, और हम क्या कर सकते हैं?

वह जो मैंने सुबह आपसे कहा, एक अनंत संबद्धता है, एक निरंतरता है। चीजें जुड़ी हैं, इकट्ठी हैं। चीजें किसी बड़ी टोटेलिटी के हिस्से हैं, किसी बड़ी पूर्ण के हिस्से हैं। वह पूर्ण क्या है, हमें कुछ पता नहीं है।

मत करें शिकायत, मत लें निर्णय, चुप रह जाएं और कृतज्ञ हों उसके लिए जो है, कृतज्ञ हों उसके लिए जो मिला है, कृतज्ञ हों उसके लिए जो हो गया है। और जो व्यक्ति हर स्थिति में कृतज्ञता को खोज लेता है, वह हर स्थिति में सीमा का अतिक्रमण कर जाता है और असीम से जुड़ जाता है। उसकी अद्वैत की यात्रा काफी गहराइयों तक पहुंच जाती है।

यह दूसरा सूत्र और तीसरा अंतिम और फिर मैं अपनी चर्चा पूरी करूं।

पहली बात: हार्दिकता। दूसरी बात: कृतज्ञता। और तीसरी बात: मौन, साइलेंस।

जीवन को ऐसे जीएं जैसे एक मौन, जैसे एक मौन संगीत हो, एक साइलेंट म्यूजिक हो। जीवन को ऐसे जीएं कि जीवन में कोई कोलाहल, कोई शोरगुल, कोई उपद्रव, कोई तनाव, कोई भाग-दौड़,...नहीं; जीवन एक शांत झरने की तरह हो, एक मौन झरने की तरह। क्या आपको पता है, आदमी को छोड़ कर दुनिया में कहीं भी कोई शोरगुल नहीं है? क्या आपको पता है, आदमी को छोड़ कर कहीं भी जगत में कोई डिस्टर्बेंस नहीं है? अगर पृथ्वी पर आदमी न हो, तो एक अदभुत सन्नाटा सारी पृथ्वी को घेर लेगा और छा लेगा। पृथ्वी की आवाजें भी सन्नाटे को तोड़ती नहीं हैं, सन्नाटे को गहरा करती हैं। एक पक्षी गीत गाता है, झींगुर रात भर चिल्लाते हैं, उससे कोई रात का सन्नाटा टूटता नहीं, सन्नाटा और गहराता है और डीपर होता है। प्रकृति की सब आवाजें साइलेंस के हिस्से हैं, मौन के हिस्से हैं।

आदमी ने जरूर नॉइज़ ईजाद की है, शोरगुल ईजाद किया है। और आदमी इतना ईजाद करता जा रहा है शोरगुल को कि जिसका कोई हिसाब नहीं। सड़कें, बाजार, घर, सब शोरगुल से भरे हैं। दो आदमी मिल गए हैं और बातें करेंगे। दस आदमी मिल गए हैं, बकवास करेंगे। दुकान है, होटल है, क्लब है, रेडियो है, लाउड स्पीकर है। इनका बस चले तो शायद ये आकाश में ऐसी व्यवस्था करें कि दिन-रात उपद्रव होता रहे। कोई आदमी सुन न पाए, बोल न पाए, यह सारा उपाय चल रहा है। जो मुल्क जितना सभ्य हो गया है उस मुल्क में आवाज और शोरगुल उतना ही बढ़ गया है। सभ्यता नाप सकते हैं आप आवाजों का मापदंड नाप कर कि कितनी आवाजें हो रही हैं उस गांव में, उतना ही सभ्य गांव है यह। असभ्य गांव चुपचाप थे, एक साइलेंस में दबे हुए थे, उनका कोई पता नहीं चलता था।

एक गांव के बाहर, श्रावस्ती के बाहर बुद्ध का संघ ठहरा, दस हजार भिक्षु थे। श्रावस्ती के नरेश को उसके मित्रों ने कहा कि बुद्ध का आगमन हुआ है, आप भी चलें। सुनें, वह आदमी क्या कहता है, वह कुछ दूर की खबरें लाया है, कुछ अज्ञात के संदेश लाया है , चलें। लेकिन नरेश थोड़ा विचार किया कि कहीं कोई साजिश तो नहीं है, क्योंकि जो लोग साजिश करते रहते हैं वे हमेशा इसी खयाल में रहते हैं कि कहीं और कोई साजिश तो नहीं कर रहा है। फिर भी उसने कहा, कहते हैं तो मैं चलूंगा। उसने तलवार अपने साथ बांध ली। मित्रों ने कहा: तलवार कहां ले जाते हैं, वहां तलवार की क्या जरूरत? लोग देख कर हंसेंगे। वहां तलवार की कोई जरूरत नहीं है। उसने कहा कि नहीं-नहीं, अकेले में जाते हैं, जंगल में जाते हैं, तलवार ले लेना ठीक है।

तलवार लेकर, घोड़े पर सवार होकर वह गया। फिर उन्होंने कहा कि वह जो साम ने आम्रवन दिखाई पड़ता है, उसी में भिक्षु ठहरे हुए हैं, दस हजार भिक्षु हैं। वह एकदम ठिठक कर खड़ा हो गया और उसने तलवार बाहर निकाल ली। उसने कहा: यह नहीं हो सकता, इतने करीब आ गए हैं हम और जरा सी आवाज नहीं सुनाई पड़ रही, दस हजार भिक्षु वहां कैसे हो सकते हैं? कुछ धोखा है इसमें, बात क्या है? तुम मुझे किसी अनजान गलत जगह पर ले जा रहे हो। उन्होंने कहा: आप हैरान न हों, आप परेशान न हों, दस हजार लोग वहां हैं। उसने कहा: मैं कैसे मानूं? इतने हम करीब आ गए हैं और दस हजार लोग उस आम्रवन में ठहरे हुए हैं तो कितना बाजार नहीं मच जाता?

फिर वे वहां गए। वह तलवार हाथ में निकाले रहा। जब उसने वहां दस हजार लोग देखे तो हैरान हो गया! वहां दस हजार लोग थे और सन्नाटा था। सब अपने-अपने में थे, कोई किसी दूसरे से न बात कर रहा था, न चीत कर रहा था, न विवाद कर रहा था, न झगड़ रहा था, सब अपने-अपने में ही थे। वह राजा उनके पास से निकला, तो उसे लगा कि जैसे वहां सभी अकेले हैं, वहां दस हजार हैं ही नहीं , वहां एक-एक आदमी अकेला-अकेला मालूम हो रहा है। उसने बुद्ध से जाकर पूछा कि इन लोगों को क्या हो गया है, दस हजार लोगों को? क्या बात है? गूंगे हैं, बोलते नहीं हैं?

बुद्ध ने कहा: गूंगे नहीं हैं, लेकिन बोलते भी नहीं हैं। ये किसी गहरे संगीत में डूबे हुए हैं, ये किसी मौन में डूबे हुए हैं। ये जीवन की किन्हीं गहराइयों में प्रवेश पा रहे हैं। और जब जीवन की गहराइयों में प्रवेश पाना हो, तो जीवन की सतह से नीचे डूबना पड़ता है। किसी आदमी को समुद्र में गहरे जाना हो, तो सतह को छोड़ना पड़ता है। सतह पर लहरें हैं, तूफान है, आवाज है, हवाएं हैं। नीचे, नीचे उतरता है समुद्र में, वहां

सन्नाटा है, सन्नाटा, सन्नाटा, फिर वहां बिलकुल सन्नाटा है। ऐसा सन्नाटा भी है समुद्र की गहराइयों में कि आवाज तो दूर, सूरज की किरण भी वहां नहीं पहुंचती, एकदम सन्नाटा है। ऐसा ही जीवन की गहराइयों में, अद्वैत में सन्नाटा और सन्नाटा और सन्नाटा है। लेकिन उस सन्नाटे में जाना हो, तो थोड़ा आवाजों की दुनिया और कोलाहल की दुनिया से थोड़ा खिसक जाना पड़ेगा।

लेकिन सुबह से उठे, पागल की तरह दौड़ते हैं, अखबार कहां है? शोरगुल की खोज शुरू हो गई। भागे, रेडियो शुरू किया, अभी तक भजन शुरू नहीं हुए हैं? पत्नी को उठाया, उससे बकवास शुरू की, पति-पत्नी का निरंतर का उपद्रव शुरू हो गया। बच्चों को उठाया कि पढ़ो, यह करो, वह करो, भाग-दौड़ शुरू हो गई। उठे नहीं कि शोरगुल की तलाश शुरू हो गई । और पूछते हैं कि अद्वैत से संबंध कैसे हो सकता है? नहीं हो सकता। रेडियो से संबंध कर लीजिए, अखबार से कर लीजिए। अद्वैत को छोड़िए, उससे संबंध नहीं हो सकता। रेडियो से, अखबार से, इस पत्नी से, इस बच्चे से।

थोड़ा सा डूबिए कहीं और, और कृपा करिए उनको भी डूबने दीजिए। न खुद डूब रहे हैं, न उनको डूबने दे रहे हैं। घर हमारे क्या हो गए हैं, घर में कोई कोना है चुप्पी का, कोई शांति का, कोई एकांत का? घर के, परिवार के लोग कभी रात के अंधेरे में दस-पांच मिनट चुपचाप बैठ जाते हैं? नहीं, बिलकुल नहीं। अगर दस-पांच मिनट पति चुप बैठ जाए, तो पत्नी उसकी गर्दन पकड़ लेगी कि तुम चुप क्यों बैठे हुए हो, मामला क्या है? क्या चाहते हो, क्यों चुप बैठे हुए हो? चुप बैठना बड़ा खतरनाक है। यहां बोलते ही रहना चाहिए, बोलते ही रहना चाहिए, चुप कोई हुआ कि खतरा है।

चुप्पी का जीवन से सूत्र ही उड़ गया है, भाप होकर उड़ गया है, वह कहीं भी नहीं रह गया। और चुप्पी से बड़ी कोई चीज जीवन में है ही नहीं। मौन से बड़ा कोई भी सत्य नहीं है। मौन के मंदिर से धर्म का द्वार जाता है। मौन के रास्ते पर चलने से व्यक्ति वहां पहुंचता है जहां अनंत है।

शब्द कहां ले जाएंगे सीमा के बाहर , वहां तो शून्य ही ले जा सकता है। बातचीत कहां ले जाएगी वहां, वहां तो सब खोकर, मौन होकर ही जाना पड़ता है। सब भांति चुप, सब भांति मौन।

तो तीसरी बात है: जीवन में थोड़े से मौन के गैप, थोड़े से रिक्तस्थल मौन के खोजें। कभी-कभी एकदम चुप हो जाएं, कभी दिन दो दिन को चुप हो जाएं। कभी

मौका मिल जाए, तो मत छोड़ें इस अदभुत यात्रा को मौन की, हो जाएं चुप जब मौका मिल जाए। जितना बने कम कर दें, टेलीग्राफिक कर दें बोलने को, जैसे कि एक-एक चीज पर पैसा लगता हो, एक-एक शब्द पर बोलने पर। टेलीग्राम करते हैं, वहां बकवास नहीं करते, वहां छांट-छांट कर लिखते हैं एक-एक शब्द को कि आठ हो गए कहीं नौ न हो जाएं। क्यों? वहां क्या बात है? वहां एक-एक शब्द के लिए पैसा चुकाना पड़ रहा है। लेकिन आपको पता नहीं है, जो एक-एक शब्द आप बोल रहे हैं उसके लिए जीवन चुकाना पड़ रहा है, पैसे से बहुत ज्यादा। जीवन खो रहे हैं उतनी देर में आप, जिसका मूल्य बहुत है। टेलीग्राफिक हो जाएं, एक-एक शब्द तुला हुआ, जरूरत हो तो, न हो तो न।

एक मित्र को मैंने कहा कि तुम जरूरत के शब्द बोलने का अभ्यास शुरू करो। पांच-सात दिन बाद उसने कहा कि बड़ी मुश्किल हो गई है, जरूरत के बोलता हूं तो बोलने की जरूरत नहीं रह गई। अब मुझे पता चला कि सब गैर-जरूरत था, फिजूल बोले चला जा रहा था। और आपको पता है, फिजूल बोल कर आप क्या कर रहे हैं? अपना नुकसान कर रहे हैं। जिससे बोल रहे हैं उसका भी नुकसान कर रहे हैं।

चित्त तो एक सयंत्र है। जैसा मैंने कहा, सब जुड़ा हुआ है। हम सब चित्त से भी जुड़े हुए हैं। जब मैं एक शब्द फेंकता हूं कहीं, तो उसकी अंतर्धाराएं अनेक लोगों में जाकर कार्य शुरू कर देती हैं। अनेक मस्तिष्क कंपित होंगे। तो मैं जब बोल रहा हूं, तब मुझे अगर परिपूर्ण स्मरण हो कि जो मैं बोल रहा हूं वह मेरे भीतर शून्य से पैदा हुआ है, मौन से पैदा हुआ है, वह मैंने किसी गहरी चुप्पी में पाया है, तो, तो ठीक है, वह शब्द दूसरों के भीतर जाकर भी चुप्पी पैदा करेगा। क्योंकि जो चीज जहां से पैदा होती है वहीं लीन होती है। अगर मेरे शून्य से और मौन से कोई बात निकली है, तो वह आपके भीतर जाकर भी शून्य को पैदा करेगी । और अगर मेरी रुग्णता से, विक्षिप्तता से, मैडनेस से, पागलपन से कोई चीज निकली है, तो वह आपके भीतर भी जाकर पागलपन पैदा करेगी। तो हम एक म्युचुअल मैडनेस का इंतजाम किए हुए हैं सारी दुनिया में। सब पागल हैं और सब अपने पागलपन को एक-दूसरे पर फेंक रहे हैं। सुबह से लेकर सांझ तक हर आदमी अपने पागलपन के कीटाणु सब तरफ फैला रहा है। और उनको फैला-फैला कर हम सारी दुनिया के पागलपन को गहरा और घना करते जा रहे हैं।

एक घंटा मैं यहां बोल रहा हूं, इस एक घंटे में सारी दुनिया में एक हजार लोग आत्महत्या कर लेंगे। चौबीस घंटे में चौबीस हजार लोग इस पागलपन की हालत में

पहुंच जाते हैं कि जीवन दुश्वार हो जाता है। सारी जमीन पर पागलों की संख्या बढ़ती चली जाती है। अमरीका में प्रतिदिन तीस लाख लोग मानसिक चिकित्सा के लिए खोज में निकलते हैं। और ये सरकारी आंकड़े हैं। और आप जानते हैं सरकारी आंकड़े कभी भी सच नहीं होते हैं। जब अमरीका की सरकार कहती है कि तीस लाख आदमी रोज मानसिक चिकित्सा करवाते हैं, तो कितने करवाते होंगे, कहना बहुत कठिन है। क्योंकि पागलों की संख्या कोई पूरी-पूरी बताने को कोई सरकार राजी नहीं हो सकती। क्योंकि उनमें से आधे पागल तो सरकारी आफिसर, उनमें से आधे पागल सरकार की पार्लियामेंट बनाते हैं, आधे पागल सरकार के मंत्री-उपमंत्री बनाते। वह सब संख्या ठीक-ठीक बता नहीं सकते कि यह संख्या पागलों की कितनी है। लेकिन सारी दुनिया में वृहत रूप से पागलपन फैल रहा है। क्योंकि मौन स्वास्थ्य को लाता था, वह खत्म हो गया है। शोरगुल, शोरगुल, शोरगुल।

तो तीसरी बात है अद्वैत की तरफ जाने के लिए: मौन। जितना बन सके, जितना संभव हो सके उतना चुप रहने की सामर्थ्य बढ़ानी चाहिए, पात्रता बढ़ानी चाहिए। जिस दिन आपके भीतर मौन की दशा तैयार हो जाएगी, उस दिन वह संगीतज्ञ जिसकी मैंने बात कही, वह संगीतज्ञ नहीं, वह संगीतज्ञ जिसके लिए तीन दिन से खोज के लिए बात कर रहा हूं, वह अपना दरवाजा खोल कर बाहर आ जाएगा और कहेगा कि ठीक, अब तुम तैयार हो गए, अब मैं बजाता हूं वीणा, तुम सुनो। जिस दिन मौन की पात्रता, रिसेप्टिविटी तैयार हो जाती है उस दिन परमात्मा का संगीतज्ञ आपके द्वार पर आकर वीणा बजाने लगता है। वह...वह है धर्म की, सत्य की, ब्रह्म की अनुभूति।

ये तीन बातें सुबह की बात से जोड़ देना, तो अद्वैत के रास्ते पर कैसे एक-एक कदम उठाया जा सकता है वह खयाल में आ जाएगा। और सच बात इतनी ही है कि प्राथमिक कदम ही बताने की जरूरत है, फिर तो एक कदम आदमी उठाता है दूसरा कदम उसे दिखाई पड़ना शुरू हो जाता है, दूसरा उठाता है तीसरा दिखाई पड़ना शुरू हो जाता है। हारते केवल वे ही हैं जो पहला कदम ही नहीं उठाते। जो पहला उठा लेते हैं वे तो जीत ही जाते हैं। पहला कदम और आधी मंजिल पूरी हो गई। क्योंकि पहला कदम उठा नहीं कि दूसरा साफ हो जाता है। और पहला उठा नहीं कि उसके साथ जो ताजगी और जो आनंद की खबर आती है वह पैरों को खींचने लगती है और आगे और आगे और आगे। इस यात्रा पर निकलें।

तीन दिनों में इस यात्रा के संबंध में थोड़ी सी बातें मैंने कही हैं। ये बातें मैंने कही हैं, ऐसा कहना ठीक नहीं होगा। जैसा मैंने सुबह कहा, सूरज है इसलिए घास का एक

फूल होता है, लेकिन मैं कहता हूं, यह भी हो सकता है कि घास का फूल है इसलिए सूरज है। इतना अंतर-संबंध है। तो मैंने यहां जो कहा वह मैं नहीं कह सकता था अगर आपमें से एक भी आदमी यहां मौजूद नहीं होता। असंभव था यह। जो मैंने कहा वह मैं नहीं कह सकता था, कुछ और कहता। यहां आप इतने लोग, जो लोग यहां मौजूद हैं, जो सिचुएशन, जो परिस्थिति बनी, उसने मुझसे कुछ कहलवा लिया है। उसमें मैं भी एक उपकरण था और आप भी एक उपकरण थे। उसमें न मैं बोलने वाला था और न आप सिर्फ सुनने वाले थे। मैं भी एक सुनने वाला था, आप भी एक बोलने वाले थे। हम यहां मिले, ये इतनी चेतनाओं ने एक हवा यहां पैदा की, इतनी चेतनाओं का एक जाल बन गया, इतनी किरणें यहां मिल गईं और उन किरणों से एक उत्ताप, एक रोशनी और एक बात पैदा हुई, वह बात निकली, मुझसे निकली, लेकिन उससे मेरे होने का कोई संबंध नहीं है। वह बात मेरी नहीं है, वह हम सब मिले यहां, उससे जो स्थिति बनी, जो सिचुएशन, वह जो ठीक जगह खड़ी हुई, ठीक हवा, ठीक मौका, ठीक अवसर, उससे कुछ बात निकली, वह बात हम सबका इकट्ठा संघट परिणाम है। वह किसी एक आदमी की नहीं है। कोई कहने वाला नहीं है, कोई बहुत सुनने वाला नहीं है; हम सबने कहा, हम सबने सुना।

अगर यह बात हमारे प्राणों में गहरे से गहरे चली जाए, अगर हम उसे ले जाना चाहें, तो जरूर ले जा सकते हैं। और कोई भी कारण नहीं है कि प्रत्येक व्यक्ति क्यों उस सत्य को जानने का मालिक न हो जाए जो उसके पास ही है। लेकिन वह आंख खोल कर नहीं देख रहा है। कोई कारण नहीं कि कोई व्यक्ति क्यों भिखारी रह जाए, जीवन में सम्राट क्यों न हो जाए। प्रत्येक हकदार है। सबके भीतर वह बीज छिपा है। थोड़ी चेष्टा, थोड़ा प्रयास।

तीन बात, अपनी चर्चा मैं पूरी कर दूं।

एक फकीर कहा करता था: एक नदी में पानी था, नदी के पास ही एक खदान में नमक था। नमक की खदान के पास ही एक खेत में गेहूं थे। एक आदमी आया, उसने गेहूं तोड़े, उनको पीस कर आटा बनाया, उसने खदान से नमक निकाला, उसको साफ किया, वह नदी से पानी भर कर लाया, उसने तीनों चीजें इकट्ठी कर लीं। तीनों चीजें दूर पड़ी थीं, रॉ-मैटीरियल था। पानी नदी में था, नमक खदान में था, गेहूं खेत में थे। उन तीनों चीजों को इकट्ठा कर लिया। लेकिन इकट्ठा करके बैठ गया। उसके गुरु ने उसे कहा था कि तीनों चीजें इकट्ठी कर लो, तो पेट भरने का उपाय हो जाता है। लेकिन वह

इकट्ठा करके बैठ गया। बैठ गया। दिन बीत गए, दो दिन बीत गए, लेकिन भोजन नहीं बना। तीन दिन बीत गए, प्राण तड़फने लगे, वह भागा अपने गुरु के पास। उसने कहा: मैंने सब इकट्ठा कर लिया--मैं पानी ले आया हूं, नमक ले आया हूं, गेहूं का आटा पीस कर बना लिया, लेकिन भोजन नहीं बनता है ।

उसके गुरु ने कहा: पागल, सिर्फ इकट्ठा कर लेने से क्या होगा, अब भोजन बना। वह गया। गुरु ने बताया, उसने तीनों चीजें मिला कर रोटी बना ली है और फिर बैठ गया। अब भोजन बन गया। तीनों चीजें अलग थीं, वे इकट्ठी हो गई हैं। लेकिन इकट्ठे होने से भी क्या हो जाएगा ? वह फिर गया कि मैं भूखा मरा जा रहा हूं, सब इकट्ठा हो गया, रोटी भी बन गई, लेकिन भूख नहीं मिटती? उसके गुरु ने कहा: पागल, अब खा, तो भूख मिटेगी।

धर्म के भी तीन चरण हैं। जीवन में सारे सत्य बिखरे हुए हैं: पानी पानी में, नमक खदान में, गेहूं खेत में। आमतौर से तो आदमी इसी तरह बिखरा इसी स्थिति में नष्ट हो जाता है। कुछ लोग इन सबको इकट्ठा कर लेते हैं घर में, चुप बैठ जाते हैं और नष्ट हो जाते हैं। कुछ लोग भोजन भी बना कर तैयार कर लेते हैं, लेकिन कभी खाते नहीं हैं और नष्ट हो जाते हैं। कुछ लोग उसको खाते हैं।

वह जो पानी था नदी में, वह जो नमक था खदान में, वह जो गेहूं था खेत में, वह उनके भीतर खून बन जाता है, वह उनका प्राण बन जाता है, वह उनका जीवन बन जाता है।

इन तीन दिन में हम पानी भी लाए, हमने खेत से गेहूं भी इकट्ठे किए, खदान से नमक भी इकट्ठा किया--कुछ लोग यहीं रुक जाएंगे। फिर हमने उन सबको इकट्ठा करके साफ भी किया, आटा बनाया, नमक साफ किया, पानी छाना--कुछ लोग यहां रुक जाएंगे। फिर हमने रोटी भी बनाई--कुछ लोग यहां रुक जाएंगे। आपमें से कौन उस रोटी को खाएगा, यह मैं किससे पूछूं, वह आप अपने से पूछ लेना।

तीन दिन मेरी बातें इतने प्रेम और शांति से सुनीं, उससे बहुत-बहुत अनुगृहीत हूं। और अंत में सबके भीतर बैठे परमात्मा को प्रणाम करता हूं। मेरे प्रणाम स्वीकार करें।

ओशो--एक परिचय

हम कौन हैं, इसे समझने की दिशा में ओशो ने जो अद्वितीय योगदान दिया है उसे किसी श्रेणी में नहीं बांधा। वे एक रहस्यवादी, अंतर-जगत के वैज्ञानिक और विद्रोही चेतना हैं। उनकी संपूर्ण रुचि इस बात में है कि मानवता को तत्काल एक नई जीवन-शैली खोज निकालने की आवश्यकता के प्रति कैसे सजग किया जाए। अतीत का अनुसरण किए जाना इस अद्वितीय और अति सुंदर ग्रह के अस्तित्व को ही संकट में डाल देने के लिए आमंत्रण देना है।

ओशो की बातों का सार-निचोड़ यह है कि केवल स्वयं को बदलने, एक-एक व्यक्ति के बदलने, के परिणामस्वरूप हमारा संपूर्ण "स्व"--हमारा समाज, हमारी संस्कृति, हमारे विश्वास, हमारा संसार--सभी कुछ बदल जाता है। और इस बदलाव का द्वार है--ध्यान।

ओशो ने एक वैज्ञानिक की तरह अतीत के सारे दृष्टिकोणों पर समीक्षा और प्रयोग किए हैं और आधुनिक मनुष्य पर उनके प्रभाव का परीक्षण किया है, तथा उनकी कमियों को दूर करते हुए इक्कीसवीं सदी के अतिक्रियाशील मन के लिए एक नवीन प्रारंभ बिंदु: 'ओशो सक्रिय ध्यानों' का आविष्कार किया है।

एक बार जब आधुनिक जीवन की आपाधापी थमना शुरू हुई, तो "सक्रियता" "निष्क्रियता" में परिवर्तित होने लगती है, यही वास्तविक ध्यान की शुरुआत का प्रारंभ बिंदु है। इसे सहयोग देने के लिए, अगले कदम के रूप में ओशो ने प्राचीन 'सुनने की कला' को सूक्ष्म समकालीन विधि के रूप में रूपांतरित किया है, वही हैं 'OSHO Talks।' यहां शब्द संगीत हो जाते हैं, और श्रोता खोज पाता है उसे जो सुन रहा है, और व्यक्ति का ध्यान जो सुना जा रहा है उसके साथ-साथ सुनने वाले पर भी बना रहता है। जैसे-जैसे मौन उतरता है, वैसे-वैसे जो भी सुनने योग्य है वह जैसे किसी जादुई ढंग से सीधे-सीधे समझ लिया जाता है, मन के बिना किसी अवरोध के जो कि इस सूक्ष्म प्रक्रिया में केवल हस्तक्षेप और बाधा भर डाल सकता है।

ये हजारों OSHO Talks अर्थवत्ता की व्यक्तिगत तलाश से लेकर आज समाज के समक्ष उपस्थित सर्वाधिक ज्वलंत सामाजिक व राजनैतिक समस्याओं तक सब-कुछ पर प्रकाश डालते हैं। ओशो की पुस्तकें लिखी नहीं गई हैं, अपितु अंतर्राष्ट्रीय श्रोताओं के समक्ष तत्क्षण दी गई ध्वनिमुद्रित ऑडियो/वीडियो OSHO Talks के संकलन हैं। जैसा कि वे कहते हैं: "तो याद रहे, मैं जो भी कह रहा हूं वह केवल तुम्हारे लिए ही नहीं... मैं भविष्य की पीढ़ियों के लिए भी बोल रहा हूं।"

ओशो को लंदन के 'दॅ संडे टाइम्स' ने "बीसवीं सदी के १००० निर्माताओं" में से एक कह कर वर्णित किया है। सुप्रसिद्ध अमरीकी लेखक टॉम राबिन्स ने लिखा है कि ओशो "जीसस क्राइस्ट के बाद सर्वाधिक खतरनाक व्यक्ति हैं।" भारत के संडे मिड-डे ने ओशो को गांधी, नेहरू और बुद्ध के साथ उन दस लोगों में चुना है जिन्होंने भारत का भाग्य बदल दिया।

अपने कार्य के बारे में ओशो ने कहा है कि वे एक नये मनुष्य के जन्म के लिए परिस्थितियां तैयार कर रहे हैं। इस नये मनुष्य को वे 'ज़ोरबा दि बुद्धा' कहते हैं--जो 'ज़ोरबा दि ग्रीक' की तरह पृथ्वी के समस्त सुखों को भोगने की क्षमता रखता हो और गौतम बुद्ध की तरह मौन स्थिरता में जीता हो।

ओशो के हर आयाम में एक धारा की तरह बहता हुआ वह जीवन-दर्शन है जो पूरब की समयातीत प्रज्ञा और पश्चिम के विज्ञान और तकनीकी की सर्वोच्च संभावनाओं को एक साथ समाहित करता है।

ओशो आंतरिक रूपांतरण के विज्ञान में अपने क्रांतिकारी योगदान के लिए जाने जाते हैं और ध्यान की उन विधियों के प्रस्तोता हैं जो आज के गतिशील जीवन को ध्यान में रख कर रची गई हैं। उनके अनूठे ओशो सक्रिय ध्यान इस तरह रचे गए हैं कि पहले शरीर और मन में एकत्रित तनावों का रेचन हो सके, जिससे रोजमर्रा के जीवन में सहज स्थिरता फलित हो व विचार-रहित विश्रांति अनुभव की जा सके।

ओशो की दो आत्मकथात्मक कृतियां:

ऑटोबायोग्राफी ऑफ ए स्प्रिचुअली इनकरेक्ट मिस्टिक, (सेंट मार्टिंस प्रेस, यू एस ए)

ग्लिम्प्सेस ऑफ ए गोल्डन चाइल्डहुड, (हिंदी पुस्तक : स्वर्णिम बचपन) (ओशो मीडिया इंटरनेशनल, पुणे, भारत)

ओशो इंटरनेशनल मेडिटेशन रिजॉर्ट

हर वर्ष मेडिटेशन रिज़ॉर्ट १०० से भी अधिक देशों से आने वाले हजारों मित्रों का स्वागत करता है। रिज़ॉर्ट का अनूठा परिसर अधिक होशपूर्ण, विश्रांत, उत्सवमय व सृजनात्मक जीवन जीने के एक नये ढंग का प्रत्यक्ष अनुभव करने के लिए अवसर प्रदान करता है। चौबीसों घंटे और पूरे वर्ष चलने वाले कार्यक्रमों का भव्य, विविधतापूर्ण चुनाव उपलब्ध है --कुछ भी न करना व केवल विश्राम उनमें से एक है!

यहां के सभी कार्यक्रम ओशो की 'ज़ोरबा दि बुद्धा' की अंतर्दृष्टि पर आधारित हैं। ज़ोरबा एक गुणात्मक रूप से नये ढंग का मनुष्य जो दैनंदिन जीवन को सृजनात्मक ढंग से जीने के साथ ही मौन और ध्यान में ठहर जाने की क्षमता रखता है।

स्थान

मुंबई से सौ मील दक्षिणपूर्व में फलते-फूलते आधुनिक शहर पुणे में स्थित ओशो इंटरनेशनल मेडिटेशन रिज़ॉर्ट छुट्टियां बिताने का एक ऐसा स्थल है जो औरों से सर्वथा भिन्न है। वृक्षों की कतारों से घिरे आवासीय क्षेत्र में मेडिटेशन रिज़ॉर्ट २८ एकड़ के दर्शनीय बगीचों में फैला हुआ है।

ओशो ध्यान

हर तरह के व्यक्ति के अनुरूप दिन भर चलने वाले ध्यान-कार्यक्रमों में सक्रिय और निष्क्रिय, परंपरागत और क्रांतिकारी, तथा खासकर ओशो डाइनैमिक मेडिटेशन जैसी ध्यान-विधियां उपलब्ध हैं। ये सभी ध्यान-विधियां विश्व के संभवतः सर्वाधिक भव्य व विशाल ध्यान-सभागार 'ओशो ऑडिटोरियम' में होती हैं।

ओशो मल्टीवर्सिटी

यहां होने वाले विभिन्न व्यक्तिगत सेशन, कोर्स और वर्कशॉप अपने आप में सृजनात्मक कला से लेकर समग्र स्वास्थ्य तक, व्यक्तिगत रूपांतरण, मानवीय रिश्ते

एवं जीवन-परिवर्तन, कार्य-ध्यान, गुह्य-विज्ञान, तथा खेलों व मनोरंजन में ''झेन'' ढंग तक सब-कुछ समाहित करते हैं। मल्टीवर्सिटी की सफलता का राज इस तथ्य में है कि इसके समस्त कार्यक्रम ध्यान से जुड़े होते हैं, जो इस समझ को बढ़ावा देता है कि मनुष्य केवल अंगों का जोड़ मात्र नहीं है, वरन उससे बढ़ कर बहुत कुछ है।

ओशो बाशो स्पा

वैभवमय बाशो स्पा में उपलब्ध है हरे-भरे पेड़ों व हरियाली भरे वातावरण के बीच खुली हवा में तैरने का आनंद विशालकाय स्विमिंग-पूल में। अनूठे ढंग से बनी विशाल ज़कूजी, सौना, जिम, टेनिस कोर्ट... मनमोहक सुंदर पृष्ठभूमि में उभर-उभर आते हैं।

भोजन

अलग-अलग ढंग के विभिन्न भोजन-स्थलों पर परोसे जाने वाले सुस्वादु व शाकाहारी पाश्चात्य, एशियायी व भारतीय भोजन में मेडिटेशन रिज़ॉर्ट के लिए विशेष रूप से उगाई गई ऑर्गनिक सब्जियों का ही उपयोग होता है। ब्रेड और केक इत्यादि रिज़ॉर्ट की अपनी बेकरी में ही तैयार किए जाते हैं।

सांध्य गतिविधियां

चुनने के लिए सांध्य-गतिविधियों की लिस्ट लंबी है जिसमें नृत्य करना सबसे ऊपर है। अन्य गतिविधियों में तारों की छांव में फुलमून-ध्यान, वैरायटी शो, संगीत-कार्यक्रम तथा दैनिक जीवन के लिए ध्यान शामिल हैं।

सुविधाएं

आप प्रतिदिन उपयोग में आने वाली बुनियादी चीजें मेडिटेशन रिज़ॉर्ट के गैलेरिया से खरीद सकते हैं। मल्टीमीडिया गैलरी में ओशो की सभी मीडिया सामग्री उपलब्ध है। बैंक, ट्रैवल एजेंसी तथा साइबर कैफे की सुविधाएं भी परिसर के भीतर ही उपलब्ध हैं। खरीददारी के शौकीन मित्रों के लिए पुणे में सभी चुनाव उपलब्ध हैं--परंपरागत भारतीय वस्तुओं से लेकर अंतर्राष्ट्रीय ब्रैंड्स के स्टोर्स तक।

आवास

आप ओशो गेस्टहाउस के सुरुचिपूर्ण कमरों में ठहरने का चुनाव कर सकते हैं। अगर आप लंबे समय तक रुकना चाहते हैं तो 'लिविंग-इन' कार्यक्रम के पैकेज भी चुन सकते हैं। इसके अतिरिक्त नजदीक ही बहुत प्रकार के होटल व सर्विस अपार्टमेंट भी उपलब्ध हैं।

www.osho.com/meditationresort

www.osho.com/guesthouse, www.osho.com/livingin

ओशो का हिंदी साहित्य

उपनिषद
सर्वसार उपनिषद
कैवल्य उपनिषद
अध्यात्म उपनिषद
कठोपनिषद
ईशावास्य उपनिषद
निर्वाण उपनिषद
आत्म-पूजा उपनिषद
केनोपनिषद

कृष्ण
गीता-दर्शन (आठ भागों में अठारह अध्याय)
कृष्ण-स्मृति

महावीर
महावीर-वाणी (दो भागों में)
जिन-सूत्र (चार भागों में)
महावीर या महाविनाश
महावीर: मेरी दृष्टि में
ज्यों की त्यों धरि दीन्हीं चदरिया

मीरा
मैंने राम रतन धन पायो
झुक आई बदरिया सावन की

पलटू
अजहूं चेत गंवार
सपना यह संसार
काहे होत अधीर

बुद्ध
एस धम्मो सनंतनो (बारह भागों में)

अष्टावक्र
अष्टावक्र महागीता (नौ भागों में)

लाओत्से
ताओ उपनिषद (छह भागों में)

च्वांगत्सु
संसार और मार्ग
सत्य असत्य

जगजीवन
नाम सुमिर मन बावरे
अरी, मैं तो नाम के रंग छकी

दादू
सबै सयाने एक मत
पिव पिव लागी प्यास

दरिया
कानों सुनी सो झूठ सब
अमी झरत बिगसत कंवल

शांडिल्य
अथातो भक्ति जिज्ञासा (दो भागों में)

सुंदरदास
हरि बोलौ हरि बोल
ज्योति से ज्योति जले

धरमदास
जस पनिहार धरे सिर गागर
का सोवै दिन रैन

मलूकदास
कन थोरे कांकर घने
रामदुवारे जो मरे

कबीर
सुनो भई साधो
कस्तूरी कुंडल बसै
कहै कबीर दीवाना
मेरा मुझमें कुछ नहीं
गूंगे केरी सरकरा
कहै कबीर मैं पूरा पाया
होनी होय सो होय

बाउल संत
प्रेम योग
आनंद योग

अन्य रहस्यदर्शी
भक्ति–सूत्र (नारद)
शिव–सूत्र (शिव)
भजगोविन्दम् मूढ़मते (आदिशंकराचार्य)
एक ओंकार सतनाम (नानक)
जगत तरैया भोर की (दयाबाई)
बिन घन परत फुहार (सहजोबाई)
नहीं सांझ नहीं भोर (चरणदास)
संतो, मगन भया मन मेरा (रज्जब)
कहै वाजिद पुकार (वाजिद)
मरौ हे जोगी मरौ (गोरख)
सहज–योग (सरहपा–तिलोपा)
बिरहिनी मंदिर दियना बार (यारी)
प्रेम–रंग–रस ओढ़ चदरिया (दूलन)
दरिया कहै सब्द निरबाना (दरियादास बिहारवाले)
हंसा तो मोती चुगैं (लाल)
गुरु–परताप साध की संगति (भीखा)
मन ही पूजा मन ही धूप (रैदास)
झरत दसहुं दिस मोती (गुलाल)
अकथ कहानी प्रेम की (फरीद)

योग
पतंजलि: योग–सूत्र (पांच भागों में)
योग: नये आयाम

तंत्र
संभोग से समाधि की ओर
  संभोग से समाधि की ओर
  युवक और यौन
  क्रांति–सूत्र
तंत्र–सूत्र (पांच भागों में)

विचार–पत्र
क्रांति–बीज
पथ के प्रदीप

पत्र–संकलन

नये समाज की खोज
नये भारत की खोज
नये भारत का जन्म
भारत का भविष्य
फिर अमरित की बूंद पड़ी
एक एक कदम
देख कबीरा रोया
देख कबीरा रोया
अस्वीकृति में उठा हाथ
भारत के जलते प्रश्न
भारत के जलते प्रश्न
समाजवाद से सावधान
समाजवाद अर्थात आत्मघात
स्वर्ण पाखी था जो कभी

अंतरंग वार्ताएं

संबोधि के क्षण
प्रेम नदी के तीरा
सहज मिले अविनाशी
उपासना के क्षण
अनंत की पुकार

प्रश्नोत्तर

नहिं राम बिन ठांव
प्रेम-पंथ ऐसो कठिन
उत्सव आमार जाति, आनंद आमार गोत्र
मृत्योर्मा अमृतं गमय
प्रीतम छवि नैनन बसी
रहिमन धागा प्रेम का
उड़ियो पंख पसार
सुमिरन मेरा हरि करैं
पिय को खोजन मैं चली
साहेब मिल साहेब भये
जो बोलैं तो हरिकथा
बहुरि न ऐसा दांव
ज्यूं था त्यूं ठहराया
ज्यूं मछली बिन नीर
दीपक बारा नाम का
अनहद में बिसराम
लगन महूरत झूठ सब
सहज आसिकी नाहिं
पीवत रामरस लगी खुमारी
रामनाम जान्यो नहीं
सांच सांच सो सांच
आपुई गई हिराय
बहुतेरे हैं घाट
कोंपलें फिर फूट आईं
क्या सोवै तू बावरी
कहा कहूं उस देस की
पंथ प्रेम को अटपटो
फिर पत्तों की पांजेब बजी
मैं धार्मिकता सिखाता हूं, धर्म नहीं
ओशो उपनिषद
एक नई मनुष्यता का जन्म
भविष्य की आधारशिलाएं

विविध

अमृत-कण
अमृत वाणी
कुछ ज्योर्तिमय क्षण
नये संकेत
चेति सकै तो चेति
हसिबा, खेलिबा, धरिबा ध्यानम्
धर्म साधना के सूत्र
मैं कहता आंखन देखी
जीवन क्रांति के सूत्र

जीवन रहस्य
करुणा और क्रांति
विज्ञान, धर्म और कला
प्रभु मंदिर के द्वार पर
तमसो मा ज्योतिर्गमय
प्रेम है द्वार प्रभु का
अंतर की खोज
अमृत वर्षा
अमृत द्वार
एक नया द्वार
प्रेम गंगा
समुंद समाना बुंद में
सत्य की प्यास
शून्य समाधि
व्यस्त जीवन में ईश्वर की खोज
अज्ञात की ओर
धर्म और आनंद
जीवन–दर्शन
जीवन की खोज
क्या ईश्वर मर गया है?
क्या मनुष्य एक यंत्र है?
नानक दुखिया सब संसार
नये मनुष्य का धर्म
धर्म की यात्रा
स्वयं की सत्ता
सुख और शांति
नारी और क्रांति
सम्यक शिक्षा
शिक्षा में क्रांति
गहरे पानी पैठ
ज्योतिष विज्ञान
नव संन्यास क्या
सत्य का अन्वेषण
सत्य का दर्शन
घाट भुलाना बाट बिनु
पथ की खोज
जीवन आलोक
जीवन की कला
जीवन क्रांति की दिशा
जीवन गीत
मन का दर्पण
आंखों देखी सांच
आनंद की खोज
स्वर्णिम बचपन
मेरी प्रिय पुस्तकें
बुद्धत्व का मनोविज्ञान
शून्य की किताब

ओशो के साहित्य के संबंध में समस्त जानकारी एवं ऑर्डर हेतु संपर्क सूत्र:

ओशो मीडिया इंटरनेशनल, १७ कोरेगांव पार्क, पुणे-४११००१, महाराष्ट्र, इंडिया

Tel: +91 (20) 6601 9981, email: distribution@osho.net

OSHO Talks के ऑडियो-वीडियो के संबंध में समस्त जानकारी एवं ऑर्डर हेतु संपर्क सूत्र:

ओशो मल्टीमीडिया एंड रिजॉर्ट्स प्रा. लि., ९ कोरेगांव रोड, पुणे-४११००१, महाराष्ट्र, इंडिया

Tel: +91 (20) 6601 9981, email: distribution@osho.net

ओशो की पुस्तकें उनके द्वारा श्रोताओं के समक्ष दी गईं तात्कालिक OSHO Talks से अभिलिखित हैं। सभी OSHO Talks संपूर्ण रूप से पुस्तकों में प्रकाशित हुई हैं और ऑडियो रिकॉर्डिंग के रूप में भी उपलब्ध हैं। ऑडियो रिकॉर्डिंग व संपूर्ण लिखित संग्रह के बारे में जानकारी www.OSHO.com/library से प्राप्त की जा सकती है।

अधिक जानकारी के लिए

ओशो की अद्वितीय वाणी को अब आप विभिन्न भाषाओं व प्रारूपों में निम्नलिखित ऑनलाइन वेबसाइटों पर पा सकते हैं: www.OSHO.com/allaboutosho

ओशो इंटरनेशनल की आधिकारिक और संपूर्ण वेबसाइट: OSHO.com

ओशो की अन्य अद्वितीय सामग्री विभिन्न भाषाओं और प्रारूपों में पाने के लिए देखें:

– ओशो सक्रिय ध्यान विधियां: OSHO.com/meditate

- iOSHO, ओशो के ढेरों डिजिटल अनुभवों जिनमें ओशो झेन टैरो, टीवी, लाइब्रेरी, होरोस्कोप, ई-ग्रीटिंग और रेडियो। कृपया एक क्षण के लिए ठहरिए, एकबारगी पंजीकरण के लिए--जो आपको सदैव के लिए लॉगिन सुविधा प्रदान करती है। पंजीकरण फ्री है और वैलिड ई-मेल आईडी के साथ हर किसी के लिए उपलब्ध: OSHO.com/iosho
- ओशो ऑनलाइन शॉप: OSHO.com/shop
- ओशो इंटरनेशनल मेडिटेशन रिज़ॉर्ट आने की योजना बनाएं: OSHO.com/visit
- ओशो ट्रांसलेशन प्रोजेक्ट के द्वारा योगदान दें: oshotalks.com
- ओशो न्यूजलेटर पढ़ें: OSHO.com/NewsLetter
- यू-ट्यूब पर ओशो को देखें: youtube.com/user/OSHOInternational
- फेसबुक पर ओशो को देखें: facebook.com/osho.international.meditation.resort and Twitter: twitter.com/OSHO

यह ओशो पुस्तक खरीदने के लिए धन्यवाद।